地球旅馆

流浪 地球

刘慈欣 郝景芳 等 ——— 著 ——————— 郭凯 ——— 主编

珍 藏 版

THE
WANDERING
EARTH

沈阳出版发行集团
沈阳出版社

图书在版编目（CIP）数据

流浪地球：珍藏版 / 刘慈欣等著；郭凯主编 . -- 沈阳：沈阳出版社，2019.4
ISBN 978-7-5441-9996-4

Ⅰ . ①流… Ⅱ . ①刘… ②郭… Ⅲ . ①科学幻想小说—小说集—中国—当代 Ⅳ . ① I247.7

中国版本图书馆 CIP 数据核字 (2019) 第 059881 号

出版发行：	沈阳出版发行集团 | 沈阳出版社
	（地址：沈阳市沈河区南翰林路 10 号　邮编：110011）
网　　址：	http://www.sycbs.com
印　　刷：	天津丰富彩艺印刷有限公司
幅面尺寸：	170mm×240mm
印　　张：	18
字　　数：	220 千字
出版时间：	2019 年 6 月第 1 版
印刷时间：	2019 年 6 月第 1 次印刷
选题策划：	郑　为
出版策划：	捧读文化
责任编辑：	王冬梅
封面设计：	lemon
版式设计：	八月桅子
责任校对：	张　楠
责任监印：	杨　旭
书　　号：	ISBN 978-7-5441-9996-4
定　　价：	49.50 元

联系电话：024-24112447
E-mail：sy24112447@163.com

本书若有印装质量问题，影响阅读，请与出版社联系调换。

《中国科幻小说基因库》总序

郭　凯

这套丛书记录从2000年开始至今，中国科幻在几个不同领域里所走过的路程。一些人留下，一些人离开，一些人出现，一些人改变。总是如此，科幻亦然。

科幻在中国已有一百多年的历史，它生生不息，绵延至今，却又随着中国历史的几个大断裂带，被切割为几个平行宇宙般不同的历史时期，每个时期的面貌差异极大。当年为了各自的理念，对当时还叫作科学小说的科幻推崇备至的梁启超和鲁迅，若是读到了今天接连斩获雨果奖的《三体》和《北京折叠》，他们会作何评价呢？当他们看到今天商业资本涌向科幻IP的热潮，听到国家领导人对于支持中国科幻的演讲时，又会有何感想呢？

也许对于普通读者来说，中国科幻往日的历史并没有什么意义，我们在市场上所能读到的科幻，大多是最后一个阶段的产物。20世纪90年代开始，伴随着《科幻世界》的改版和中国经济文化环境的变化，中国科幻进入了一个恒纪元，一批被称为"新生代"的科幻作家出现：星河、杨鹏、柳文扬、杨平、潘海天、凌晨、赵海虹……星河在世纪之交的《中国科幻新生代精品集》中记录这个时代最具代表性的作品，吴岩则在此书的序言中总结了一些这个时代作家们的特色，例如他们对过去"文以载道""反映社会人生"等传统科幻理念不感兴趣，更多是一种消遣，为自己而写，为科幻本身而写。

然而也正是在世纪之交，中国科幻经历了又一次大换血。

也许没有人能穷尽这次变革的全部原因，常被提及的有：1999年高考科幻作文题事件引发的科幻热潮和大批高校科幻协会的建立，网络技术的普及造成的大量网络科幻文化论坛社区，《魔戒》《哈利·波特》等奇幻文学对于科幻文学叙事手法和理念的冲击等。一批被称为"更新代"的更加年轻的科幻作家开始陆续发表作品，包括陈楸帆、江波、飞氘、夏笳、迟卉、郝景芳、长铗、宝树、陈茜……

在姚海军看来，这一代科幻作家的创作理念更加多元而难以简单概括，他们对科幻本身有了更超然的认识，而正是对科幻的超然和差异化的理解，让新世纪十几年来的科幻小说丰富性得到了强化。

而对于刘慈欣、韩松、王晋康、何夕等几位从90年代开始，持续创作大量作品至今的作家来说，他们的作品在新世纪也在不断演进和变化，逐渐奠定了中国科幻某种核心价值和理念的模式，将科幻从小圈子带向了更为广阔的文化空间。

这一时期的中国科幻并非总是一帆风顺，在经历了新世纪最初几年的繁荣后，中国科幻从一个时期的巅峰状态走向相对的衰落阶段，科幻作者和读者被各种迅速兴起的其他类型文学分流，科幻刊物的销量和影响力迅速降低，成为一个小圈子的自娱自乐，甚至出现"科幻已死"的质疑。然而在表面的衰退背后，中国科幻也在默默积蓄着它的实力，科幻学术研究体系在国内开始建立完善，科幻作者们开始有意识地学习更加面向大众的写作技巧并向多种媒体形式进军，科幻迷群体随着时间推移从高校社团成长为更具经济能力和行动能力的社会组织……这一切随着《三体》系列的出版，将中国科幻重新带回了一个高潮。

一个时代有一个时代的文学，我们常将一种艺术类型的成长比喻为一棵树，然而，科幻却是一株星际植物，它的种子从遥远的平行时空而来，穿过辐射真空的茫茫宇宙，经历大气层的天火洗礼，历经无数文明世界的文化熏陶，成长为今天的样貌，它的基因无时无刻不在发生变异。当新的变革即将降临在中国科幻之上时，我们建立起这一座中国科幻基因库，将这十几年来的科幻作品分类储藏，将它们的基因信息写进细菌的DNA里，刻在石头上。也许亿万年后，我们的后裔或是远方而来的外星文明会重新发现它们，进入我们这一代人用科幻编织的历史。

本丛书暂定三本：地球宇宙卷、生命智能卷、东方文明卷，分别讲述人类地球改造与宇宙探索的科幻故事，生命科学与人工智能的科幻故事，以及一切与中国历史文化有关的科幻故事，希望读者能够在书中寻找宇宙、生命以及一切的答案。

感谢为本丛书积极供稿的各位科幻作者，以及三丰在联系促成本丛书编选过程中所做的贡献。

地球宇宙卷序言：星潮涌动

郭 凯

"宇宙，人类最后的边疆"，写此文时，刚看过《星际迷航3》不久。其实，宇宙也是人类最初的边疆，江畔何人初见月，江月何年初照人，当人类的始祖开始仰望星空中的天体时，当他们凝视一块神秘的黑石碑激起幻想的火种时，科幻就已经萌芽。

美国科幻大师詹姆斯·冈恩在其主编的《科幻之路》中，将古罗马时代作家卢西安（又译作琉善、路吉阿诺斯等）用希腊语写的讽刺小说《真实的故事》放在这一时间轴的首位，因为其中写到主人公的海船被大风吹到了月球上，讲述了一番宇宙景象。当然，今天的人们没有谁会把它当作科幻小说，因为我们知道，宇宙中是真空，船不可能被风吹到月球。科幻小说英文词 science fiction 中的 science，指的是今天意义上的科学体系，这意味着在西方近代科学革命之前的知识体系所催生出的幻想文学，通通被排除在了狭义严格的科幻标准之外，同时被排除的，也包括西方之外其他文明的知识体系，比如中国。

然而，古希腊罗马时代的人们有着他们精准而严密的宇宙模型，以亚里士多德等哲学家的土、水、气、火四元素为基础，建构出了地球世界的一切构成和变化；以第五元素以太为基础，托勒密等天文学家建构起了本均轮层次分明有序运转的太阳系宇宙。在地球的另一边，中国人建立起了他们的盖天模型和浑天模型，在《周髀算经》中通过不同地区的夏至正午日影观测记录和今天我们难以想象的复杂数学方法，算出了他们的宇宙中一个个不可测量的天文尺度的距离。那个时代的人类坚信他们的宇宙模型，连同他们对于宇宙的好奇和敬畏一起，一代代最优秀的学者从少年到白发，不断探索和完善这些模型，顺便写出各种建立在这些模型上的幻想作品。然后这些东西通通被后世的科学界和科幻界定义为不科学然后扔在一边，直到一个叫哥白尼的家伙做出一个比较简洁但有效的新的科幻天文设定为止。

从那个时候起，关于宇宙探索的幻想终于可以被叫作科幻了，不过除了符合科学，还要有文采写得像小说才行，比如悲剧的开普勒同学写的探月小说《梦》，虽然无比科学，但是读者看了纷纷说这写的是论文吧？即便在时间线上比玛丽·雪莱的《弗兰肯斯坦》早起跑了一两百年，但争第一篇科幻的比赛还是输了，我们就不说什么了……

后边的事情大家都知道了，随着观测技术和天文科学的演进，人类想象宇宙的步伐越走越远。于是我们有了《从地球到月球》，在《世界之战》里大战火星人，跟着克拉克老爷子探索了一下木星土星及其卫星，然后飞向遥远群星，让那里成为我们最后的边疆，开始了太空歌剧的漫漫旅途。这些故事也不断漂洋过海来到中国，徐光启在某个夜晚听利玛窦讲述群星的故事，皈依了上帝的光辉；再晚一些时候，康有为开始写他的《诸天讲》："因得远镜见火星之火山冰海，而悟他星之有人物焉，因推诸天之无量。"鲁迅翻译了凡尔纳的《月界旅行》，感慨"导中国人群以行进，必自科学小说始"。又过了几十年，中国人相信他们已经建起了人类最伟大的社会制度，并决心将它推向火星，推向人马座……星潮掀起，又倏然落幕。终于有一天，刘慈欣和韩松开始静下心来，仔细思索地球和宇宙对于人类的意义。更年轻的作者们成长起来，将宇宙视为自己展现想象力的窗口。

宇宙依然是宏大和神秘的，正因为此，人类对其进行的史诗般的探索和抗争才能震撼人心，如同刘慈欣的《流浪地球》和拉拉的《永不消逝的电波》所讲述的那样。同时，宇宙是一面镜子，在与其相处时，会映射出人类社会自己的结构和未来，如同郝景芳与韩松在同一个"星潮"设定中的《皇帝的风帆》和《建设者》。不过更多的时候，我们其实无法理解宇宙，它像一座迷宫一样给我们提供了很多理解，比如飞氘的《月球表面》和宝树的《关于地球的那些往事》。对于大多数人来说，宇宙的那些宏大主题其实并不重要，重要的是它提供了一个不同的舞台，让我们在其中表演、歌唱、舞蹈，如同江波的《随风而逝》、夏笳的《卡门》、廖舒波的《邮差》。最后，对那些很宅的人来说，其实宇宙也许跟我们的现实生活并没有什么不同，比如梁清散的《门，是穿堂门的门》。所以，我们真的有必要去宇宙吗？

我们仍然无法估算宇宙距离我们是远还是近。写此文不久前，一位科幻影视公司的 CEO 在中国科幻银河奖的论坛发言中指出，中国科幻影视的选题一定"不要离开地球表面"，因为中国观众还没有做好进入太空的准备。而在这半个月里，天宫二号发射，世界最大的单口径射电望远镜 FAST 在中国开始投入使用，国人一片欢欣鼓舞，仿佛宇宙向我们打开了大门。一切，只能在时间中验证，在此之前，我们也许应当认真读读这本书里的故事。

目 录

▼

流浪地球
刘慈欣
1

星潮·皇帝的风帆
郝景芳
35

星潮·建设者
韩 松
57

随风而逝
江 波
91

永不消逝的电波
拉 拉
131

卡 门
夏笳
163

月球表面
飞氘
179

关于地球的那些往事
宝树
193

门，是穿堂门的门
梁清散
237

邮差
廖舒波
259

后记
宇镭
269

流浪地球

刹车时代

我没见过黑夜，我没见过星星，我没见过春天、秋天和冬天。

我出生在刹车时代结束的时候，那时地球刚刚停止转动。

地球自转刹车用了42年，比联合政府的计划长了3年。妈妈给我讲过我们全家看最后一个日落的情景，太阳落得很慢，仿佛在地平线上停住了，用了三天三夜才落下去。当然，以后没有"天"也没有"夜"了，东半球在相当长的一段时间里（有十几年吧）将处于永远的黄昏中，因为太阳在地平线下并没落深，还在半边天上映出它的光芒。就在那次漫长的日落中，我出生了。

黄昏并不意味着昏暗，地球发动机把整个北半球照得通明。地球发动机安装在亚洲和美洲大陆上，因为只有这两个大陆完整坚实的板块结构才能承受发动机对地球巨大的推力。地球发动机共有1.2万台，分布在亚洲和美洲大陆的各个平原上。

从我住的地方，可以看到几百台发动机喷出的等离子体光柱。你想象一个巨大的宫殿，有雅典卫城上的神殿那么大，殿中有无数根顶天立地的巨柱，每根柱子像一根巨大的日光灯管那样发出蓝白色的强光。而你，是那巨大宫殿地板上的一个细菌，这样，你就可以想象到我所在的世界是什么样子了。其实这样描述还不是太准确，是地球发动机产生的切线推力分量刹住了地球的自转，因此地球发动机的喷射必须有一定的角度，这样天空中的那些巨型光柱是倾斜的，我们是处在一个将要倾倒的巨殿中！南半球的人来到北半球后突然置身于这个环境中，有许多人会精神失常的。

比这景象更可怕的是发动机带来的酷热,户外气温有七八十摄氏度那么高,必须穿冷却服才能外出。在这样的气温下常常会有暴雨,而发动机光柱穿过乌云时的景象简直是一场噩梦!光柱蓝白色的强光在云中散射,变成无数种色彩组成的疯狂涌动的光晕,整个天空仿佛被白热的火山岩浆所覆盖。爷爷老糊涂了,有一次被酷热折磨得实在受不了,看到下大雨喜出望外,赤膊冲出门去,我们没来得及拦住他,外面雨点已被地球发动机超高温的等离子光柱烤热,把他身上烫脱了一层皮。

但对于我们这一代在北半球出生的人来说,这一切都很自然,就如同对于刹车时代以前的人们,太阳星星和月亮是那么自然。我们把那以前人类的历史都叫作前太阳时代,那真是个让人神往的黄金时代啊!

我在小学入学时,作为一门课程,教师带我们班的30个孩子进行了一次环球旅行。这时地球已经完全停转,地球发动机除了维持这个行星的这种静止状态外,只进行一些姿态调整,所以从我3岁到6岁的3年中,光柱的光度大为减弱,这使得我们可以在这次旅行中更好地认识我们的世界。

我们首先在近距离见到了地球发动机,是在石家庄附近的太行山出口处看到它的,那是一座金属高山,在我们面前赫然耸立,占据了半个天空,同它相比,西边的太行山脉如同一串小土丘。有的孩子惊叹它如珠峰一样高。我们的班主任小星老师是一位漂亮姑娘,她笑着告诉我们,这座发动机的高度是1.1万米,比珠峰还要高2000多米,人们管它们叫"上帝的喷灯"。我们站在它巨大的阴影中,感受着它通过大地传来的震动。

地球发动机分为两大类,大一些的叫"山",小一些的叫"峰"。我们登上了"华北794号山"。登"山"比登"峰"花的时间长,因为"峰"是靠巨型电梯上下的,上"山"则要坐汽车沿盘"山"公路走。我们的汽车混在不见首尾的长车队中,沿着光滑的钢铁公路向上爬行。我们的左边是青色的金属峭壁,右边是万丈深渊。

车队由50吨的巨型自卸卡车组成,车上满载着从太行山上挖下的岩石。汽车很快升到了5000米以上,下面的大地已看不清细节,只能看到地球发动机反射的一片青光。小星老师让我们戴上氧气面罩。随着我们距喷口越来越近，光度和温度都在剧增，面罩的颜色渐渐变深，冷却服中的微型压缩机也大功率地忙碌起来。在6000米处，我们见到了进料口，一车车的大石块倒进那闪着幽幽红光的大洞中，一点声音都没传出来。我问小星老师地球发动机是如何把岩石做成燃料的。

"重元素聚变是一门很深的学问，现在给你们还讲不明白。你们只需要知道，地球发动机是人类建造的力量最大的机器，比如我们所在的华北794号，全功率运行时能向大地产生150亿吨的推力。"

我们的汽车终于登上了顶峰，喷口就在我们头顶上。由于光柱的直径太大，我们现在抬头看到的是一堵发着蓝光的等离子体巨墙，这巨墙向上伸延到无限高处。

这时，我突然想起不久前的一堂哲学课，那个憔悴的老师给我们出了一个谜语。

"你在平原上走着走着，突然迎面遇到一堵墙，这墙向上无限高，向下无限深，向左无限远，向右无限远，这墙是什么？"

我打了一个寒战，接着把这个谜语告诉了身边的小星老师。她想了好大一会儿，困惑地摇摇头。我把嘴凑到她耳边，把那个可怕的谜底告诉她：死亡。

她默默地看了我几秒钟，突然把我紧紧地抱在怀里。我从她的肩上极目望去，迷蒙的大地上，耸立着一片金属巨峰，从我们周围一直延伸到地平线。巨峰吐出的光柱，如一片倾斜的宇宙森林，刺破我们的摇摇欲坠的天空。

我们很快到达了海边，看到城市摩天大楼的尖顶伸出海面，退潮时白花花的海水从大楼无数的窗子中流出，形成一道道瀑布……刹车时代刚刚结束，其对地球的影响已触目惊心：地球发动机加速造成的潮汐吞没了北半球三分之二的大城市，发动机带来的全球高温融化了极地冰川，更给这大洪水推波助澜，波及了南半球。爷爷在30年前目睹了百米高的巨浪吞没上海的情景，他现在讲这事的时候眼睛还直勾勾的。事实上，我们的星球还没启程就已面目全非了，谁知道在以后漫长的外太空流浪中，还有多少苦难在等着我们呢？

我们乘上一种叫船的古老的交通工具在海面上航行。地球发动机的光柱在后面越来越远，一天以后就完全看不见了。这时，大海处在两片霞光之间，一片是西面地球发动机的光柱产生的青蓝色霞光，一片是东方海平面下的太阳产生的粉红色霞光，它们在海面上的反射使大海也分成了闪耀着两色光芒的两部分，我们的船就行驶在这两部分的分界处，这景色真是奇妙。但随着青蓝色霞光的渐渐减弱和粉红色霞光的渐渐增强，一种不安的气氛在船上弥漫开来。甲板上见不到孩子们了，他们都躲在船舱里不出来，舷窗的帘子也被紧紧拉上。一天后，我们最害怕的那一时刻终于到来了，我们集合在那间用来做教室的大舱中，小星老师庄严地宣布：“孩子们，我们要去看日出了。”

没有人动，我们目光呆滞，像突然冻住一样僵在那儿。小星老师又催了几次，还是没人动地方。她的一位男同事说：“我早就提过，环球体验课应该放在近代史课前面，学生在心理上就比较容易适应了。”

"没那么简单，在近代史课前，他们早就从社会上知道一切了。"小星老师说，她接着对几位班干部说，"你们先走，孩子们，不要怕，我小时候第一次看日出也很紧张的，但看过一次就好了。"

孩子们终于一个个站了起来，朝着舱门挪动脚步。这时，我感到一只湿湿的小手抓住了我的手，回头一看，是灵儿。

"我怕……"她嘤嘤地说。

"我们在电视上也看到过太阳，反正都一样的。"我安慰她说。

"怎么会一样呢，你在电视上看蛇和看真蛇一样吗？"

"……反正我们得上去，要不这门课会扣分的！"

我和灵儿紧紧拉着手，和其他孩子一起战战兢兢地朝甲板走去，去面对我们人生中的第一次日出。

"其实，人类把太阳同恐惧连在一起也只是这三四个世纪的事。这之前，人类是不怕太阳的，相反，太阳在他们眼中是庄严和壮美的。那时地球还在转动，人们每天都能看到日出和日落。他们对着初升的太阳欢呼，赞颂落日的美丽。"小星老师站在船头对我们说，海风吹动着她的长发，在她身后，海天连接处射出几道光芒，好像海面下的一头大得无法想象的怪兽喷出的鼻息。

终于，我们看到了那令人胆寒的火焰，开始时只是天水连线上的一个亮点，很快增大，渐渐显示出了圆弧的形状。这时，我感到自己的喉咙被什么东西掐住了，恐惧使我窒息，脚下的甲板仿佛突然消失，我在向海的深渊坠下去，坠下去……和我一起下坠的还有灵儿，她那蛛丝般柔弱的小身躯紧贴着我颤抖着，还有其他孩子，其他的所有人，整个世界，都在下坠。这时我又想起了那个谜语，我曾问过哲学老师，那堵墙是什么颜色的，他说应该是黑色的。我觉得不对，我想象中的死亡之墙应该是雪亮的，这就是为什么那道等离子体墙让我想起了它。这个时代，死亡不再是黑色的，它是闪电的颜色，当那最后的闪电到来时，世界将在瞬间变成蒸汽。

3个多世纪前，天体物理学家们就发现太阳内部氢转化为氦的速度突然加快，于是他们发射了上万个探测器穿过太阳，最终建立了这颗恒星完整精确的数学模型。

巨型计算机对这个模型计算的结果表明，太阳的演化已向主星序外偏移，氦元素的聚变将在很短的时间内传遍整个太阳内部，由此产生一次叫氦闪的剧烈爆炸，之后，太阳将变为一颗巨大但暗淡的红巨星，它膨胀到如此之大，地球将在太阳内部运行！

事实上在这之前的氦闪爆发中，我们的星球已被汽化了。

这一切将在四百年内发生，现在已过了380年。

太阳的灾变将炸毁和吞没太阳系所有适合居住的类地行星，并使所有类木行星完全改变形态和轨道。自第一次氦闪后，随着重元素在太阳中心的反复聚集，太阳氦闪将在一段时间反复发生，这"一段时间"是相对于恒星演化来说的，其长度可能相当于上千个人类历史。所以，人类在以后的太阳系中已无法生存下去，唯一的生路是向外太空恒星际移民，而照人类目前的技术力量，全人类移民唯一可行的目标是半人马座比邻星，这是距我们最近的恒星，有4.3光年的路程。以上看法人们已达成共识，争论的焦点在移民方式上。

为了加强教学效果，我们的船在太平洋上折返了两次，又给我们制造了两次日出。现在我们已完全适应了，也相信了南半球那些每天面对太阳的孩子确实能活下去。

之后我们就在太阳下航行了，太阳在空中越升越高，这几天凉爽下来的天气又热了起来。我正在自己的舱里昏昏欲睡，听到外面有骚乱的人声。灵儿推开门探进头来。

"嗨，飞船派和地球派又打起来了！"

我对这事儿不感兴趣，他们已经打了4个世纪了。但我还是到外面看了看，在那打成一团的几个男孩儿中，一眼就看出了挑起事儿的是阿东。他爸爸是个顽固的飞船派，因参加一次反联合政府的暴动，现在还被关在监狱里。有其父必有其子。

小星老师和几名粗壮的船员好不容易才拉开架，阿东鼻子血糊糊的，振臂高呼："把地球派扔到海里去！"

"我也是地球派，也要扔到海里去？"小星老师问。

"地球派都扔到海里去！"阿东毫不示弱，现在，全世界飞船派情绪又呈上升趋势，所以他们又狂起来了。

"为什么这么恨我们？"小星老师问。

其他几个飞船派小子接着喊了起来："我们不和地球派傻瓜在地球上等死！"

"我们要坐飞船走！飞船万岁！"

……

小星老师按了一下手腕上的全息显示器，我们面前的空中立刻显示出一幅全息图像，孩子们的注意力立刻被它吸引过去，暂时安静下来。那是一个晶莹透明的密封玻璃球，大约有10厘米直径，球里有三分之二充满了水，水中有一只小虾、一小枝珊瑚和一些绿色的藻类植物，小虾在水中悠然地游动着。小星老师说："这是阿东的一件自然课的设计作业，小球中除了这几样东西外，还有一些看不见的细菌，它们在密封的玻璃球中相互依赖、相互作用。小虾以海藻为食，从水中摄取氧气，然后排出含有机物质的粪便和二氧化碳废气，细菌将这些东西分解成无机盐和二氧化碳，然后海藻利用了这些无机物质与人造阳光进行光合作用，制造营养物质，进行生长和繁殖，同时放出氧气供小虾呼吸。这样的生态循环应该能使玻璃球中的生物在只有阳光供应的情况下生生不息。这是我见过的最好的课程设计，我知道，这里面凝聚了阿东和所有飞船派孩子的梦想，这就是你们梦中飞船的缩影啊！阿东告诉我，他按照计算机中严格的数学模型，对球中每一样生物进行了基因设计，使他们的新陈代谢正好达到平衡。他坚信，球中的生命世界会长期活下去，直到小虾寿命的终点。老师们都很钟爱这件作业，我们把它放到所要求强度的人造阳光下，也坚信阿东的预测，默默地祝福他创造的这个小小的世界。但现在，时间只过去了十几天……"

小星老师从随身带来的一个小箱子中小心翼翼地拿出了那个玻璃球，死去的小虾漂浮在水面上，水已混浊不堪，腐烂的藻类植物已失去了绿色，变成一团没有生命的毛状物覆盖在珊瑚上。

"这个小世界死了。孩子们，谁能说出为什么？"小星老师把那个死亡的世界举到孩子们面前。

"它太小了！"

"说得对，太小了，小的生态系统，不管多么精确，是经不起时间的风浪的。飞船派们想象中的飞船也一样。"

"我们的飞船可以造得像上海或纽约那么大。"阿东说，声音比刚才低了许多。

"是的，按人类目前的技术也只能造这么大，同地球相比，这样的生态系统还是太小了，太小了。"

"我们会找到新的行星。"

"这连你们自己也不相信。半人马座没有行星，最近的有行星的恒星在850

光年以外，目前人类能建造的最快的飞船也只能达到光速的0.5%，这样就需17万年时间才能到那儿，飞船规模的生态系统连这十分之一的时间都维持不了。孩子们，只有像地球这样规模的生态系统，这样气势磅礴的生态循环，才能使生命万代不息！人类在宇宙间离开了地球，就像婴儿在沙漠里离开了母亲！"

"可……老师，我们来不及的，地球来不及的，它还来不及加速到足够快，航行到足够远，太阳就爆炸了！"

"时间是够的，要相信联合政府！这我说了多少遍，如果你们还不相信，我们就退一万步说：人类将自豪地去死，因为我们尽了最大的努力！"

人类的逃亡分为五步：第一步，用地球发动机使地球停止转动，使发动机喷口固定在地球运行的反方向；第二步，全功率开动地球发动机，使地球加速到逃逸速度，飞出太阳系；第三步，在外太空继续加速，飞向比邻星；第四步，在中途使地球重新自转，掉转发动机方向，开始减速；第五步，地球泊入比邻星轨道，成为这颗恒星的卫星。人们把这五步分别称为刹车时代、逃逸时代、流浪时代Ⅰ（加速）、流浪时代Ⅱ（减速）、新太阳时代。

整个移民过程将延续两千五百年时间，一百代人。

我们的船继续航行，到了地球黑夜的部分，在这里，阳光和地球发动机的光柱都照不到，在太平洋清凉的海风中，我们这些孩子第一次看到了星空。天啊，那是怎样的景象啊，美得让我们心醉。小星老师一手搂着我们，一手指着星空，"看，孩子们，那就是半人马座，那就是比邻星，那就是我们的新家！"说完她哭了起来，我们也都跟着哭了，周围的水手和船长，这些铁打的汉子也流下了眼泪。所有的人都用泪眼探望着老师指的方向，星空在泪水中扭曲抖动，唯有那个星星是不动的，那是黑夜大海狂浪中远方陆地的灯塔，那是冰雪荒原中快要冻死的孤独旅人前方隐现的火光，那是我们心中的太阳，是人类在未来一百代人的苦海中唯一的希望和支撑……

在回家的航程中，我们看到了启航的第一个信号：夜空中出现了一个巨大的彗星，那是月球。人类带不走月球，就在月球上也安装了行星发动机，把它推离地球轨道，以免在地球加速时相撞。月球上行星发动机产生的巨大彗尾使大海笼罩在一片蓝光之中，群星看不见了。月球移动产生的引力潮汐使大海巨浪冲天，我们改乘飞机向北半球的家飞去。

启航的日子终于到了！

我们一下飞机，就被地球发动机的光柱照得睁不开眼，这些光柱比以前亮了几倍，而且所有光柱都由倾斜变成笔直。地球发动机开到了最大功率，加速产生的百米巨浪轰鸣着滚上每个大陆，灼热的飓风夹着滚烫的水沫，在林立的顶天立地的等离子光柱间疯狂呼啸，拔起了陆地上所有的大树……这时从宇宙空间看，我们的星球也成了一个巨大的彗星，蓝色的彗尾刺破了黑暗的太空。

地球上路了，人类上路了。

就在启航时，爷爷去世了，他身上的烫伤已经感染。弥留之际他反复念叨着一句话：

"啊，地球，我的流浪地球啊……"

逃逸时代

学校要搬入地下城了，我们是第一批入城的居民。校车钻进了一个高大的隧洞，隧洞成不大的坡度向地下延伸。走了有半个钟头，我们被告之已入城了，可车窗外哪儿有城市的样子，只看到不断掠过的错综复杂的支洞和洞壁上无数的密封门，在洞顶高高的一排泛光灯下，一切都呈单调的金属蓝色。想到后半生的大部分时光都要在这个世界中度过，我们不禁黯然神伤。

"原始人就住洞里，我们又住洞里了。"灵儿低声说，这话还是让小星老师听见了。

"没有办法的，孩子们，地面的环境很快就要变得很可怕很可怕，那时，冷的时候，吐一口唾沫，还没掉到地上呢，就冻成小冰块儿了；热的时候，再吐一口唾沫，还没掉到地上，就变成蒸汽了！"

"冷我知道，因为地球离太阳越来越远了。可为什么还会热呢？"同车的一个低年级的小娃娃问。

"笨，没学过变轨加速吗？"我没好气地说。

"没有。"

灵儿耐心地解释起来，好像是为了分散刚才的悲伤。"是这样：跟你想的不同，地球发动机没那么大劲儿，它只能给地球很小的加速度，不能把地球一下子推出太阳轨道，地球在离开太阳前，还要绕着它转15个圈呢！在这15个圈中地球慢慢加速。

现在，地球绕太阳转着一个挺圆的圈儿，可它的速度越快呢，这圈就越扁，越快越扁越快越扁，太阳越来越移到这个扁圈的一边儿，所以后来，地球有时离太阳会很远很远，当然冷了……"

"可……还是不对！地球到最远的地方是很冷，可在扁圈的另一头儿，它离太阳……嗯，我想想，按轨道动力学，还是现在这么近啊，怎么会更热呢？"

真是个小天才，记忆遗传技术使这样的小娃娃成了平常人，这是人类的幸运，否则，像地球发动机这样连神都不敢想的奇迹，是不会在4个世纪内变成现实的。

我说："可还有地球发动机呢，小傻瓜，现在，一万多台那样的大喷灯全功率开动，地球就成了火箭喷口的护圈了……你们安静点吧，我心里烦！"

我们就这样开始了地下的生活，像这样在地下500米处人口超过百万的城市遍布各个大陆。在这样的地下城中，我读完小学并升入中学。学校教育都集中在理工科上，艺术和哲学之类的教育已压缩到最少，人类没有这份闲心了。这是人类最忙的时代，每个人都有做不完的工作。很有意思的是，地球上所有的宗教在一夜之间消失得无影无踪。不过历史课还是有的，只是课本中前太阳时代的人类历史对我们就像伊甸园中的神话一样。

父亲是空军的一名近地轨道宇航员，在家的时间很少。记得在变轨加速的第五年，在地球处于远日点时，我们全家到海边去过一次。运行到远日点顶端那一天，是一个如同新年或圣诞节一样的节日，因为这时地球距太阳最远，人们都有一种虚幻的安全感。像以前到地面上去一样，我们必须穿上带有核电池的全密封加热服。外面，地球发动机林立的刺目光柱是主要能看见的东西，地面世界的其他部分都淹没于光柱的强光中，也看不出变化。我们乘飞行汽车飞了很长时间，到了光柱照不到的地方，到了能看见太阳的海边。这时的太阳已成了一个棒球大小，一动不动地悬在天边，它的光芒只在自己的周围映出了一圈晨曦似的亮影，天空呈暗暗的深蓝色，星星仍清晰可见。举目望去，哪儿有海啊，眼前是一片白茫茫的冰原。在这封冻的大海上，有大群狂欢的人。焰火在暗蓝色的空中开放，冰冻海面上的人们以一种不正常的感情在狂欢着，到处都是喝醉了在冰上打滚的人，更多的人在声嘶力竭地唱着不同的歌，都想用自己的声音压住别人。

"每个人都在不顾一切地过自己想过的生活，这也没有什么不好。"爸爸突然想起了一件事，"呵，忘了告诉你们，我爱上了黎星，我要离开你们和她在一起。"

"她是谁？"妈妈平静地问。

"我的小学老师。"我替爸爸回答。我升入中学已两年，不知道爸爸和小星老师是怎么认识的，也许是在两年前那个毕业仪式上？

"那你去吧。"妈妈说。

"过一阵我肯定会厌倦，那时我就回来，你看呢？"

"你要愿意当然行。"妈妈的声音像冰冻的海面一样平稳，但很快激动起来，"啊，这一颗真漂亮，里面一定有全息散射体！"她指着刚在空中开放的一朵焰火，真诚地赞美着。

在这个时代，人们在看4个世纪以前的电影和小说时都莫名其妙，他们不明白，前太阳时代的人怎么会在不关生死的事情上倾注那么多的感情。当看到男女主人公为爱情而痛苦或哭泣时，他们的惊奇是难以言表的。在这个时代，死亡的威胁和逃生的欲望压倒了一切，除了当前太阳的状态和地球的位置，没有什么能真正引起他们的注意并打动他们了。这种注意力高度集中的关注，渐渐从本质上改变了人类的心理状态和精神生活，对于爱情这类东西，他们只是用余光瞥一下而已，就像赌徒在盯着轮盘的间隙抓住几秒钟喝口水一样。

过了两个月，爸爸真从小星老师那儿回来了，妈妈没有高兴，也没有不高兴。

爸爸对我说："黎星对你印象很好，她说你是一个有创造力的学生。"

妈妈一脸茫然："她是谁？"

"小星老师嘛，我的小学老师，爸爸这两个月就是同她在一起的！"

"哦，想起来了！"妈妈摇头笑了，"我还不到40，记忆力就成了这个样子。"她抬头看看天花板上的全息星空，又看看四壁的全息森林，"你回来挺好，把这些图像换换吧，我和孩子都看腻了，但我们都不会调整这玩意儿。"

当地球再次向太阳跌去的时候，我们全家都把这事忘了。

有一天，新闻报道海在融化，于是我们全家又到海边去。这是地球通过火星轨道的时候，按照这时太阳的光照量，地球的气温应该仍然是很低的，但由于地球发动机的影响，地面的气温正适宜。能不穿加热服或冷却服去地面，那感觉真令人愉快。地球发动机所在的这个半球，天空还是那个样子，但到达另一个半球时，真正感到了太阳的临近：天空是明朗的纯蓝色，太阳在空中已同启航前一样明亮了。可我们从空中看到海并没融化，还是一片白色的冰原。当我们失望地走出飞行汽车时，听到惊天动地的隆隆声，那声音仿佛来自这颗星球的最深处，真像地球要爆炸一样。

"这是大海的声音！"爸爸说，"因为气温骤升，厚厚的冰层受热不均匀，这很像陆地上的地震。"

突然，一声雷霆般尖厉的巨响插进这低沉的隆隆声中，我们后面看海的人们欢呼起来。我看到海面上裂开一道长缝，其开裂速度之快如同广阔的冰原上突然出现的一道黑色的闪电。接着在不断的巨响中，这样的裂缝一条接一条地在海冰上出现，海水从所有的裂缝中喷出，在冰原上形成一条条迅速扩散的急流……

回家的路上，我们看到荒芜已久的大地上，野草在大片大片地钻出地面，各种花朵在怒放，嫩叶给枯死的森林披上绿装……所有的生命都在抓紧时间焕发着活力。

随着地球和太阳的距离越来越近，人们的心也一天天揪紧了。到地面上来欣赏春色的人越来越少，大部分人都深深地躲进了地下城中，这不是为了躲避即将到来的酷热、暴雨和飓风，而是躲避那随着太阳越来越近的恐惧。有一天在我睡下后，听到妈妈低声对爸爸说："可能真的来不及了。"

爸爸说："前4个近日点时也有这种谣言。"

"可这次是真的，我是从钱德勒博士夫人口中听说的，她丈夫是航行委员会的那个天文学家，你们都知道他的。他亲口告诉她已观测到氦的聚集在加速。"

"你听着亲爱的，我们必须抱有希望，这并不是因为希望真的存在，而是因为我们要做高贵的人。在前太阳时代，做一个高贵的人必须拥有金钱、权力或才能，而在今天只要拥有希望，希望是这个时代的黄金和宝石，不管活多长，我们都要拥有它！明天把这话告诉孩子。"

和所有的人一样，我也随着近日点的到来而心神不定。有一天放学后，我不知不觉走到了城市中心广场，在广场中央有喷泉的圆形水池边呆立着，时而低头看着蓝莹莹的池水，时而抬头望着广场圆形穹顶上梦幻般的光波纹，那是池水反射上去的。这时我看到了灵儿，她拿着一个小瓶子和一根小管儿，在吹肥皂泡。每吹出一串，她都呆呆地盯着空中飘浮的泡泡，看着它们一个个消失，然后再吹出一串……

"都这么大了还干这个，这好玩吗？"我走过去问她。

灵儿见了我以后喜出望外："咱俩去旅行吧！"

"旅行？去哪儿？"

"当然是地面啦！"她挥手在空中划了一下，用手腕上的计算机甩出一幅全息景象，显示出一个落日下的海滩。微风吹拂着棕榈树，道道白浪，金黄的沙滩上有一对对的情侣，他们在铺满碎金的海面前呈一对对黑色的剪影。"这是梦娜和大刚发回来的，他俩现在还满世界转呢，他们说外面现在还不太热，外面可好呢，我们去吧！"

"他们因为旷课刚被学校开除了。"

"哼，你根本不是怕这个，你是怕太阳！"

"你不怕吗？别忘了你因为怕太阳还看过精神科医生呢。"

"可我现在不一样了，我受到了启示！你看，"灵儿用小管儿吹出了一串肥皂泡，"盯着它看！"她用手指着一个肥皂泡说。

我盯着那个泡泡，看到它表面上光和色的狂澜，那狂澜以人的感觉无法把握的复杂和精细在涌动，好像那个泡泡知道自己生命的长度，疯狂地把自己浩如烟海的记忆中无数的梦幻和传奇向世界演绎。很快，光和色的狂澜在一次无声的爆炸中消失了，我看到了一小片似有似无的水汽，这水汽也只存在了半秒钟，然后什么都没有了，好像什么都没有存在过。

"看到了吗？地球就是宇宙中的一个小水泡，啪一下，什么都没了，有什么好怕的呢？"

"不是这样的，据计算，在氦闪发生时，地球被完全蒸发掉至少需要100个小时。"

"这就是最可怕之处了！"灵儿大叫起来，"我们在这地下500米，就像馅饼里的肉馅一样，先给慢慢烤熟了，再蒸发掉！"

一阵冷战传遍我的全身。

"但在地面就不一样了，那里的一切瞬间被蒸发，地面上的人就像那泡泡一样，啪一下……所以，氦闪时还是在地面上为好。"

不知为什么，我没同她去，她就同阿东去了，我之后再也没见到他们。

氦闪并没有发生，地球高速掠过了近日点，第6次向远日点升去，人们绷紧的神经松弛下来。由于地球自转已停止，在太阳轨道的这一面，亚洲大陆上的地球发动机正对它的运行方向，所以在通过近日点前都停了下来，只是偶尔做一些调整姿态的运行，我们这儿处于宁静而漫长的黑夜之中。美洲大陆上的发动机则全功率运行，那里成了火箭喷口的护圈。由于太阳这时也处于西半球，那儿的高温更是可怕，草木生烟。

地球的变轨加速就这样年复一年地进行着。每当地球向远日点升去时，人们的心也随着地球与太阳距离的日益拉长而放松；而当它在新的一年向太阳跌去时，人们的心一天天紧缩起来。每次到达近日点，社会上就谣言四起，说太阳氦闪就要在这时发生了。直到地球再次升向远日点，人们的恐惧才随着天空中渐渐变小的太阳平息下来，但又在酝酿着下一次的恐惧……人类的精神像在荡着一个宇宙秋千，更适当地说，在经历着一场宇宙俄罗斯轮盘赌：升上远日点和跌向太阳的过程是在转动弹仓，掠过近日点时则是扣动扳机！每扣一次时的神经都比上一次更紧张，我就是在这种交替的恐惧中度过了自己的少年时代。

其实仔细想想，即使在远日点，地球也未脱离太阳氦闪的威力圈，如果那时太阳爆发，地球不是被汽化而是被慢慢液化，那种结果还真不如在近日点。

在逃逸时代，大灾难接踵而至。

由于地球发动机产生的加速度及运行轨道的改变，地核中铁镍核心的平衡被扰动，其影响穿过古腾堡不连续面，波及地幔。各个大陆地热逸出，火山横行，这对于人类的地下城市是致命的威胁。从第六次变轨周期后，在各大陆的地下城中，岩浆渗入灾难频繁发生。

那天当警报响起来的时候，我正走在放学回家的路上，听到市政厅的广播："F112市全体市民注意，城市北部屏障已被地应力破坏，岩浆渗入！岩浆渗入！现在岩浆流已到达第四街区！公路出口被封死，全体市民到中心广场集合，通过升降梯向地面撤离。注意，撤离时按危急法第五条行事，强调一遍，撤离时按危急法第五条行事！"

我环视了一下四周迷宫般的通道，地下城现在看上去并没有什么异常。但我知道现在的危险：只有两条通向外部的地下公路，其中一条去年因加固屏障的需要已被堵死，如果剩下的这条也堵死了，就只有通过经竖井直通地面的升降梯逃命了。升降梯的载运量很小，要把这座城市的36万人运出去需要很长时间，但也没有必要去争夺生存的机会，联合政府的危急法把一切都安排好了。

  古代曾有过一个伦理学问题：当洪水到来时，一个只能救走一个人的男人，是去救他的父亲呢，还是去救他的儿子？在这个时代的人看来，提出这个问题很不可理解。

  当我到达中心广场时，看到人们已按年龄排起了长长的队。最靠近电梯口的是由机器人保育员抱着的婴儿，然后是幼儿园的孩子，再往后是小学生……我排在队伍中间靠前的部分。爸爸现在在近地轨道值班，城里只有我和妈妈，我现在看不到妈妈，就顺着长长的队伍跑，没跑多远就被士兵拦住了。我知道她在最后一段，因为这个城市主要是学校集中地，家庭很少，她已经算年纪大的那批人了。

  长队以让人心里着火的慢速度向前移动，3个小时后轮到我跨进升降梯时，心里一点都不轻松，因为这时在妈妈和生存之间，还隔着20000多名大学生呢！而我已闻到了浓烈的硫黄味……

  我到地面两个半小时后，岩浆就在500米深的地下吞没了整座城市。我心如刀绞地想象着妈妈最后的时刻：她同没能撤出的1.8万人一起，看着岩浆涌进市中心广场。那时已经停电，整个地下城只有岩浆那可怖的暗红色光芒。广场那高大的白色穹顶在高温中渐渐变黑，所有的遇难者可能还没接触到岩浆，就被这上千度的高温夺去了生命。

  但生活还在继续，这严酷恐惧的现实中，爱情仍不时闪现出迷人的火花。为了缓解人们的紧张情绪，在第12次到达远日点时，联合政府居然恢复了中断达两个世纪的奥运会。我作为一名机动冰橇拉力赛的选手参加了奥运会，比赛是驾驶机动冰橇，从上海出发，从冰面上横穿封冻的太平洋，到达终点纽约。

  发令枪响过之后，上百只雪橇在冰冻的海洋上以每小时200公里左右的速度出发了。开始还有几只雪橇相伴，但两天后，他们或前或后，都消失在地平线之外。

  这时背后地球发动机的光芒已经看不到了，我正处于地球最黑暗的部分。

在我眼中，世界就是由广阔的星空和向四面无限延伸的冰原组成的，这冰原似乎一直延伸到宇宙的尽头，或者它本身就是宇宙的尽头。而在无限的星空和无限的冰原组成的宇宙中，只有我一个人！雪崩般的孤独感压倒了我，我想哭。我拼命地赶路，名次已无关紧要，只是为了在这可怕的孤独感杀死我之前尽早地摆脱它，而那想象中的彼岸似乎根本就不存在。

就在这时，我看到天边出现了一个人影。近了些后，我发现那是一个姑娘，正站在她的雪橇旁，她的长发在冰原上的寒风中飘动着。你知道这时遇见一个姑娘意味着什么，我们的后半生由此决定了。她是日本人，叫山彬加代子。女子组比我们先出发12个小时，她的雪橇卡在冰缝中，把一根滑杆卡断了。我一边帮她修雪橇，一边把自己刚才的感觉告诉她。

"您说得太对了，我也是那样的感觉！是的，好像整个宇宙中就只有你一个人！知道吗，我看到您从远方出现时，就像看到太阳升起一样呢！"

"那你为什么不叫救援飞机？"

"这是一场体现人类精神的比赛，要知道，流浪地球在宇宙中是叫不到救援的！"她挥动着小拳头，以日本人特有的执着说。

"不过现在总得叫了，我们都没有备用滑杆，你的雪橇修不好了。"

"那我坐您的雪橇一起走好吗？如果您不在意名次的话。"

我当然不在意，于是我和加代子一起在冰冻的太平洋上走完了剩下的漫长路程。经过夏威夷后，我们看到了天边的曙光。在被那个小小的太阳照亮的无际冰原上，我们向联合政府的民政部发去了结婚申请。

当我们到达纽约时，这个项目的裁判们早等得不耐烦，收摊走了。但有一个民政局的官员在等着我们，他向我们致以新婚的祝贺，然后开始履行他的职责：他挥手在空中划出一个全息图像，上面整齐地排列着几万个圆点，这是这几天全世界向联合政府登记结婚的数目。由于环境的严酷，法律规定每三对新婚配偶中只有一对有生育权，抽签决定。加代子对着半空中那几万个点犹豫了半天，点了中间的一个。当那个点变为绿色时，她高兴得跳了起来。但我的心中却不知是什么滋味,我的孩子出生在这个苦难的时代,是幸运还是不幸呢?那个官员倒是兴高采烈,他说每当出现一对儿"点绿"的时候他都十分高兴,他拿出了一瓶伏特加,我们三个轮着一人一口地喝着,都为人类的延续干杯。我们身后,遥远的太阳用它微弱的光芒给自由女神像镀上了一层金辉,对面,是已无人居住的曼哈顿的摩天大楼群,微弱的阳光把它们的影子长长地投在纽约港寂静的冰面上。醉意朦胧的我,眼泪涌了出来。

地球,我的流浪地球啊!

分手前,官员递给我们一串钥匙,醉醺醺地说:"这是你们在亚洲分到的房子,回家吧,哦,家多好啊!"

"有什么好的?"我漠然地说,"亚洲的地下城充满危险,你们在西半球当然体会不到。"

"我们马上也有你们体会不到的危险了,地球又要穿过小行星带,这次是西半球对着运行方向。"

"上几个变轨周期也经过小行星带,不是没什么大事吗?"

"那只是擦着小行星带的边缘走,太空舰队当然能应付,他们可以用激光和核弹把地球航线上的那些小石块都清除掉。但这次……你们没看新闻?这次地球要从小行星带正中穿过去!舰队只能对付那些大石块,唉……"

在回亚洲的飞机上,加代子问我:"那些石块很大吗?"

我父亲现在就在太空舰队干那件工作,所以尽管政府为了避免惊慌照例封锁消息,我还是知道一些情况。我告诉加代子,那些石块大的像一座大山,5000万吨级的热核炸弹只能在上面打出一个小坑。"他们就要使用人类手中威力最大的武器了!"我神秘地告诉加代子。

"你是说反物质炸弹?"

"还能是什么?"

"太空舰队的巡航范围是多远?"

"现在他们力量有限,我爸说只有150万公里左右。"

"啊，那我们能看到了！"

"最好别看。"

加代子还是看了，而且是没戴护目镜看的。反物质炸弹的第一次闪光是在我们起飞不久后从太空传来的，那时加代子正在欣赏飞机舷窗外空中的星星，这使她的双眼失明了一个多小时，之后的一个多月眼睛都红肿流泪。那真是让人心惊肉跳的时刻，反物质炸弹不断地击中小行星，湮灭的强光此起彼伏地在漆黑的太空中闪现，仿佛宇宙中有一群巨人围着地球用闪光灯疯狂拍照似的。

半小时后，我们看到了火流星，它们拖着长长的火尾划破长空，给人一种恐怖的美感。火流星越来越多，每一个在空中划过的距离越来越长。突然，机身在一声巨响中震颤了一下，紧接着又是连续的巨响和震颤。加代子惊叫着扑到我怀中，她显然以为飞机被流星击中了，这时舱里响起了机长的声音。

"请各位乘客不要惊慌，这是流星冲破音障产生的超音速爆音，请大家戴上耳机，否则您的听觉会受到永久的损害。由于飞行安全已无法保证，我们将在夏威夷紧急降落。"

这时我盯住了一个火流星，那个火球的体积比别的大出许多，我不相信它能在大气中烧完。果然，那火球疾驰过大半个天空，越来越小，但还是坠入了冰海。从万米高空看到，海面被击中的位置出现了一个小白点，那白点立刻扩散成一个白色的圆圈，圆圈迅速在海面扩大。

"那是浪吗？"加代子颤着声儿问我。

"是浪，上百米的浪。不过海封冻了，冰面会很快使它衰减的。"我自我安慰地说，不再看下面。

我们很快在檀香山降落，由当地政府安排去地下城。我们的汽车沿着海岸走，天空中布满了火流星，那些红发恶魔好像是从太空中的某一个点同时迸发出来的。一颗流星在距海岸不远处击中了海面，没有看到水柱，但水蒸气形成的白色蘑菇云高高地升起。涌浪从冰层下传到岸边，厚厚的冰层轰隆隆地破碎了，冰面显出了浪的形状，好像有一群柔软的巨兽在下面排着队游过。

"这块有多大？"我问那位来接应我们的官员。

"不超过 5 公斤，不会比你的脑袋大吧。不过刚接到通知，在北方 800 公里的海面上，刚落下一颗 20 吨左右的。"

这时他手腕上的通讯机响了，他看了一眼后对司机说："来不及到 204 号门了，就近找个入口吧！"

汽车拐了个弯，在一个地下城入口前停了下来。我们下车后，看到入口处有几个士兵，他们都一动不动地盯着远方的一个方向，眼里充满了恐惧。我们都顺着他们的目光看去，在天海连线处，我们看到一层黑色的屏障，乍一看好像是天边低低的云层，但那"云层"的高度太齐了，像一堵横在天边的长墙，再仔细看，墙头还镶着一线白边。

"那是什么呀？"加代子怯生生地问一个军官，得到的回答让我们毛发直竖。

"浪。"

地下城高大的铁门隆隆地关上了，约莫过了 10 分钟，我们感到从地面传来的低沉的声音，咕噜噜的，像一个巨人在地面打滚。我们面面相觑，大家都知道，百米高的巨浪正在滚过夏威夷，也将滚过各个大陆。但另一种震动更吓人，仿佛有一只巨拳从太空中不断地击打地球，在地下这震动并不大，只能隐约感到，但每一个震动都直达我们灵魂深处。这是流星在不断地击中地面。

我们的星球所遭到的残酷轰炸断断续续持续了一个星期。

当我们走出地下城时，加代子惊叫："天啊，天怎么是这样的！"

天空是灰色的，这是因为高层大气弥漫着小行星撞击陆地时产生的灰尘，星星和太阳都消失在这无际的灰色中，仿佛整个宇宙在下着一场大雾。地面上，滔天巨浪留下的海水还没来得及退去就封冻了，城市幸存的高楼形单影只地立在冰面上，挂着长长的冰凌柱。冰面上落了一层撞击尘，于是这个世界只剩下一种颜色：灰色。

我和加代子继续回亚洲的旅行。在飞机越过早已无意义的国际日期变更线时，我们见到了人类所见过的最黑的黑夜。飞机仿佛潜行在墨汁的海洋中，看着机舱外那没有一丝光线的世界,我们的心情也黯淡到了极点。

"什么时候到头呢?"加代子喃喃地说。我不知道她指的是这个旅程还是这充满苦难和灾难的生活,我现在觉得两者都没有尽头。是啊,即使地球航出了氦闪的威力圈,我们得以逃生,又怎么样呢?我们只是那漫长阶梯的最下一级,当我们的100代重孙爬上阶梯的顶端,见到新生活的光明时,我们的骨头都变成灰了。我不敢想象未来的苦难和艰辛,更不敢想象要带着爱人和孩子走过这条看不到头的泥泞路,我累了,实在走不动了……就在我被悲伤和绝望窒息的时候,机舱里响起了一声女人的惊叫:

"啊!不!不能亲爱的!"

我循声看去,见那个女人正从旁边的一个男人手中夺下一支手枪,他刚才显然想把枪口凑到自己的太阳穴上。这人很瘦弱,目光呆滞地看着前方无限远处。女人把头埋在他膝上,嘤嘤地哭了起来。

"安静。"男人冷冷地说。

哭声消失了,只有飞机发动机的嗡嗡声在轻响,像不变的哀乐。在我的感觉中,飞机已粘在这巨大的黑暗中,一动不动,而整个宇宙,除了黑暗和飞机,什么都没有了。加代子紧紧钻在我怀里,浑身冰凉。

突然,机舱前部有一阵骚动,有人在兴奋地低语。我向窗外看去,发现飞机前方出现了一片朦胧的光亮,那光亮是蓝色的,没有形状,十分均匀地出现在前方弥漫着撞击尘埃的夜空中。

那是地球发动机的光芒。

西半球的地球发动机已被陨石击毁了三分之一,但损失比启航前的预测要少;东半球的地球发动机由于背向撞击面,完好无损。从功率上来说,它们是能使地球完成逃逸航行的。

在我眼中,前方朦胧的蓝光,如同从深海漫长的上浮后看到的海面的亮光,我的呼吸又顺畅起来。

我又听到那个女人的声音:"亲爱的,痛苦呀恐惧呀这些东西,也只有在活着时才能感觉到。死了，死了什么也没有了，那边只有黑暗，还是活着好。你说呢？"

那瘦弱的男人没有回答，他盯着前方的蓝光看，眼泪流了下来。我知道他能活下去了，只要那希望的蓝光还亮着，我们就都能活下去，我又想起了父亲关于希望的那些话。

一下飞机，我和加代子没有去我们在地下城中的新家，而是到设在地面的太空舰队基地去找父亲，但在基地，我只见到了追授他的一枚冰冷的勋章。这勋章是一名空军少将给我的，他告诉我，在清除地球航线上的小行星的行动中，一块被反物质炸弹炸出的小行星碎片击中了父亲的单座微型飞船。

"当时那个石块和飞船的相对速度有每秒 100 公里，撞击使飞船座舱瞬间汽化了，他没有一点痛苦，我向您保证，没有一点痛苦。"将军说。

当地球又向太阳跌回去的时候，我和加代子又到地面上来看春天，但没有看到。世界仍是一片灰色，阴暗的天空下，大地上分布着由残留海水形成的一个个冰冻湖泊，见不到一点绿色。大气中的撞击尘埃挡住了阳光，使气温难以回升。甚至在近日点，海洋和大地都没有解冻，太阳呈一个朦胧的光晕，仿佛是撞击尘埃后面的一个幽灵。

3 年之后，空中的撞击尘埃才有所消散，人类终于最后一次通过近日点，向远日点升去。在这个近日点，东半球的人有幸目睹了地球历史上最快的一次日出和日落。太阳从海平面上一跃而起，迅速划过长空，大地上万物的影子很快地变换着角度，仿佛是无数根钟表的秒针。这也是地球上最短的一个白天，只有不到 1 个小时。当 1 小时后太阳跌入地平线，黑暗降临大地时，我感到一阵伤感。这转瞬即逝的一天，仿佛是对地球在太阳系 45 亿年进化史的一个短暂的总结。直到宇宙的末日，它不会再回来了。

"天黑了。"加代子忧伤地说。

"最长的一夜。"我说。东半球的这一夜将延续 2500 年，100 代人后，半人马座的曙光才能再次照亮这个大陆。西半球也将面临最长的白天，但比这里的黑夜要短得多。在那里，太阳将很快升到天顶，然后一直静止在那个位置上渐渐变小，在半世纪内，它就会融入星群难以分辨了。

按照预定的航线，地球升向与木星的会合点。航行委员会的计划是：地球第15圈的公转轨道是如此之扁，以至于它的远日点到达木星轨道，地球将与木星在几乎相撞的距离上擦身而过，在木星巨大引力的拉动下，地球将最终达到逃逸速度。

离开近日点后两个月，就能用肉眼看到木星了，它开始只是一个模糊的光点，但很快显出圆盘的形状，又过了一个月，木星在地球上空已有满月大小了，呈暗红色，能隐约看到上面的条纹。这时，15年来一直垂直的地球发动机光柱中有一些开始摆动，地球在做会合前最后的姿态调整。木星渐渐沉到了地平线下，以后的3个多月，木星一直处在地球的另一面，我们看不到它，但知道两颗行星正在交会之中。

有一天我们突然被告知东半球也能看到木星了，于是人们纷纷从地下城中来到地面。当我走出城市的密封门来到地面时，发现开了15年的地球发动机已经全部关闭了，我再次看到了星空，这表明同木星最后的交会正在进行。人们都在紧张地盯着西方的地平线，地平线上出现了一片暗红色的光，那光区渐渐扩大，伸延到整个地平线的宽度。我现在发现那暗红色的区域上方同漆黑的星空有一道整齐的边界，边界呈弧形，那巨大的弧形从地平线的一端跨到了另一端，在缓缓升起，巨弧下的天空都变成了暗红色，仿佛一块同星空一样大小的暗红色幕布在把地球同整个宇宙隔开。当我回过神来时，不由倒吸一口冷气，那暗红色的幕布就是木星！我早就知道木星的体积是地球的1300倍，现在才真正感觉到它的巨大。这宇宙巨怪在整个地平线上升起时产生的那种恐惧和压抑感是难以用语言描述的，一名记者后来写道："不知是我身处噩梦中，还是这整个宇宙都是一个造物主巨大而变态的头脑中的噩梦！"木星恐怖地上升着，渐渐占据了半个天空。这时，我们可以清楚地看到它云层中的风暴，那风暴把云层搅动成让人迷茫的混乱线条，我知道那厚厚的云层下是沸腾的液氢和液氦的大洋。著名的大红斑出现了，这个在木星表面维持了几十万年的大旋涡大得可以吞下整整3个地球。这时木星已占满了整个天空，地球仿佛是浮在木星沸腾的暗红色云海上的一只气球！而木星的大红斑就处在天空正中，如一只红色的巨眼盯着我们的世界，大地笼罩在它那阴森的红光中……这时，谁都无法相信小小的地球能逃出这巨大怪物的引力场，从地面上看，地球甚至连成为木星的卫星都不可能，我们就要掉进那无边云海覆盖着的地狱中去了！但领航工程师们的计算是精确的，暗红色的迷乱的天空在缓缓移动着，不知过了多长时间，西方的天边露出了黑色的一角，那黑色迅速扩大，其中有星星在闪烁，地球正在冲出木星的引力魔掌。这时警报尖叫起来，木星产生的引力潮汐正在向内陆推进，后来得知，这次大潮百多米高的巨浪再次横扫了整个大陆。在跑进地下城的密封门时，我最后看了一眼仍占据半个天空的木星，发现木星的云海中有一道明显的划痕，后来知道，那是地球引力作用在木星表面的痕迹，我们的星球也在木星表面拉起了如山的液氢和液氦的巨浪。这时，木星巨大的引力正在把地球加速甩向外太空。

离开木星时，地球已达到了逃逸速度，它不再需要返回潜藏着死亡的太阳。地球向广漠的外太空飞去，漫长的流浪时代开始了。

就在木星暗红色的阴影下，我的儿子在地层深处出生了。

叛乱时代

离开木星后，亚洲大陆上10000多台地球发动机再次全功率开动，这一次它们要不停地运行500年，不停地加速地球。这500年中，发动机将把亚洲大陆上一半的山脉用作燃料消耗掉。

从4个多世纪死亡的恐惧中解脱出来，人们长出了一口气。但预料中的狂欢并没有出现，接下来发生的事情出乎所有人的想象。

在地下城的庆祝集会后，我一个人穿上密封服来到地面。童年时熟悉的群山已被超级挖掘机夷为平地，大地上只有裸露的岩石和坚硬的冻土，冻土上到处有白色的斑块，那是大海潮留下的盐渍。面前那座爷爷和爸爸度过了一生的曾有千万人口的大城市现在已是一片废墟，高楼钢筋外露的残骸在地球发动机光柱的蓝光中拖着长长的影子，好像是史前巨兽的化石……一次次的洪水和小行星的撞击已摧毁了地面上的一切，各大陆上的城市和植被都荡然无存，地球表面已变成火星一样的荒漠。

这一段时间，加代子心神不定。她常常扔下孩子不管，一个人开着飞行汽车出去旅行，回来后，只是说她去了西半球。最后，她拉我一起去了。

我们的飞行汽车以四倍音速飞行了2个小时，终于能够看到太阳了，它刚刚升出太平洋，这时看上去只有棒球大小，给冰封的洋面投下一片微弱的、冷冷的光芒。加代子把飞行汽车悬停在5000米的空中，然后从后面拿出了一个长长的东西，去掉封套后我看到那是一架天文望远镜，业余爱好者用的那种。加代子打开车窗，把望远镜对准太阳，让我看。

从有色镜片中我看到了放大几百倍的太阳，我甚至清楚地看到太阳表面缓缓移动的明暗斑点，还有日球边缘隐隐约约的日珥。

加代子把望远镜同车内的计算机联起来，把一个太阳影像采集下来。然后，她又调出了另一个太阳图像，说："这个是4个世纪前的太阳图像。"接着，计算机对两个图像进行比较。

"看到了吗？"加代子指着屏幕说，"它们的光度、像素排列、像素概率、层次统计等参数都完全一样！"

我摇摇头说："这能说明什么？一架玩具望远镜，一个低级图像处理程序，加上你这个无知的外行……别自寻烦恼了，别信那些谣言！"

"你是个白痴。"她说着，收回望远镜，把飞行汽车向回开去。这时，在我们的上方和下方，我又远远地看到了几辆飞行汽车，同我们刚才一样悬在空中，从每辆车的车窗中都伸出一架望远镜对着太阳。

以后的几个月中,一个可怕的说法像野火一样在全世界蔓延。越来越多的人自发地用更大型、更精密的仪器观测太阳。后来,一个民间组织向太阳发射了一组探测器,它们在3个月后穿过日球。探测器发回的数据最后证实了那个事实。

同4个世纪前相比,太阳没有任何变化。

现在,各大陆的地下城已成了一座座骚动的火山,局势一触即发。一天,按照联合政府的法令,我和加代子把儿子送进了养育中心。回家的路上我俩都感到维系我们关系的唯一纽带已不存在了。走到市中心广场,我们看到有人在演讲,另一些人在演讲者周围向市民分发武器。

"公民们!地球被出卖了!人类被出卖了!文明被出卖了!我们都是一个超级骗局的牺牲品!这个骗局之巨大、之可怕,上帝都会为之休克!太阳还是原来的太阳,它不会爆发,过去、现在、将来都不会,它是永恒的象征!爆发的是联合政府中那些人阴险的野心!他们编造了这一切,只是为了建立他们的独裁帝国!他们毁了地球!他们毁了人类文明!公民们,有良知的公民们!拿起武器,拯救我们的星球!拯救人类文明!我们要推翻联合政府,控制地球发动机,把我们的星球从这寒冷的外太空开回原来的轨道!开回到我们的太阳温暖的怀抱中!"

加代子默默地走上前去,从分发武器的人手中接过了一支冲锋枪,加入到那些拿到武器的市民的队列中,她没有回头,同那支庞大的队列一起消失在地下城的迷雾里。我呆呆地站在那儿,手在衣袋中紧紧攥着父亲用生命和忠诚换来的那枚勋章,它的边角把我的手扎出了血……

3天后,叛乱在各个大陆同时爆发了。

叛军所到之处,人民群起响应,到现在,很少有人怀疑自己受骗了。但我加入了联合政府的军队,这并非由于对政府的坚信,而是我三代前辈都有过军旅生涯,他们在我心中种下了忠诚的种子,无论在什么情况下,背叛联合政府对我来说都是一件不可想象的事。

美洲、非洲、大洋洲和南极洲相继沦陷,联合政府收缩防线死守地球发动机所在的东亚和中亚。叛军很快对这里构成包围态势，他们对政府军占有压倒优势，之所以在相当长一段时间里攻势没有取得进展，完全是由于地球发动机。叛军不想毁掉地球发动机，所以在这一广阔的战区没有使用重武器，使得联合政府得以苟延残喘。双方这样相持了3个月，联合政府的12个集团军相继临阵倒戈，中亚和东亚防线全线崩溃。2个月后，大势已去的联合政府连同不到10万军队在靠近海岸的地球发动机控制中心陷入重围。

我就是这残存军队中的一名少校。控制中心有一座中等城市大小，它的中心是地球驾驶室。我拖着一条被激光束烧焦的手臂，躺在控制中心的伤兵收容站里。就是在这儿，我得知加代子已在澳洲战役中阵亡。我和收容站里所有的人一样，整天喝得烂醉，对外面的战事全然不知，也不感兴趣。不知过了多久，听到有人在高声说话。

"知道你们为什么这样吗？你们在自责，在这场战争中，你们站到了反人类的一边，我也一样。"

我转头一看，发现讲话的人肩上有一颗将星，他接着说："没关系的，我们还有最后的机会拯救自己的灵魂。地球驾驶室距我们这儿只有三个街区，我们去占领它，把它交给外面理智的人类！我们为联合政府已尽到了责任，现在该为人类尽责任了！"

我用那只没受伤的手抽出手枪，随着这群突然狂热起来的受伤和没受伤的人，沿着钢铁的通道，向地球驾驶室冲去。出乎预料，一路上我们几乎没遇到抵抗，倒是有越来越多的人从错综复杂的钢铁通道的各个分支中加入我们。最后，我们来到了一扇巨大的门前，那钢铁大门高得望不到顶。它轰隆隆地打开了，我们冲进了地球驾驶室。

尽管以前无数次在电视中看到过，但所有的人还是被驾驶室的宏伟震惊了。从视觉上看不出这里的大小，因为驾驶室淹没在一幅巨型全息图中，那是一幅太阳系的模拟图。整个图像实际就是一个向所有方向无限伸延的黑色空间，我们一进来，就悬浮在这空间之中。由于要尽量反映真实的比例，太阳和行星都很小很小，小得像远方的萤火虫，但能分辨出来。以那遥远的代表太阳的光点为中心，一条醒目的红色螺旋线扩展开来，像广阔的黑色洋面上迅速扩散的红色波圈。这是地球的航线。在螺旋线最外面的一点上，航线变成明亮的绿色，那是地球还没有完成的路程。那条绿线从我们的头顶掠过，顺着看去，我们看到了灿烂的星海，绿线消失在星海的深处，我们看不到它的尽头。在这广漠的黑色的空间中，还漂浮着许多闪亮的灰尘，其中几个尘粒飘近，我发现那是一块块虚拟屏幕，上面翻滚着复杂的数字和曲线。

我看到了全人类瞩目的地球驾驶台，它好像是漂浮在黑色空间中的一个银白色的小行星，看到它我更难以把握这里的巨大——驾驶台本身就是一个广场，现在上面密密麻麻地站着五千多人，包括联合政府的主要成员、负责实施地球航行计划的星际移民委员会的大部分，和那些最后忠于政府的人。这时我听到最高执政官的声音在整个黑色空间响了起来。

"我们本来可以战斗到底的，但这可能导致地球发动机失控，这种情况一旦发生，过量聚变的物质将烧穿地球，或蒸发全部海洋，所以我们决定投降。我们理解所有的人，因为在已经进行了40代人、还要延续100代人的艰难奋斗中，永远保持理智确实是一个奢求。但也请所有的人记住我们，站在这里的这5000多人，这里有联合政府的最高执政官，也有普通的列兵，是我们把信念坚持到了最后。我们都知道自己看不到真理被证实的那一天，但如果人类得以延续万代，以后所有的人将在我们的墓前洒下自己的眼泪，这颗叫地球的行星，就是我们永恒的纪念碑！"

控制中心巨大的密封门隆隆开启，那5000多名最后的地球派一群群走了出来，在叛军的押送下向海岸走去。一路上两边挤满了人，所有人都冲他们吐唾沫，用冰块和石块砸他们。他们中有人密封服的面罩被砸裂了，外面零下100多度的严寒使那些人的脸麻木了，但他们仍努力地走下去。我看到一个小女孩，举起一大块冰用尽全身力气狠命地向一个老者砸去，她那双眼睛透过面罩射出疯狂的怒火。

当我听到这 5000 人全部被判处死刑时，觉得太宽容了。难道仅仅一死吗？这一死就能偿清他们的罪恶吗？能偿清他们用一个离奇变态的想象和骗局毁掉地球、毁掉人类文明的罪恶吗？他们应该死 10000 次！这时，我想起了那些做出太阳爆发预测的天体物理学家，那些设计和建造地球发动机的工程师，他们在一个世纪前就已作古，我现在真想把他们从坟墓中挖出来，让他们也死 10000 次。

真感谢死刑的执行者们，他们为这些罪犯找了一种好的死法：他们收走了被判死刑的每个人密封服上加热用的核能电池，然后把他们丢在大海的冰面上，让零下百度的严寒慢慢夺去他们的生命。

这些人类文明史上最险恶最可耻的罪犯在冰海上站了黑压压的一片，在岸上有十几万人在看着他们，十几万双牙齿咬得咔咔响，十几万双眼睛喷出和那个小女孩一样的怒火。

这时，所有的地球发动机都已关闭，壮丽的群星出现在冰原之上。

我能想象出严寒像无数把尖刀刺进他们的身体，他们的血液在凝固，生命从他们的体内一点点流走，这想象中的感觉变成一种快感，传遍我的全身。看到那些人在严寒的折磨中慢慢死去，岸上的人们快活起来，他们一起唱起了《我的太阳》。我唱着，眼睛看着星空的一个方向，在那个方向上，有一颗稍大些刚刚显出圆盘形状的星星发出黄色的光芒，那就是太阳。

啊，我的太阳，生命之母，万物之父，我的大神，我的上帝！还有什么比您更稳定，还有什么比您更永恒。我们这些渺小的，连灰尘都不如的碳基细菌，拥挤在围着您转的一粒小石头上，竟敢预言您的末日，我们怎么能蠢到这个程度！

1 个小时过去了，海面上那些反人类的罪犯虽然还全都站着，但已没有一个活人，他们的血液已被冻结了。

我的眼睛突然什么都看不见了，几秒钟后，视力渐渐恢复，冰原、海岸和岸上的人群又在眼前慢慢显影，最后完全清晰了，而且比刚才更清晰，因为这个世界现在笼罩在一片强烈的白光中，刚才我眼睛的失明正是由于这突然出现的强光的刺激。但星空没有重现，所有的星光都被这强光所淹没，仿佛整个宇宙都被强光融化了,这强光从太空中的一点迸发出来,那一点现在成了宇宙中心,那一点就在我刚才盯着的方向。

太阳氦闪爆发了。

《我的太阳》的合唱戛然而止,岸上的十几万人呆住了,似乎同海面上那些人一样,冻成了一片僵硬的岩石。

太阳最后一次把它的光和热洒向地球。地面上冰结的二氧化碳干冰首先融化,腾起了一阵白色的蒸气;然后海冰表面也开始融化,受热不均的大海冰层发出惊天动地的巨响;渐渐地,照在地面上的光柔和起来,天空出现了微微的蓝色;后来,强烈的太阳风产生的极光在空中出现,苍穹中飘动着巨大的彩色光幕……

在这突然出现的灿烂阳光下,海面上最后的地球派们仍稳稳地站着,仿佛五千多尊雕像。

太阳爆发只持续了很短的时间,2个小时后强光开始急剧减弱,很快熄灭了。在太阳的位置上出现了一个暗红色球体,它的体积慢慢膨胀,最后从这里看它,已达到了在地球轨道上看到的太阳大小,那么它的实际体积已大到越出火星轨道,而水星、火星和金星这三颗地球的伙伴行星这时已在上亿度的辐射中化为一缕轻烟。但它已不是太阳,它不再发出光和热,看上去如同贴在太空中的一张冰冷的红纸,它那暗红色的光芒似乎是周围星光的散射。这就是小质量恒星演化的归宿:红巨星。

50亿年的壮丽生涯已成为飘逝的梦幻,太阳死了。

幸运的是,还有人活着。

流浪时代

当我回忆这一切时,半个世纪已过去了。20年前,地球航出了冥王星轨道,航出了太阳系，在寒冷广漠的外太空继续着它孤独的航程。

最近一次去地面是十几年前的事了，那是儿子和儿媳陪我去的，儿媳是一个金发碧眼的姑娘，就要做母亲了。

到地面后，我首先注意到，虽然所有地球发动机仍全功率地运行，巨大的光柱却看不到了，这是因为地球大气已消失，等离子体的光芒没有散射的缘故。我看到地面上布满了奇怪的黄绿相间的半透明晶体块，这是固体氧氮，是已冻结的空气。有趣的是空气并没有均匀地冻结在地球表面，而是形成了小山丘似的不规则的隆起，在原来平滑的大海冰原上，这些半透明的小山形成了奇特的景观。银河系的星河纹丝不动地横过天穹，也像被冻结了，但星光很亮，看久了还刺眼呢。

地球发动机将不间断地开动500年，到时地球将加速至光速的千分之五，然后地球将以这个速度滑行1300年，之后地球就走完了三分之二的航程，它将掉转发动机的方向，开始长达500年的减速。地球在航行2400年后到达比邻星，再过100年时间，它将泊入这颗恒星的轨道，成为它的一颗卫星。

> 我知道已被忘却
>
> 流浪的航程太长太长
>
> 但那一时刻要叫我一声啊
>
> 当东方再次出现霞光
>
> 我知道已被忘却
>
> 启航的时代太远太远
>
> 但那一时刻要叫我一声啊
>
> 当人类又看到了蓝天
>
> 我知道已被忘却
>
> 太阳系的往事太久太久
>
> 但那一时刻要叫我一声啊

当鲜花重新挂上枝头

……

每当听到这首歌，一股暖流就涌进我这年迈僵硬的身躯，我干涸的老眼又湿润了。我好像看到半人马座三颗金色的太阳在地平线上依次升起，万物沐浴在它温暖的光芒中。固态的空气融化了，变成了碧蓝的天。2000多年前的种子从解冻的土层中复苏，大地绿了。我看到我的第100代孙子孙女们在绿色的草原上欢笑，草原上有清澈的小溪，溪中有银色的小鱼……我看到了加代子，她从绿色的大地上向我跑来，年轻美丽，像个天使……

啊，地球，我的流浪地球……

刘慈欣：生于1963年，科幻作家，高级工程师，中国科幻小说领军人物，被称为"以一己之力将中国科幻带到了世界水平"。曾获1999—2006年中国科幻银河奖，多次获得华语科幻星云奖最佳长篇和最佳奖，2015年凭《三体》获得第73届雨果奖最佳长篇小说奖，为亚洲作品首次获得此奖项。2017年6月，《三体3》荣获国际科幻大奖"轨迹奖"。

星潮·皇帝的风帆

这颗小星球处在星系的边缘，距星系中心很远，纬度大约45°，不高也不低，附近的区域很空旷。它半径不大，重力不强，气体不少，太阳不暴躁，是个平静安详的小地方。它距离其他星球都很远，所以一直安全、孤立、原生态、信息闭塞。

请想象一下它的样子：无边的漆黑中，一颗绿色的小球，裹在一层白白的云雾里。

一

这颗小星球上有 20 个国家，宇心国是最大的一个。它的国土面积达到星球表面土地的十九分之一，比其他任何国度都大了一圈，因此国王很自豪，亲自修改了国名，并在每一本小学教科书的扉页上题写了辉煌灿烂的一行字：我们是最大的国家，我们是宇宙的中心。宇心国的所有小孩子从小就知道，宇宙变化多端，是为了庆祝我们国家的伟大。

宇心国的国王是个热爱星空的人，因而在他的国度里，天文学家比哪国都多。他们考究万年历史，证明宇心国自古就掌握宇宙的真理。他们撰写当下的历史，歌颂宇心国现在依然掌握宇宙的真理。他们还预言未来的历史，宣称宇心国能永远掌握宇宙的真理。其实他们证明的只是宇心国在某个时间比其他 19 个国家掌握了更多的宇宙知识，但由于他们不讨论真理的绝对性和相对性，便把这相对的超过理解为永恒。国王很高兴，他接连下令派发了 30 艘飞船到太空里，排成一列，挂起巨幅风帆，绕着星球旋转，以扬国威。风帆又大又结实，金光灿灿，气势恢宏，上面印着一整套国王陛下的写真，有在草丛里打兔子的，也有在黄土场上打棒球的，雄姿英发，引人景仰。宇心国的诗人和小说家都热爱天文，他们都说自己从宇宙中领悟了人生的真谛，受星光照耀，如梦如幻，因此能写洋洋洒洒万语千言。宇心国的小孩子更是热爱天文，他们都梦想自己有一天能登上国王的飞船，踏上征服宇宙的旅途。

只有宇心国的普通百姓不热爱天文，他们时常纳闷，天文和日常生活有啥关系？将来有啥用？他们觉得自己才疏学浅，不懂这么宏伟的事情，因此虽纳闷却不问，只说自己也热爱天文，国王英明神武，国运蒸蒸日上。

宇生和飞天从襁褓中相识，两人今年18，做兄弟已经做了17年。他俩从小同班，现在都是宇心国第五高等学院天文专业三年级的学生。

宇生小时候名叫土生，在3岁那年，国王修改国名，于是父亲便响应国家宏旨，给他改名叫作宇生。这个名字给他带来很多困扰，无论走到哪里，重名都是无限，和飞天一起并列全国十大常见姓名之首。宇生的班上就有3个宇生，4个飞天。

宇生和飞天从小机灵跳脱、不服管教、勇敢冲动、向往冒险，两个人都希望发掘被人遗落的宝藏，寻找世人忘却的路途，想当大起大落的大人物，不想做小本小利的小买卖。他们的爹娘都是小生意人，淳朴老实，与世无争，默默奋斗，相互扶持。

自从上了第五高等学院，宇生和飞天就难得回家。偶尔回来，家里便像过节一样，喜气洋洋，给他们接风洗尘，做各种好吃的。宇生娘和飞天娘总是乐得合不拢嘴，忙前忙后，拉着他俩问长问短。他们去的是国家最光荣的学校最神秘的专业，邻里街坊早就投来钦羡的眼光。

"天儿，你倒是说说，你们学的在生活里到底有啥用？平时说得怪神秘的。"

飞天娘好奇又虔诚地问。宇生和飞天在热腾腾的香气中狼吞虎咽，飞天娘顾不上给自己夹菜，只是爱怜地看着他俩。

"没啥用。"飞天说,"真的。"

宇生笑了,也附和着点点头。

"瞎说。"宇生娘说,"你俩小孩子懂啥。"

宇生和飞天更笑了。自从他们外出上学,家里就慢慢形成了这样一种气氛:他们的娘觉得他们还是小孩子,阅历浅,不懂就乱说,而他们觉得他们的娘太迷信权威,听不懂的东西也瞎信。

宇生娘和飞天娘没有理解他俩的意思。在宇心国,天文一向是很有用的,自古就很有用。国王是宇宙的国王,命运也是宇宙的命运。粮食欠收了,河流发水了,货币贬值了,战争失败了,都可以问星星。天文学家们最重要的任务就是把天上的观测对应到地上。宇生他们要学的课程非常多,包括占卜、释梦、符号阐释、色彩、命理、几何构型学,等等等等,还有一点点物理和化学,用各种手段和方法理解天象奇观与国运兴隆的关系。这是涉及千秋万载国计民生的大事,意义非凡,理论艰深,一般老百姓没机会听,就算听也听不懂。宇生娘和飞天娘并不怀疑这些学问,她们想问的只是这些宏伟的理论怎样操作到实际。但恰好宇生和飞天不是很乖的学生,他们常常觉得很多理论大而穿凿,牵强附会,听起来能预言所有人的命运,但实际应用却问题百出。以他俩叛逆的性子,一点点小怀疑就带来整体的大否定。因此他们常对人说,哄人的,别太认真了。

在外人看起来,宇心国实在有趣得紧。它有一个独一无二的特性:注重实用。什么是实用没有人定义,但宇心国的人们都自动将它作为事情的标准。

国王觉得天文好,因为天文有用;宇生和飞天觉得天文不好,因为他们发现,以为有用的东西其实没用;宇生和飞天的娘觉得天文好,因为她们相信,即使现在没用,将来准有用。

就这样,天文被塞到各个角落,在有用与无用之间,变幻了身影。很少有人真的关心星空实际的模样。一层白白的云雾就像虚空里的摇篮,让绿色的小球安睡其中,悠然自得。

宇生和飞天没告诉他们的娘，他们决定偷偷退学。

这一年宇心国经济大为动荡。先是粮食产量大跌，再是度度鸟肉价格大涨。度度鸟是这颗星球上人们的主要食物。人们的生活顿时变得困难起来，民间怨声四起，不安潜伏。面对此种忧患，国王寝食难安，连称天象不祥，召集数百天文学家，重金悬赏良方对策。

天文学家们难得遇到此种历史机遇，觉得使命重大，责任深远，便连夜查阅天象奇观，连同各种古今资料，融会贯通，从多层次多角度阐述近来事件所呈现的深远内涵。学者争相向国王进献治国良方，各执一词，唇枪舌剑。

宇心国的学者自古分为南北两派，北派主张管制，南派主张减少管制；北派称自己明理，南派称自己逍遥。这两派学术传统均已悠久，著述均已丰富，人才代代相传，优势时常逆转。面对这场难得的历史考验，两派自然均不示弱，各种天象都被拿来分析，阐释自然常常分成截然相反的两种。

宇生和飞天的老师，皇时空博士，是南派的主力之一。他精通古人图腾符号与现代炼金学，特别擅长将看似无关的图像联系在一起。他分配给班上每组学生一个题目，给宇生和飞天的题目是"寻找星系中心亮度与度度鸟肉价格的相关性"，他说这题目意义重大，要他俩好好做，做好了前途无限。

宇生和飞天面面相觑，几乎是笑着接下了这个题目。微言大义一向不是他们所长，他们心里觉得这相关性如果能找到那就是见鬼了。

可是没想到，他们真的找到了。

在我们看来，宇心国的现象不难解释。星系中心的巨黑洞进入了一个活跃期，开始向外喷发物质，离子潮汐一阵阵漫过星球，被击中的物质便受影响。离子和辐射造成基因突变，一些粮食作物枯死，一些人生病，一些鸟发生奇怪瘟疫。再加上信息阻塞，沟通不畅，粮价肉价便开始狂飙起来。

相比其他星球而言，这些变化不算什么。他们的星球距离星系中心很遥远，又不在喷流的正前方，只有这些琐碎的变化，就像小小的渔村受到远方海啸的漫漫波及。

宇生和飞天先查找了经济动荡的最初事件，又搜索了同时期的宇宙射线观测，发现在这几次事件之前，都有特别凶猛的大气级联簇射，就像空气中一场场粒子的雪崩，且每一次簇射的来源都指向星系中心。

"老师，这段时间星系中心亮度变化不多……"

"重新查！"

"确实变化不多……"

"不是叫你们重新查吗？"

"但我们发现奇异事件和从星系中心来的宇宙线有相关……"

"啊？快给我看看！"

皇时空博士博学多闻，有勇有谋，眉头一皱略经沉吟，便道出了合理的断言。他说这是宇宙对我们的警告，之前有太多人自以为是，对世间指手画脚，破坏了人世与上天的自然对应，因此星空显灵，向我们昭示自大的后果。他说他要向国王陛下慷慨陈词，发扬自由逍遥，以让人世重获宇宙的安宁。

博士说做就做，将灾变与粒子射线的相关性总结成图表，命名为皇-宇-飞定律，装进口袋，整装待发，匆匆动身，前往皇宫大舞台。他不准备研究粒子射线的来源，也不准备调查粒子的分布与影响。他说那些太花时间，他可没那么悠闲，他需要赶紧为人间除去祸患。

宇生和飞天看着老师的背影，心思百转。他们此时有很多选择。他们可以跟着老师为学派奋斗，也可以埋头坐下来把这定律的深层原因找出来，还可以什么都不做等着赢取大奖。但他们哪一条都没选。他们想，既然鸟肉紧缺是受了宇宙射线攻击，那么在事故发生时，星球的侧面和背面理应免遭影响。

于是，他们决定去邻国进口度度鸟肉回国倒卖。

"娘，我和飞天可能要出一趟远门。"

宇生娘正收拾碗筷，听到这话站直了身子。

"去哪儿呀？"

"去南边做个考察。"

"啥时走？"

"明儿就走。"

"咋这么急呢？"宇生娘忧心忡忡地捋了捋头发。

"学校的任务。"宇生囫囵着撒谎。

"出门在外，小心点。近来不太平，常有人财迷心窍，趁乱发财。你俩小孩不懂事，别贪便宜，当心让人骗了。"

宇生不答，和飞天相互看了一眼，闭着嘴笑了。

宇生娘想了想又说："带本星图，选吉祥时辰走，别忘了。"

飞天娘一边帮宇生娘擦桌子，一边絮絮叨叨地说："对，选个吉祥时辰。出远门，多看看星图没坏处。多和别人照应着点，遇着什么事慢慢来，别跟别人抢。老话说，星挪一分，人挪一寸。"

宇生和飞天笑着点点头，没往心里去。两个人一夜睡得很美，第二天一早便收拾行囊，挥别家人，摇摆着上路了。

皇时空博士的学说发表后，激起了千般反应。南派以为自己胜券在握，却没想到什么事都能被拿来做两种解读。北派看到皇-宇-飞定律之后，不但没有屈服，反而理直气壮地说，这宇宙射线既然是神迹，就是暗示了人间德行的方向，因此不但不应减少管理教化，还应当加强国王领导，主动引领世间贴近宇宙结构。

这一下，争吵变成一团杂乱。两派都相信自己述说的才是真理，因而便觉得对方是另有目的。学理之辩上升为道德之疑，北派说南派为一己私利，南派说北派为一己荣誉。双方越闹越厉害，矛盾渐渐升级。

这时候的民众并不知晓这些。一些大众学者向百姓发表演说，告诉百姓经济变化与宇宙射线相关，并且大胆推出风云预测。星图的价格上涨了，许多人搬动屋里的家具，按照最新的版本码放。另一些人像赌马一样买断某种货品，期待下一次宇宙射线降临后该物短缺，可以哄抬物价，大捞一笔。

没人关心宇宙射线的来源。

宇生和飞天在国境处来往连连，事业蒸蒸日上。他们不知道老师那边发生的状况，只是自信满满，低买高卖，意气风发，得意扬扬。

一天下午，当他俩刚做了一笔大生意，正蹲在街角数钱时，忽然冲上来一群官兵，粗暴蛮横，不由分说，将他们三下五除二扭了起来。

"抓起来抓起来！就是这两个！抓起来！"

一个带头的小官员飞扬跋扈地大声喊着。

宇生和飞天大声喊叫起来，拳打脚踢，试图挣脱官兵束缚，但官兵的数量有他们十倍，蜂拥着抱紧他俩手脚，用绳子将他们捆了个结实。

"还敢抵抗！罪加一等！"小官员摇头晃脑地戳着他们脑袋，"祸乱乡野，扰乱民生，影响经济，发布歪理邪说！"

宇生还想顽抗，但官兵连连捶打他们的胸口。宇生和飞天"啊啊"地叫喊着，小官员大手一挥，"拉上车去！"官兵便连推带操地将他俩塞进车里。车马卷起尘器，喧哗而去。街上挤满了好奇的人们，度度鸟们瞪大了眼睛看着。

当晚，宇生和飞天被扔进了大牢。他们只是心底憋气，抱怨小官员蛮横，却不知道这是学派斗争渐渐升级的结果。南派和北派近来打得不可开交，北派正愁无处发火，刚好发现他俩所为，便稍加示意，手到擒来，出气示威，简单又畅快。

隔天，报纸上的头版头条惹人眼目："天文高才生退学卖鸟肉"，"皇-宇-飞定律发现者大捞国难财"，"……"

"生哥，你放心。我不会有事的。"

审判前一晚，宇生和飞天在牢房里掷硬币。他们觉得两个人都牺牲太憋屈了，决定将主要罪责推到一个人身上，另一个人争取混到出去，十年报仇。两个人捶着胸脯，说来生还做兄弟，将硬币抛到半空，像一颗星星飞快旋转。反面。飞天顶罪。

第二天，经过两个人持之不懈的努力，宇生被判服苦役，飞天被扔进重犯牢房，等待进一步审讯。

二

宇生被扔上了太空，一个人驻守在光荣船队，船队在宇心国上方华美地漂流。

他的工作是保持清洁，保持30面巨大风帆的灿烂清洁。风帆印着国王的肖像，展开在漆黑的夜幕，拥抱着无尽的太空。他能做的只有三件事：翻动小屏幕，打开外仓清扫器，在睡房里上下蹬跳。星海茫茫，船舱寂静。离群索居，百无聊赖。

宇生每天面对寂寞，看不到尽头。光荣船队只需要一个清洁员，有两个人就可以娱乐、打架、搞阴谋诡计，起不到寂寞杀人的惩戒作用。只有下一个苦行犯才能换他下去，而他知道这希望纯凭运气。他无聊得很，见不到任何人，也见不到任何怪物，连垃圾都见不到。他翻来覆去地摆弄操纵杆，听木头发出吱吱呀呀的呻吟。小屏幕上显示出舱外的红色防护袋，左一下右一下，在黑暗的背景中，像一只困顿的水母。他没什么要做的，袋子总是空空如也。船舱四壁嵌着30几个大大小小的屏幕，列在舷窗两侧，监测各种辐射和风帆的微小变化。

舷窗外总是星光灿烂，宇生常常趴在窗口，俯瞰地面。

飞天，他在心里说，你小子死了没，怎么还不赶紧显灵来陪陪你兄弟呢。

一天夜里，宇生正沉沉地睡着，一阵嘀嘀的叫嚷突然把他闹醒了。恍惚中他以为是闹钟，伸手胡乱拍打，好一会儿才发觉，发声的是墙上的小屏幕。他翻身爬下床，手忙脚乱地奔到舷窗前。五个波段的电磁信号同时超出探测上限，探测器发出尖细的声声预警。

好亮啊，太亮啦，我们的眼睛被晃啦，探测器们像撒娇的孩子一样此起彼伏地叫唤。宇生采取了最简单粗暴的家长态度，啪啪几下将监视屏都关上，舱内瞬间静了。

他想回床再睡，可是不知为什么，心里有些毛躁不安。他取出数据记录看了看，看不出所以然，只得打开外仓清扫器，习惯性地挥动操纵杆。他说不清为什么这么做，只是只有这件事做得熟，比较让他安心。他没期待什么，但出乎他意料的是，小绿灯亮了，一行小字提示，防护袋装满东西，需要倾倒。他愣了，即使再不敏感，也知道这不寻常。他连忙按动指令，让收集舱把这一袋东西安全筛查，送进屋来。

袋子里是许多金属质地的小圆片，每个有拳头那么大，一侧标明号码，另一侧密密麻麻地印着繁密的小字和图画。

在70天之后，宇生将知道这些小圆片的来历和目的。但在当时他想不了那么多，只是一阵兴奋，知道自己终于有事做了。

他第一次由衷地感谢地面上的天文学：他们国家最杰出的学问就是符号破译，每艘船上都有一台强大的符号分析机，平时用来分析星象与国王健康的关系，附加功能为语言破译。宇生将拾到的圆片依次塞入破译机，一天又一天，从光荣三号，到光荣四号，再到光荣五号。

这一下，宇生终于不寂寞了。他一天天阅读，沉浸在故事中，被破碎而遥远的历史打动，心潮澎湃，悠然入迷。他态度直爽，性子单纯，没把他读到的故事当作寓言。他并不知道，一切文字都是交流，一切交流都有意图的传导。

就在宇生读到第22片的时候，通讯器突然响了起来，飞天的笑脸出现在角落的小屏幕里。

"宇生，宇生，在吗？"

宇生一下子跳了起来，又惊又喜地冲到屏幕前。

"飞天？！"

"生哥！是我。"

"你小子还活着！"

"什么话！哪那么容易就死？"

"咋逃出来的？"

"风水轮流转！你不知道，皇老师可厉害呢。他找出北派的暗中阴谋，上报国王，国王大怒，下令查案，不但把我们都放了，还给我封了个星空小剑客呢！"

"爽啊!"宇生觉得全身上下毛孔都张开了,"这回可爽了。"

"说起来也好笑,大牢里那两个看守是墙头草,前几天给我喂猪粮,后来看我扬眉吐气了,俩人自己捧着猪粮大嚼特嚼,求我饶命……"

宇生笑着,忽然想起来:"怎么没人把我放回去?"

飞天想了想:"估计是还没找到替死鬼。没事,生哥,你放心,过几天保证接你下来。我争取把抓咱俩那小官送上去,看他还敢不敢作威作福!"

听到这话,不知为什么,宇生忽然觉得有点担心。

"别急。看意思局势还不稳,先照顾自己。我没事。"

飞天打了个响指,笑着说放心吧,就迅速从屏幕里消失了,像一颗彗星划过天空。宇生没来得及问他娘的情况,也没来得及告诉他小圆片的事情。他看着重归平静的小屏幕,兴奋之余,略有一丝茫然。

宇生的预感是对的。此时地上的形势并不像飞天说的这么简单。皇时空博士是在翻来覆去的变化之后才取得了暂时的优势。他和同伴们小心翼翼地上书,指责北派在暗中耍花样,是野心想要吞国。好容易才说动国王,罚了北派,赏了南派。

这些细节宇生可不知道。他听飞天讲地上的新闻,只有结果,没有缘由。天上静如止水,他感觉不到地面的纷繁,每天躺在小屋里,一个人读传奇。时间仿佛不流动,窗外是恒久的宁静星河。

圆片的破译艰难却有趣。宇生没有搜集到所有圆片,尽管来来回回打捞了好几次,但最终只捡到10000多片,还有许多是重复的,不能算数。据编号推测,完整的一套至少应有几万。因此,他的阅读是一种想象,像一幅不齐全的拼图,需要用零星残片,在头脑中搭造完整的地图。圆片的语言很复杂,破译机工作得很慢。间歇跳过大量词语,没有译出。修辞完全不经斟酌,只有最粗糙的意思流淌出来。

女人生坏掉的孩。男人死掉。更热。人不懂。秘密遗忘。人减少。

圆片讲述了一个行星系统10万多年的历史,从繁衍生息到种族迁徙,大起落,无悲喜。那颗星距离星系中心比较近，好像是跟着自己的太阳慢慢向星系中心运行。过程中不断有灾祸发生，气温越来越热，但不知为何，星球上的气候研究却被废弃，似乎有一道跨越星空的壁垒被热风燃烧。

宇生躺在床上，双脚翘到桌子上，一边看，一边遐想，时而拍击床板拍得手掌生疼，时而双脚一跺磕得脚趾刺痛。他从小喜欢看传奇，而这是第一次接触到真正的传奇。远在万万万万里之外的历史激动了他的情怀。他仿佛也跑到了星系中心，大展拳脚，与星海为邻，看皇宫灰飞烟灭。他身在船舱，生活在别处。

突然有一天，一张小圆片将他拉回了现实。

那张小圆片上画着一幅星系的全景。这幅画宇生是认得的，尽管宇心国天文繁乱，但观测却并无偏差。小圆片上的图景比他平时所见更复杂，中心是一个大黑点，向外有螺旋状曲线，尽头是两道绚烂的弧形，如同两弯巨大的浪潮，边缘处光华翻涌。画旁有一行小字，简洁，却清楚：

黑洞活，亮度增，须防御。多日后，粒子潮。谨记。

宇生一下子愣住了，如一阵小风袭过全身。亮度增，他想，不说我倒忘了。他跑到舷窗旁，打开关闭了50多天的亮度监测器，船舱里顿时响起一片尖利的嗡鸣。

粒子潮。须防御。

圆片上的小字像洪钟一样敲击他的太阳穴，他只觉得血管突突地跳。

当天晚上，当飞天的笑脸出现在小屏幕里，宇生像抓住救命稻草一样将一切告诉了飞天。

"天儿，你听着，我有件大事要跟你说。"

"啥事？"

"一个大危险。你回去一定告诉大家，粒子潮就要来了。粒子射线可能比以前多好多。"

"对，皇老师也是这么说。他说要是北派……"

"不是，不是什么南派北派，是因为黑洞。"

"啥？"

"黑洞。你别问我这是啥。我也不知道是啥。哎，跟你解释不清……你就答应我，一刻都别耽搁，赶紧回去报告，就说危险了危险了。"

"行。不过你咋知道？"

"前几天，我不是跟你说我捡到一袋子小圆片吗？……"

宇生简明扼要地把一切讲给飞天听，飞天都拿笔记下了。宇生再三叮咛，飞天连连说没问题。宇生的心这才算落回到肚子里。当天晚上，他还睡了个好觉。

接下来几天，事情的发展让宇生大为焦躁。他没想到的是，他的警告递交上去便如石沉大海，久久无人理会。

"天儿，这是咋回事？报告你交了吗？"

"交了。早交了。转天一大早我就交了。"

"那皇老师说啥了？"

"他说他给国王递上去了，还没消息呢。"

"为啥没消息呢？……"

宇生百思不得其解。飞天也说不清所以然。他俩都是一腔热血的好少年，以为皇宫就和小时候小伙伴的土战场一样，一个人喊一声危险，所有人就都趴下。

他们不清楚，国王这些天收到了太多次各种各样的预警。南北两派都借用灾祸来指责对手，天象大凶、星图不吉的预言不绝于耳，所有人都借星象自辩。再多一份神秘预言也只是多一篇文档，很快就淹没在浩瀚的上书的海洋中。人们不知道，危险是不能多喊的，喊多了就没有人听了。

正当宇生坐立不安焦急等待的时候，飞天却突然失去了踪影。

整整十天，飞天再也没有讯号传来。对宇生来说，这无异于雪上加霜。他本就对险情惶惶不安，现在则更是全无头绪。他尝试向地面发送消息，可光荣船队没有通讯站,不能发送,只能接收。他一遍遍刷新通讯器,可是所有屏幕都保持寂静,就像是恼人的姑娘,你越守候,她越不理你。

宇生不知道,此时的地面形势发生了又一次逆转。正当飞天扬扬得意地写下"今日天侠去又来"之类的歪诗时,大殿里却是煞有介事、严肃认真,北派举出一张大大的星图,说南派的理论让天下更乱了,有宇宙为证。星图从大厅一直铺到台阶下面。然后飞天就又被捕了。

宇生和外界隔绝了。他听不到讯息,也看不到变化,听不到星系深处的激情喷涌,也看不到地上翻烧饼似的你来我往。他一个人闷在船舱里,闷在星球旁、白云外、被人遗忘的寂静的船舱里。他被空旷的黑暗包裹,夹在远与近之间,远方听不见他,近处的人不听他,远方光芒万丈,近处激战正酣,远方是无边无际的星的海洋,近处是安然沉睡的球形的孤岛。他看着脚下的大地,一层白云把他隔开。他什么都看不清楚,就像国王仰头看风帆,看到的只是自己的想象。绿色的大地越来越远,不知不觉中,他成了一个离世之人。

困顿中,宇生只得埋头看资料。从小到大,他还从来没像这两天这样耐心学习。他把所有相关圆片翻来覆去地看了好几遍,看得懂的看不懂的都装进心里,边猜边领会。宇心国的天文还不知道黑洞存在,对星系中心的理解也有误会,粒子知识更是浮于表面,但宇生却在这匮乏之下,顽强地将圆片所讲理出了大概,借助圆片清晰的示意图,将大潮汹涌的过程看了个八九不离十。圆片说,黑洞猛烈抛射之前可能有一系列小型预射,因此某星球一旦探测到过量粒子射线,便应及时全面防护。对粒子潮的危险,圆片说得不清楚,只是给出了一系列判断标准和计算公式。宇生不会算,但他猜想,若之前的粒子射线能让猪变成病猪,那么威力更大的定可以让人变成病人。按照时间推算,从发现亮度激增开始,大致会有百余天延迟,现在七八十天已过,整颗星球还毫无防备。

看着看着,宇生的消遣之心荡然无存。让他感到寒意的已经不是险境本身,而是人们对险境的无知无觉。就像一个人摇晃着走出一座歌舞升平的城,突然发现四野排满军队,在无声中剑拔弩张。

宇生仍然每天刷新通讯器。飞天，他在心里说，你小子哪儿去了，咋还不来信呢。

他不知道，天上一日，人间几重。

又过了十多天，当飞天再次出现在画面里，宇生就像从一场大梦里转醒过来。

"生哥，生哥！你在吗？"

飞天的笑容一如既往地欢快明朗。

"飞天！"宇生百感交集地叫起来，"你小子可来啦！这些天跑哪儿去啦？"

"说来话长，生哥，你兄弟我这回可是九死一生，差点见不着你了。你不知道，北派使了阴谋诡计，不但又把我们几个抓了进去，还指使人把我们学院都砸了呢。你说说，这是不是奇耻大辱？简直是欺人太甚，无法无天！"

"那你怎么脱险的？"

"实话说，我也不知道。"飞天嘿嘿地笑着，"关了一个月就放出来了。据说是皇老师英明，在大殿上据理力争。听人说……"

"天儿，"宇生打断他，"别的我都不想管，你没事就好。你知不知道之前预警的事怎么样了？"

听了这话，飞天忽然有点犹豫，态度也沉了下去，默然好一会儿才开口。

"生哥，这事可能有点复杂……我听皇老师说，他把危险又汇报上去了，不过他说，这是北派胡作非为，惹恼上苍，才降灾祸于人间。圆片就是星空给我派的天启，若想避祸，必须去除恶霸，斩杀贼党，还人间清静。"

"胡说！"宇生急了，"圆片上说得清楚，对粒子潮必须用贵重金属打造防护房，杀人管什么用？"

"可北派那帮人就是该杀！"飞天脱口而出。

宇生一下子说不出话了。他明白飞天的心情。学院被砸，在牢狱中感受到种种不公，出来后必定想讨回公道。可现在说的是避祸，不是杀人，是用贵金属就能做到的事情，不需要兵器。

飞天想了想又说："皇老师说了，人祸大于天灾。他问你小圆片上还说什么了，能不能再找些证据支持他。这回是取胜的好机会。"

宇生忽然有些茫然。飞天在屏幕里的样子还是一如往昔，鼻子扁扁的，笑起来嘴张得很大，18岁的额头光光亮亮，一脸单纯。他看见自己在屏幕上的倒影，头发乱蓬蓬，长长的遮住眼睛，下巴很瘦，活像个80岁的老爷子。

这一次，飞天没弄清楚地上的情形。实际情况是，南派并不容易取胜。两派正是斗到平衡，打到不可开交，都说要为了真理，兵戈相见。国王不知怎生是好，左支右绌、两面为难。两派都不肯先说和解，就像悬崖上的拔河，谁也不敢大度地松手。

当天晚上，宇生陷入艰苦的犹疑。他不知道自己的下一份陈述该怎么写。如果还只是刻板地说危险危险，那么可能永远无人重视。可若照飞天暗示的，写一些理念斗争的话，不仅于事无助，而且会让他觉得无比别扭。他想过什么都不说不写了，但又觉得不妥，好像欠了所有人的账似的。他第一次发觉如此难办，比所有考试所有论文都难办。

他靠在床板上，手撑着下巴久久思量，不饿不渴也睡不着觉。

不知道过了多久，他忽然抬起头，凝视着舷窗外，心里有了主意。窗外是沧海般的群星闪烁，光荣船队摆成一只巨大的扇面，一边是光芒四射的星系中心，一边是白茫茫气体环绕的蓝绿色的星球。

第二天，宇生让飞天递交了一份报告，在报告中对国王说，他发现星系中心近来光芒闪耀，他用占卜破译，发现这是千载难逢的吉兆，是宇宙智慧对宇心国的倾临，是国王陛下的神恩浩荡，如果能借此机会将船队排列起来，用风帆迎向光芒所在，让国王神像沐浴宇宙神光照耀，则定然能仙福永享，寿与天齐，吉祥如意，国威大振，内无裂隙，外无侵扰。此乃天之神器是也。

他绞尽脑汁，把从小到大在课堂上学到的词汇全都用上了。

一天后，他听说，国王大喜，当即批准，即刻实行，朝野上下一致称颂。

这是宇生最后的主意了。他知道，国王的风帆是金箔所做，每一张都有坚实的厚度。只要算好方位，尽可能让风帆覆盖整颗星球的立体角度，就能阻止许多粒子。更多的努力他已经做不到了。如果这依然不能阻挡,那就任谁也无能为力了。

粒子潮真正降临的那天,宇生一个人站在光荣三十号的船舱里,就像一个临战的将军,指挥着孤身一人的军队。在他身前,船队排得整齐,29艘扬帆的大船组成向前的先锋。宇生觉得很开心,因为他终于成了传奇的主角。虽然遗憾这传奇没有观众,但他一时也顾不得那许多。他终于发现了被人遗落的宝藏,找到了世人忘却的路途,当上大起大落的大人物,已经足够在心里满足了。他想象自己扬帆起航,驾着神的车马,迎向星海中心的太阳。巨大的风帆如风如翼,列成金光闪耀的一排,像沉默赴死的盾手,用身体挡住来自远方的箭。

宇生直到这个时候才明白小圆片的故事。圆片上讲述的是一个走向毁灭的星球。他们一点点靠近星系中心,直到离得太近,被引力控制,无法挣脱。他们来不及逃离,因为他们发现得太晚,而他们发现得太晚,是因为他们一直沾沾自喜地使用黑洞能量相互攻击,离得越近,战斗得越猛。他们同样陷入拉锯,眼中只有对手。直到一切已注定无法改变,毁灭来临。他们在临终前用全部能量发射出记忆碎片,就是希望能被其他星球收到,将记忆永存。

当被看到,已过万年,一切皆为废墟。

光亮残忍,讯息微薄,记载曾经存在。

宇生俯瞰着脚下的大陆、山河、云彩,俯瞰绿地上覆盖着流动的白。他知道没有人看得到他,也没有人了解他做的事,但他不在乎。他在心里相信,在此刻,他才是这些风帆的主人。尽管风帆上画着国王的肖像,但他才是这些风帆真正的皇帝。

三

在光荣船队住了整整232天之后,宇生光荣地卸任了。他被当作小英雄一样接回了地面。他的献计大获成功，自从船队排好，国王受神光沐浴，便感觉神清气爽，精神大振，之后亲自参与朝野辩论，宣讲和睦，稳定了斗争。就像伸出一只大手，将悬崖上的绳子拉了回来。这一下治理稳定了。国王高兴极了，恩慈大发，决定封宇生为宇宙小侠士。

勋章授予在皇宫举行，由国王亲自颁发。大殿里铺着绘有星系全景的华丽丝绒地毯，金星闪烁，学者臣僚站成密密麻麻的两大方阵。宇生走上朝堂，四面均是艳羡的眼光。

"亲爱的小侠士，你还有什么想说的吗？"国王问。

"亲爱的陛下，没有了。"宇生说。

大殿里响起窃窃私语，因为所有人都以为宇生会借此机会发言议论一番。

"宇生，"皇时空老师在一旁小声催促他，"你说呀，你不是说有一个宇宙大发现吗，赶快说说啊。你一说，北派的说法就破产了。"

"老师，我真没什么想说的了。"宇生说。

亲爱的老师，他心里想，如果我说了，您的说法也破产了。

"宇生，"飞天也在一旁小声说，"别怕。想说啥就说吧。"

他没说话，直直地看着飞天。

天儿，他心里想，我赌一赌，我猜你能明白我。

他笑了笑，大踏步上前，对国王拱手说："陛下，我唯一的请求就是免去一切赏赐和职务，早日回家。"

朝堂上一片惊愕。宇生的封赏全国难得，谁都以为宇生会借此步步高升。

宇生现在什么也不怕了，凭着少年一股固执的韧劲，谁也不理，沉默着昂着头告别所有人而去。他只觉得自己还没有从天上下来，眼前的一切都十分遥远，宏伟的柱子、花纹地面、幔帐帷幕都十分遥远。他想不到太多大道理，只是凭直觉认定，现在还不是把故事讲出来的时候。他在天上最大的发现就是：所有句子都能变模样，所有星象都能被当作打斗的筹码，所有争辩都能在走失之后搅动起他们所经历的、牢里牢外的仇。虽然目光还不远，但他觉得此刻他应当沉默。

"生哥！等我一下！"

当宇生走到高高的台阶底下，飞天从身后高声叫着奔来。

宇生暗自笑了，回过身来。

"生哥，你太不够意思了。不叫我就走，还是兄弟吗？"

宇生知道他赌赢了。他捶捶飞天胸脯，就像小时候，就像当初在大牢里。

如果宇心国有一个好的史官，他会记下历史上独特的一幕：两个跳跳蹦蹦的少年，在夕阳下追跑着，甩动帽子跑出庄严宏伟的皇宫。可惜宇心国没有。这一幕永远地失落了。

宇生后来悄悄写了书，将圆片上所有读到的故事写了下来，期待在一个没那么多偏狭、少一些急躁、学理之争只是学理之争的时间拿出来给大家看。可是他一直没等到。宇心国换了许多朝代、许多治国之君，可是南北两派却一直留了下来。宇生的书被子孙传了很多代，始终无人能解。

不过此是后话，暂且不表。

在宇生经历的这场论战中，南北两派并不是完全没有道理。南派说北派的管理教化不是射线的理由，北派说南派的自由逍遥也不是。他们的相互指责都是对的，但他们都忘了，说对方错误并不证明自己正确。他们以为真理不是在南就是在北，却没想过，实际的答案指向上方，指向头顶，指向另一个维度，指向星空的深处。

当宇生最终回到家，他离开家已经 265 天了。他风尘仆仆地出现在家门口，头发蓬乱，满脸土灰，笑起来牙齿洁白。宇生娘从屋里奔出来，眼泪夺眶而出。

"生儿啊，你可回来啦。你不知道，这些日子娘有多担心。"

"我回来了，娘，我哪儿也不去了。"

"累了吧？坐下坐下。快让娘看看。洗个澡。我去给你弄吃的。"

宇生说不用，但娘不听他的，奔到厨房里，忙活起来。宇生看着小小的水池，看着生了青苔的水缸，看着娘切肉洗菜忙碌的身影，整个人踏实下来。所有人都盼他说话做事，只有娘只盼他回来。

"娘，我知道星系深处有另外的种族。"

"啥？"娘抬起头，"啥种族？"

"我也不知道。我猜的。"

宇生确实不知道，他只看见了他们消亡前的余光。

"在哪儿呀？"娘一边切菜一边问。

"远处，很远，比京城远多了。"

宇生估计过，以他们的速度，几十万年也许能飞过去。

"他们跟咱们有啥联系吗？"

"有啊。他们一打仗，我们经济就增长。"

宇生回来后查看了档案，发现圆片上记载的很多战争爆发确实被观测到了，但因为是奇异亮源，被人们解释为吉星高照，经济增长的好兆头。

"哟。真的假的？"娘站直了身子，在围裙上擦擦手，"我得赶紧告诉飞天娘一声。这些天买卖不好做，飞天娘急得直掉眼泪。我给了她三盆高高兰都不管用，原来是这么回事。得赶紧告诉她一声，叫她买一本打仗的星表来。"

宇生看着娘，心里有一种微妙的激动。厨房的烟尘环绕在他头顶，饭菜香钻入心里。他仰起头，天空一片白茫茫，望不到天外。他知道这个星球上所有人都不了解真相，每个人都按自己的方式猜天，按自己的意图用天，从娘到国王没有分别。但只有娘不自以为是、不狂妄、不攻击。他从前常笑娘无知，却没注意娘是用仅有的所知去相互帮忙、相互关照。他忽然感到一种坚实的暖意。厨房缭绕的烟和头顶苍茫的云融合在一起。他知道他做对了。他保护了娘，还有所有和娘一样的人们。

这就是这颗小星球的故事。它处在星系的边缘，附近的区域很空旷，半径不大，重力不强，是个平静安详的小地方。它一直平静安详，而且还将继续平静安详下去。

郝景芳：1984年生于天津，小说作者，散文作者，清华大学物理学硕士，经济学博士。曾获第四届新概念作文大赛一等奖，2016年凭小说《北京折叠》获得第74届雨果奖最佳短中篇小说奖。代表作有长篇小说《流浪苍穹》、故事集《去远方》、科幻小说集《孤独深处》、散文集《生于一九八四》等。

星潮·建设者

一　鬼　船

不知道旅行是什么时候开始的。一旦旅行起来，就没完没了。有时我也会问吉姆："这是要到哪里去？"吉姆说他也不知道。吉姆是我的旅伴。这样的旅伴有几百万个吧。关于旅行的目的地，大家都不知道。总之，前方永远是一条黑暗而沉寂的隧道。

"除了旅行我们还能做什么呢？"

"什么也做不了。"吉姆冷静地回答。

有时候也有旅伴失踪。吉姆说，他们也许不小心掉到另一个宇宙中去了。我也想掉到另一个宇宙中去，去看看那里是什么样，因为旅行生涯实在太无聊了。无疑，其他宇宙是存在的。宇宙是从某个神秘的、我们无法看见的外部系统中诞生的，既然系统能够孕育出我们这一个宇宙，那么，它就应该也可以孕育出别的宇宙吧。也许在另一个宇宙中，根本用不着把生命消耗在没有任何目标的旅行上。

正这么想着，突然，一切慢了下来，周围的景观变了。形影相随的旅伴不见了。前方涌现出一堆虫子般扭曲的绿色光线，一圈很细很亮的天空，无根无基地浮动着。我径直朝那里坠去，如同失足掉入一个陷阱。我慌张地喊了一声吉姆，却没有任何回应。

天哪，难道真的不小心掉入另一个宇宙了？

坠落的过程大概在一个普朗克时间内就终止了。我惊魂未定，看到自己已经待在一个没有一点星光的陌生地方。这是一处死寂的虚空，过了很久才仿佛会略微振动一下，感觉上像是一大锅黏糊糊的凉汤，又似乎塞满了树脂、海绵和疤痂一类的东西，纤维般的腔体内，偶尔可见阴暗的空洞与裂缝。如果这是另一个宇宙的话，那么，恒星形成的阶段已中止了，星系消散殆尽，原子几乎不再运动了，质子也衰变了……到处都散发着坟墓的味儿。

那么，生命呢？这里还有生命吗？我嗅了嗅，没有闻到任何生命的气息。我感觉到了孤独。

——但就在这时，像是迎接我似的，鬼船出现了。

我管这家伙叫鬼船——只因为它的确是一艘鬼船，孤零零的幽灵一样，无声无息地从深渊般的空间中漂浮了出来。鬼船长得像一口棺材，长达十几公里，浑身黑咕隆咚。直觉告诉我，这应该是这个宇宙中的智慧生命制造出来的太空航行器吧？但是，在接近绝对零度的环境中，怎么可能还有机器在做功呢？怎么可能还有信息在传递呢？

因此，我被这不可思议的景象吓了一跳。鬼船是否也是从另一个宇宙中掉进来的呢？我赶紧调整了一下自己的电子自旋状态，发送过去一串问候信息。但是，对方没有回应——就像我那些冷漠的旅伴一样。我感到委屈，也有些被激怒。于是，我决定登上鬼船，去探察个究竟。

鬼船其实是一座大型的、可移动的星际城市，内部有许多或平行或垂直的甲板，分隔出一个又一个洞穴般的隔舱，貌似不同的功能区。船体损坏严重，不见半个乘员。我巡视一遍，约略做了以下归纳：

一、鬼船主人应该是一种群居生物，由单独的个体组成集体（这与我那酷爱旅行的文明倒是有些类似，虽然在进化程度上差异很大）。每个个体需占据一定的空间，从鬼船的体积、遗留的生活物品和功能区的分布状况，可以推测出该生物的体型大小，那么，鬼船上应该能够搭载至少十万个这样的生物（他们好像是一大堆挤在一起生活的虫子啊）。

二、城市中布满大跨度、重载荷的金属网络结构，大小不一的洞窟式居住舱和工作舱分布其中。所见无非是薄壁檩条、单色的压型钢板、平面钢架、外支撑和圆钢管一类蠢笨的构造，大都破败不堪。甲板上七零八落地趴着一些死去的机器人。

三、鬼船拥有自主通讯方式。我发现了一些原始的无线电装置，这表明鬼船与它之外的某种存在曾保持着联络（这一点值得留意）。

四、有连接各功能区的短途交通工具，利用机械力或者磁力推进。这表明鬼船主人不能凭生物意念力自由移动，如果不依靠外部技术，他们只能低速前行。

五、配备复杂的功能区可能是制造车间、细胞工厂或物理实验室。有迹象表明，鬼船主人已经有能力在宏观和微观两个尺度上组装物质了（只是工艺粗糙，用途不明，而且从中看不到进化的明确方向）。

六、船内有大量遭受破坏的痕迹，弥漫着死亡的气息——像是遭遇了什么劫难，不知是由于鬼船自身的原因（我觉得，这儿大概还发生过自相残杀吧），还是来自外部空间的原因；同时，我还嗅到了一股愚昧野蛮的味道。

七、鬼船使用反物质－慢子发动机。从理论上讲，鬼船的最高冲刺速度可能接近光速（对于这种级别的文明来说，有些不可思议）。

八、鬼船的目的性尚不清楚。

现在，我已经确定，它不像是从另一个宇宙中掉进来的。鬼船似乎一直就在这个宇宙中游荡。那么，接下来的问题是，鬼船主人所属的物种，是否仍然有成员幸存下来呢？我瞅瞅四周。鬼船内部一片昏晦，而外面的太空已经冷却了。一切都不太真实了。突然，我心中产生了一种极其荒谬的感觉——我觉得自己与鬼船中的某种东西似乎很像。

鬼船的后舱交错着宽大而整齐的桁架式走廊，我在两侧发现了大量的硅粒，悬浮在尚未破碎的透明棒状体中。我猜测，这可能是原始的只读存储器。我想了个办法，从中释放出了一些光学影像。

——好像是一幅这个宇宙还没有死去时的画面。恒星在闪闪发光，但最令人惊叹不已的，是各种各样的建筑物，在陆地、海洋和空间中叠架成华美的城市。自然，这一幕与我的那个文明是无比的不同——我们作为亚粒子态的旅行者，从不停下来，也抛弃了早期的生物外壳和对建筑物这类玩意儿的依赖。但是，就鬼船文明而言，看样子，其生存繁衍仍需固着在有形的物质架构上，这就是处于进化低端的所谓"不动产文明"吧？

我推测，鬼船作为星际航行器，曾几何时也许担负着该文明向外太空移民的任务。那些城市大概就是他们在宇宙中建造的移民点和居住区吧。

城市的影像有一种炫耀感和展示感。那么，鬼船上的乘员是不是已经预感到自己灭亡后，会有另一个宇宙中的高级文明前来凭吊呢？

——但，慢着，似乎有什么地方不对头。

我看到，人工城市的精巧性和严密性却又不同于鬼船自身，实在是要高级、典雅和堂皇得多，仿佛遵循着一套另类的施工标准。给我的感觉，它们并不太像是属于鬼船主人的文明。

那么，鬼船担负的也许并不是移民的任务，而其实是去寻找与自己不同的外星文明的呢？这些建筑物，会不会是外星人兴建的呢？鬼船在远航的途中，发现了它们，乘员们就兴奋不已地将其拍摄下来并作为收藏，再进行研究？

想到这个已经死去的宇宙中曾经也是百鸟高歌、众生欢唱，我身上充满了一股亢奋的跃迁感。随即我便根据推测和想象，为自己制作了一副鬼船主人的形体，在甲板上打起滚儿来，也在船舱中随地大小便——虽然无聊荒唐至极，但不知为什么，我突然就这样做了，自己也控制不了。那种心血来潮的感觉似乎是，很久没有这样子放肆过了。漫漫无期的旅行生涯所积累的压抑终于消解了。这才是我来到这个宇宙中的目的吗？

通过这个，我再一次体会到了对于鬼船的天生熟识感。

于是，我最终又警觉了起来。

——千万不要受这个幻影般世界的诱惑啊。

随后，又有了新发现，促使我否定了鬼船是外星文明探寻者、考察者和资料搜集者的假说。在下层船舱，我找到了一批新的硅粒。这回储存的是系列设计图的影像，我很容易就使这些图纸与那些人工城市之间形成了对应关系。原来，弥布于各星系的建筑物，正是依照设计图上的规划，一步一点、一砖一瓦建造起来的，此过程中的每一个细节和步骤都在图纸上描绘得十分清晰。进一步观察后我发现，在鬼船中类似于大型工厂的功能区里，尚有未完工的预置构件，它们也能在图纸上找到对应的设计大样。

结论便是：矗立于众星上的建筑奇观，似乎的确原产于这艘飞船中。

——鬼船的主人或许不仅仅是摄影发烧友，而更是建筑爱好者吧？

果然还是他们自己在宇宙各地大兴土木！

这实在不可思议。我有些惶恐了。这个宇宙本身不算小，繁星般的城市，怎么可能都是鬼船主人一座座修造出来的呢？难道，他们存在的意义，就是像工蜂那样不断地盖房子吗？我们一刻不歇气地旅行，而他们不停地盖房子！就鬼船文明自身而言，它是一个低端产品，但它航行所至，却如艺术家一般进行着极高标准的、精品杰作似的创造，其作品又与自己文明的一贯特征不同，这太令人抓狂了。如果那些美轮美奂而又另类的建筑物真的出自鬼船主人之手，那么，对于这种生物，倒要另眼相看了。而令我骇然的是，不仅仅是城市，从部分施工图上可以看出，鬼船主人甚至改造或修建了部分恒星和行星。

一个原始而落后的文明，孜孜不倦地在宇宙各地进行着大规模的、高等级的、意图不明的建设，这是他们对抗熵增的一种努力吗？

于是，我决定进行更为深入的调查。

我所知的是，在不同的宇宙中，进化是一切物种共同的宿命。在此宏大进程中，有一些物种进化会突然停滞，成为活化石或古老钟；而对于大部分物种而言，进化是缓慢发生的，渐进的，黑色的，灰色的，没有火热的激情，但突变就隐伏其中，有一天，它突然冒出了闪光以及红色、紫色和彩色，就要进行跃迁了。一些高级的物种已能通过人工方式控制突变，促使进化加快，把几百万年浓缩到一天之中完成——比如我的那个文明就是这样。我记得，我们在实现上一轮进化时，只是稍微往上"拔了一拔"，就抛弃了旧的物质外壳，摆脱了肉身的束缚，使自己进入了全新境界。在千万亿电子伏特能标的推动下，我们存在的目的就是不停地"快跑"——不做其他任何事情，只是一条道跑到黑。

这就是出现在我们宇宙中的实际情况。

而这一个宇宙中的以鬼船为代表的低级文明，却只是在周而复始地到处搞建设，好像只有钢筋混凝土的房子可以永恒似的。这难道是他们为了实现进化而采取的一种特殊方式吗？

这时，"建设者"这样一个词汇闯入了我的意识。那些设计图暗示我，在这个古怪的宇宙中，这些生物也许在追求成为建设者。

从逻辑上似乎可以这样来理解：鬼船的主人有能力搭建房子，有本事营造星球，甚至有办法组装原子，那么，为什么他们就不会建设宇宙本身呢？

——想到此刻我掉入的这个冰冷的宇宙，有可能就是鬼船文明制造出来的，我心中不禁生出了一种古怪的敬畏感。

根据我以前在旅行中的观察，建设者似乎是存在着的，各个宇宙大概都是由一些神秘的外部存在设计出来的。有时候，建设者可以以中子星的形态、以暗物质的形态、以电磁力的形态等这样一些象征性的模样出现，这在物理逻辑上是允许的。但是现在，他却以一个落后的生物文明的形象出现，具体来讲，以鬼船的样子出现，这个玩笑就开大了。性格怪僻的建设者集玩笑于一身，把一堆堆自鸣得意的神迹（以建筑物的形式）播撒在各个星系中，这究竟是要告诉我这个不期而至的来客什么呢？

从鬼船内部显示的诸种细节来看，这个建设者（如果他真的存在的话）是不讲究的，是缺少礼数的，甚至是粗鄙的，但是曾几何时，他大概一直忘我而敬业地在这个宇宙中工作着，为它添砖加瓦，弄得花团锦簇，又像是在修修补补。

根据我了解到的情况，在各个宇宙中，建设者并不是一个，而是一群，并且是分层次的，不能都用全知全能来概括。比如，有的建设者只达到了"天体工程师"的水平。他们可以改变行星的外貌，可以挪动某些恒星，甚至可以制造出一些星系，但是，他们似乎还不能创造或毁灭时间及空间。鬼船的主人，大概就处于这样的层级吧。否则，这宇宙也许就不是现在这个样子了。但我仍称其为建设者，这是因为，从理论上讲，任何一种智能如果活得足够长，最终都有可能在漫长的进化过程中发展出设计和制造宇宙的能力。

我掠过广袤的时空，去寻找"这一个"建设者留下的蛛丝马迹。但是，在了无生气的世界上，连城市的残垣断壁都见不到了。

那么，鬼船主人当初为什么要造出这一切来呢？此时，我强烈地感觉到，他们兴建那些星际城市的目的，并不是为了自己居住或移民。但又是为谁造的呢？我进一步感到，乘坐着鬼船到处跑来跑去的建设者可能并不是这个宇宙的真正主人。他大概只是一个打工仔。

谁又是这个宇宙的真正主人呢？

这是一个更难的问题。我有一种感觉：如果无法弄清楚这一点，我将最终无法重新证明自己的身份，那样一来，就算有一天我真的想要返回旅行者的集体，也是办不到的了。于是，我紧急制作了一个模拟组合成像系统，试图对发生在这个宇宙中的过去的一切，做一些基础追溯。这时我才吃惊地发现，这个宇宙，其实并没有真的死去。它的寿数并没有终结。在一些地方，仍然充斥着微观和宏观的混淆，交织着不同层次的相互缠绕。一簇簇的真空还在海藻般地微微蠕动，高层次的熵增常常表现为低层次的熵减，在死气沉沉中孕育着未来的新爆发。残存的粒子海洋中悄悄地聚集着新生的婴儿团块，梦想着游戏般的组合，在惊人的时间尺度上，新的化学反应正在酝酿并发生，终有一天，星系一旦奇迹般地成形，将慢慢地重新变身为类星射电源，闪耀起千万团火焰，再度成为黑暗中的诡异灯塔，使死去的宇宙还魂再生。

随后，我在时空凝结核的深处看到了一些活跃的正电子素原子。它们更像是某种高端事件的简体版本或者原初版本。更奇异的是，这一切仿佛来自我本人的记忆深处，是我的意识的投射（甚至鬼船本身也有可能是吧？）。这正是某个进化门槛前的垃圾场景，臭烘烘却生动不堪，暗藏了蛆虫般的生命欲望，有一只影影绰绰的脚在虚空中犹豫着迈出了，正试图跨越什么，就要踏上不回头的旅程。

是的，一些时隐时现的影子在蠢动，构成了幽灵般的存在，与我那个文明在完成上一轮进化时的初始状态有一些相似。我再度嗅到了熟悉的气息。这使我深感不安。

——这个宇宙其实与我的那个宇宙有着某种关联性吗？

我惊惧不已。于是，在我的眼中，那些原始的人工城市有了别样意味。我第一次意识到，自己所属的文明有可能发源于这里。我感到很难堪。这怎么可能呢？玩笑开得更大了。我心中滋生出一种滑稽的崩溃感。

通过分析宇宙中残存的几种粒子的轨迹及其衰变，我进一步追踪了鬼船的来历。我发现它的航迹十分复杂，在时空中飘忽不定、神出鬼没，像个精神失常的游击队员。但它应该是有一个始发港口的。我迅速建立了心物相关性，通过一组复杂的超对称解析计算，才逐步逼近了建设者的起始原点。

但就在这时，我突然收到了一条信息。我不敢相信这竟是真的——吉姆在找我。这样做一定牺牲了巨大的能标吧。

"你不能去寻找那个起始点。"吉姆像是从时空的零点处发过来的信息，明确地表述了这样的意思，显得格外急迫。

返回集体、重新开始旅行的冲动在我心中鼓荡，那毕竟是我所属的文明。但想起那黑暗而了无尽头的隧道，我犹豫了。现在的我，不仅是旅行者，还是探索者呢。

"我还没有确证我的身份。"

听我这么回答，吉姆哑巴了，仿佛陷入了自相矛盾，也像是不太习惯。不同宇宙中最难办的事儿就是彼此习惯起来，这比制订物理学规则困难多了。

我思忖，我在此宇宙中的这番经历，是不是已经影响到彼宇宙中旅伴们的命运了呢？有这么厉害吗？他们产生警觉了吗？觉得不主动找我就不行了吗？鬼船的来历难道真与我那个宇宙有着重大关系？

最后一刻，我还是拒绝了吉姆的召唤。

根据心物相关性给出的重要线索，我似乎终于确定了建设者的起源。在时间长河的遥远往昔，在这个宇宙中，在曾被称作银河系的星系中一条很短的、名为猎户座的有气无力的旋臂上（大致位于所谓的英仙座旋臂和人马座旋臂之间），在一个乌烟瘴气的角落里，蜷伏着一颗苟延残喘的红巨星，正拼命地燃烧着自己身体里的氦。从里往外数，在被红巨星光焰淹没的第三颗行星上，隐约可见建设者留下的点滴遗迹，至少，这家伙早年间是在这儿居住过一段时间的。该行星早已了无生气，只是一团灰烬。建设者在宇宙各地，兴建了那么多的、那么宏伟的建筑物，改变了星系的模样，而对于自己的神殿，却像是无能为力般地任由它荒废下去。我看了后，叹息不已。

一个落后的世界建设了一个先进的世界。事实似乎如此。

在这个宇宙中，如假包换地存在着这样天理不容的逻辑。

而我本人及我的那个文明，又在此中扮演过什么角色呢？我们要为这一切负起某种道义上的责任吗？现在，首先，似乎是要直面这个突然冒出来的异端问题。这种想法使我变得有几分严肃了。这至少是跟证明自己的身份同样紧要的事情吧。

幸好，还不是什么都已经毁掉。时空的局部在不明原因地微微回暖，偶尔也弹出了一些糖果般的原初信息。信息就是故事。这个宇宙其实是由故事构成的，而故事并不像粒子那样会慢慢地衰变掉。有关建设者的情况，也只能通过具体的故事去了解。于是，我以复杂的心情，对原初信息进行了抢救和发掘，找到了一些残存的背景记录——我从海量数据中，恢复了这个自称为人类的物种部分成员的日记。其实只是一些零星碎片。也许，在宇宙的某个角落里，尚有完整的版本，即关于人类历史的全图，但那还需要花上一万个世纪来重新搜寻和编码。

那么，下面，性急的我决定先公布一些片段，试图在某种程度上还原鬼船主人的生活，并以此作为对自己究竟是谁的最新证明，也算是有一个交代吧。下面这段有关"流动工厂"的描述，就是根据我的整理而加以编辑的故事，以鬼船主人曾经使用过的文字表现出来。

二　流动工厂

"有财，你在哪里？有财，你在哪里？有财……"

金旺焦灼地一声声呼唤着。

在星际飞船上，这两个孩子正在捉迷藏。有财躲着，金旺担负寻找的角色。飞船中布满数不清的金属洞窟，由曲折的甲板连缀，有的地方还生长着人工森林和湖泊，行使着肺脏功能。因此，要在这样复杂的地形中找到有财，可不是一件容易的事儿。

金旺八岁，而有财比金旺还小两岁，但有财胆子大、脑子灵，很多事都是他拿主意。捉迷藏，就是他想出来的。孩子们决心以此锻炼自己的机敏性。

金旺找不到有财，开始着急。他在这个高速飞行着的世界里迷路了。

他误入了一个似乎是很久没有人到过的去处，金属的暗道深陷在迷宫般的结构之中，也像是一个早已废弃的所在，桁架上张布着蛛网。

他隐约看到有什么在闪烁。近前了，才看清是白骨。大人的骷髅，纠集缠绕着，不知搁放多久了，仿佛已被遗忘。有一些蜈蚣和蟑螂，被他惊动后，窸窸窣窣地向四周爬散开去。

这孩子被吓坏了，一时间手足无措，呆呆站立着不敢动。过了半天，身后传来了声音：

"金旺！"

是有财，有财及时地出现了。半天没见到金旺，他担心会不会出什么事，就找了过来。

"别害怕，有我在呢。"有财说。

有财把比他还高出一头的金旺搂入怀里。金旺全身都在瑟瑟发抖。

但是，很快镇定下来的他，越过有财的肩膀，竟又大胆地瞥了一眼那些骷髅。它们正闪烁着朦胧的、像是来自另一个世界的清寂光焰。

这个记忆，就这样铭刻在了幼嫩的心灵中。

——在这艘飞船里，活人与死人一起美妙地共存着。

十年后，金旺长成了小伙子。还有几个月，他就满十八岁了，这就算是成人了。要到十八岁，才能参与飞船上的重要事务。不过，在此之前，金旺也好，有财也罢，都已是熟练的建筑工人了。在飞船上，十二岁以后，孩子们就要开始从事劳作。在太空中，每一份人力都是要珍惜的，不可以浪费。

大部分时间里，人们考虑更多的是食物。

宇宙似乎正处于剧变的节骨眼儿上。在那被称作大麦哲伦星系的中央，物理的活动加剧了。很多恒星在飞蛾扑火般死亡，将自己投入超级黑洞的暗焰。吸积盘突然变大、增热，喷吐出了二十万光年尺度的物质流，往外散射着炽烈的电磁波，形成波及银河系的汹涌星潮——而在更多的情况下，这指的是给时空带来的弯曲。除了粒子流，有时，黑洞还抛射出高速运动着的恒星，蛮牛般横冲直撞。受这一切的影响，银河系变烫了，恒星的形成速度和方式都改变了。生命的生存环境已与以前不同。一些早先的文明区域被放弃了。因为这个，建筑工人们有一段时间没有活儿上手了。饥荒将临的不祥征兆出现了。飞船中，也因此发生了偷盗和抢劫，以及更为令人不安的谋杀。

金旺听说，饥饿的杀人者会吃掉死者，再自私地把没吃完的尸体藏匿在船中，大概是作为备用的储粮吧，等待着有一天再去吃它呢。每一次饥荒来到时都会这样。但这飞船实在太大了，以至于藏东西的人，到后来也忘记了具体地点，找不到了，就搁坏了，腐烂了，变成了骷髅。金旺和有财少年时看到的，就是这样的情形吧。

金旺未免担心，这样下去，终有一天，飞船会被尸体淤满，再也动弹不得的。但仔细想一想，这也只是充满孩子气的多虑。大人们则从不挂在心上，在他们看来，这一切仿佛都属于正常，也似乎都是会熬过去的。

不过，眼下的局面的确不妙，据说，已丢掉了几个合同——被别的船队抢走了。但这种情况并不是今天才有的，这些年里，随着星系环境的变化，危机已经反复地发生，让人见惯不惊。金旺看见，至少生产队长们依旧不慌不忙，他们是中层管理者，利用手中的权力，已经提前储存了供自己享用的食物。

然而未来呢？金旺不禁想到，如果有一天，所有的工程都停下了呢？再没有人找他们干活儿了呢？大家还会这样不当一回事吗？事实上，船队中已经出现这方面的传言了。

"据说，世界不久将要毁灭，星球人正在筹谋怎样逃脱。他们要进化成新的形态，这样就不需要盖房子住了，就不会再待在星际城市中了，而我们与他们的关系，也就完全改变了。首先，我们会失业；然后，就会统统饿死。不光是一支船队，而是所有船队上的人啊。"金旺恐慌地对有财讲述他听到的小道消息。在银河系中，在行星上遂行定居生活的星球人与候鸟般不断迁徙着的建筑工人们，早已分化成了人类中的两支。

听了金旺的话，有财笑了。他说："既然世界都毁灭了，你还在考虑会不会饿死啊？再说了，不会的呢。别轻信传言。进化哪里是如此轻易就能发生的呢？需要几百万年的时间。待到星球人进化成新形态，我们也进化了。"

"但愿如此吧。"

他们年龄还小，说到底，这样的事儿想一想也就抛一边儿了。

果然，不久后就有了消息，说是在半人马座方向上，星球人正雄心勃勃地试图建设一个新的工程，并已开始招标。消息不知是真是假，但就算是假的，也要赶去看看吧。不然，就什么机会也没有了。

船队掉转方向，往彼处奔去。真是浩浩荡荡啊。但在经过一片尘埃云时，有一艘船发生机械故障，掉队了。因为要赶时间，也来不及去救援，就冷酷地把它抛下了。那上面搭载着六万名建筑工人呢。

路途中，金旺偶然把目光投向舷窗外，便仿佛看到了远处的宇宙在熊熊燃烧，他有一瞬间觉得是自己的梦幻，却又真实得骇人。群星如山崩的乱石在缓缓碰撞着，焰色猎猎，大量的星球摇摆着优美的螺旋曲线，婴儿般飘摇着下坠；一些恒星被从宿主星系抛出来，高速闯入本星系，一路上撞碎了别的恒星。果然是剧变在即呀。他们的飞船正在沉闷地穿越宏观物质的世界，自己则如细菌般渺小。金旺心中产生了与环境格格不入的自卑感，他觉得这个宇宙中的一切都不属于他，而他们要去的那个地方,却已是不能以"目的地"一类的词汇来形容了。

实际上,不仅仅金旺这支船队在疾驶,还有好多被饥饿驱赶的船队也得到了同样的消息,在朝同一个地点飞奔。金旺他们不断地加速。

在金旺他们超越一支船队时,对方大概不能容忍,妒火中烧,竟朝他们开炮射击。粒子束击打在磁防护盾上,绿莹莹的极光中似也透出了愤怒和沮丧的情绪。而他们却顾不上还击,实在是没有时间了,只是打开加力器,飞快地逸出了射程。

过后才发现,船队中有两艘大船被击毁了,十八万人丧生。这是代价。每支船队都要准备付出。现在,船队还剩下十三艘船,尚有一百一十万名建筑工人。

他们历经艰辛,终于到达了那片星区。这回,不是谣传,已经有上百支船队在空间云集了,等待着星球人的招标评估。

星球人并不露面,但是,不知通过什么办法,就早已了解到所有建设者的底细,并准确地选择出了最有实力的船队来施工。

金旺他们的船队不走运,没有被选中,只好怏怏地回返了。船长羞惭自杀了,又换了新的船长。他们这一次真的是有些绝望了。然而,完全无法由自己把握的机会,却莫名其妙地又来了。路途中,突然接到通知,要他们返回。星球人的包工头说,报酬只有正常的三分之一,干不干?原来,有两支被星球人选中的船队刚刚开始施工,就因为微型黑洞的撞击,损失了大量人员,因此需要替补者。如果他们不去,其他的船队也会去的。他们应该感激上苍。

他们又赶紧掉头往回走。到达后,即被分派了任务。

这儿已经相当接近银心了,超大质量的黑洞和数万个质量略小的黑洞,形成了物质富集的巨大湖泊。原来,星球人竟要围绕其中一个黑洞,修建一座环状太空城。为什么要这样做呢?建筑工人并不知晓究竟。不管怎样,他们全力投入了。

因为该黑洞的质量达到了太阳的一千倍,因此,它的密度较低,对外部时空的弯曲也较少。这样,船队可以在距黑洞视界较近的地方展开,首尾相连,像是一个橄榄圈,把附近恒星的光芒分割得支离破碎。这种灿烂眩晕的景象,令金旺想起了传说中的故乡——金碧辉煌的太阳系。他们祖先居住过的那颗名叫地球的行星，有时会被大人们描述成一个由鲜花堆积起来的乐园。

施工中，金旺看到，有财私下里在一座金属架构上用颜料喷涂了一只小鸟的图案。这不是设计中规定的，而是有财心血来潮的创作。有财是一个有着艺术细胞的孩子吗？

然而，对于业主星球人而言，这一切都没有意义。他们从不相信建设工人会从事艺术活动。另外，当前他们最关注的，还是宇宙正面临的严重危机。

与其他船队一起，金旺他们用三个月的时间，完成了环状骨架工程。它依靠从黑洞中提取能源来运行。黑洞与外部磁场结合在一起，起到了转子和定子的感应作用，形成从能层中流过的回路电流。

同时，他们还对附近的一颗行星做了改造，将之打造成星球人的前进基地。大气需要重新做一遍，海洋需要重新做一遍，再做一些河流和山峰。然后，在它们之间，做出城市及其附件。一切严格按照业主下达的作业图来施工——那完全是另一种令人瞠目的设计标准。在此过程中，他们经历了种种危险。这颗行星质量是地球的五倍。大气中充满了氦，温度在零下五十度至一百二十度之间，不断有火山地震爆发。

施工者付出了死亡五千人的代价。此外，在作业过程中，一艘运货的摆渡船还因为操作失误，越过了黑洞视界，无可挽回地落向中心奇点，被潮汐力撕得粉碎。

但他们为了生存，只得把性命抵押出去。因为，这是星球人让做的。但是，星球人为什么要在危险重重的黑洞附近，建立他们的前进基地呢？

终于竣工了。金旺他们带着星球人付给的报酬，就要离开这片已被改造得面目全非的星区了。站在舷窗边，有财看着空间中巨龙一般的宏大建筑物出神。有财留下的小鸟图画在哪里呢？一点也看不见。

"好像挺舍不得嘛。"金旺打趣道。

"哪里啊，没有的事哩。"有财像是在掩饰某种情绪。他好像并不快乐。

"是吗？"

大人们疲惫地回到了船中的洞穴，神情呆滞木然，好像刚刚完成的工程杰作，与他们一点关系都没有。金旺忽地为有财感到难过。本来，他们是不应该为所谓"作品"而儿女情长的。这毫无意义。

他们离开后不久，星球人就要迁移过来了。但星球人是什么样子呢？金旺和有财都没有亲眼见过。星球人极少在建筑工人眼前露面。他们的生活是诡秘的。星球人与金旺他们都是人类，却又好像不是一个物种。

金旺他们只是按照业主的要求辛勤地工作，在荒凉的地方造出星际城市啊，完完整整地制造一颗新的星球啊，等等，这就常常需要把远处的某颗行星或一组小行星切碎，重新做一遍，拖曳到星球人希望的轨道上。

比较为难的是，有时完全按照业主的需求做好了，但最后星球人又改变了主意，以质量不合格呀、没达到设计要求呀什么的为理由，说不要了，结果好不容易才造出来的新行星就搁在那儿没人管了，最后，上面竟然自己诞生了生命。但这种事情对于建筑工人或星球人的生活都毫无意义，所以也无人看上哪怕一眼。

当然并不仅仅是基本建设。这还没有完呢。完工后的许多事都要伺候。星球人在新的环境中住下了，还需要有粮食吃。那么，建设者们就要负责后勤保障、种植农作物、饲养牲畜。他们为星球人生产价廉物美的生活日用品，并维护城市的日常运行。

通常，是几十支船队一起，组成联合施工队，来完成工程项目；然后，会留下少量船只，做后续工作。建设者们提供着能量、食物、产品，但这些生产出来后，都被星球人控制在手中，建设者要想不挨饿、要想活下去，就得按照星球人的要求去做工，然后换取自己需要的生产和生活资料。

金旺常想，他们建设和改造了那么多的星星，却没有一颗是留给自己居住的。

金旺他们这拨人，不知是流动工厂的第几代工人了。他们在宇宙中，来来往往又有多少个世纪了呢？他们还能做多久呢？

在这样大的消耗过程中，船队是经常需要补充人员的。这只能由他们自己想办法来解决。通常有两种途径。

第一种是从地球上的后备男孩子中补充。建筑工人在去太阳系"探亲"返回时，总是要为飞船带回一些新生力量的。

第二种办法就是从其他船队中收罗。总是有一些船队会遇到生计困难，这时，就会被有实力的其他船队收编。有时，船队中的某些成员，也会主动离开，投奔到更大的船队，成为背叛者。总之，随时随地都有这样的分分合合。

有的船队，在荒季到来时，也会狠心抛出一些成员，让他们到太空中去自谋生路。那些被割舍离弃的，主要是老人和孩子。运气好的话，他们也有可能被别的船队收留，这多半是因为，那船队谋到了一笔大合同，正处于特别缺乏人手的阶段，老人和孩子也能派上用场。至于那些运气不好的，就只好流浪了，直到死去。

金旺还记得第一次见到鬼船时的情形，那是孤零零的一艘，冰冷地游荡过来，里面满载尸骨。

活着的人登上鬼船，从航行日记中了解到，果然，是因为很长时间没有找到活儿干了。最初，是被包工头骗了，万里迢迢到达目的地后，被星球人告知不需要了；然后，又经历了数次的招标失败。这个宇宙中的规律是，失败一次，就屡屡失败，因为名声坏掉了，最后，就成了垃圾队伍。

垃圾队伍是没有人要的，是没有人理会的，只能漂流，靠乞讨过活。最后的结局，就是鬼船这种样子。

"为什么不松绑，让大家分头跑掉呢？或许有一部分人能活下来哩。"金旺问有财。

"不，不是的。你想，这么跑掉了，万一突然又有了活儿要做，怎么办？人手就该不够了。最后一刻，还是坚持着这样的想法吧，永不能放弃，要死，也死在一起。我们今后有一天也会这样子的。"

"大概是船长的决定吧，并不代表大家。肯定还是有人想跑掉的。"

"也许吧，但正是因为有人这么想，所以才要绑紧嘛。不然，想跑就跑，那就糟糕透顶了。到处都是黑洞在等着把活人吞噬进去呢。"

"有那种想法的人是多么可怜呀。"金旺却对"跑掉"产生了一种别样的心情。他就问有财："如果是你，会怎样？"

"不知道啊。是问我会不会跑掉吗？"有财若有所思。

"否则就会死啊，被杀或自杀。"金旺想到了如压舱物一般藏匿在甲板下的尸骸。

"关键是，死之前，恐怕都不清楚死是怎么一回事啊。那么，谁还怕死呢？死真是具有一种翩然之美啊。"

这时候，他们如有默契，又一起转头去看宇宙。从大麦哲伦星系那儿章鱼一样伸过来的触手，愈加地耀眼了，星星们有如五颜六色的呕吐物，在宇宙这座公厕中涤荡。而在半人马座的方向，却只显出黑暗得令人压抑的轮廓，像密林中埋伏着一头怪兽。黑洞，原是宇宙中最大的隐秘呀。

这时，有财就对金旺说，垃圾队伍也有垃圾队伍的逻辑。他们在深深的自卑中，滋生了迷恋之心，对死亡也置之度外了。好像是连恐惧也消失了。

往往是正常的船队派人登上鬼船，彻底地大搜索一番——其实也没有什么好东西了，只把船上还没损坏的机器该拆的拆了，以补充本船队的消耗——稍稍再狠点的，把船体也熔解掉，通过回炉，制作成建筑预置件。

但并不仅仅是垃圾船队。有时候，很有能力、正处于上升期的强大船队，也会在转瞬间不明原因地完蛋了。

生活是艰辛而悲壮的。但是，一代一代，都这样过来了。这是他们的存在方式。他们从未想过要改变什么。

直到金旺偶然地与星球人发生了一次接触。

那个星球人据说是来监督施工的，平时并不露面，像其他星球人一样，离建筑工人远远的，进行遥控管理。只是，这回的此人，可能是个新手，有一天大意了，掉入了施工队打出的一口测量井。最后被发现时，他已经失去知觉，快要死了。

恰巧的是，这情况是金旺首先发现的。当时现场没有别人，他犹豫了一下，最后决定把他送往流动工厂进行抢救。

与湿重不堪、散发着异味的星球人直接接触，那种感觉格外异样，令金旺不好受。可不知为什么，他却很快滋生了一种讨好的心态，甚至觉得这机会千载难逢。但为什么他会这样想呢？

建筑工人们手忙脚乱地对星球人进行了一番救治。他们没有见过星球人，有一些家伙竟然不顾廉耻，垂着手好奇地站在一边围观。船长召开紧急会议，进行商议，最后决定通知其他的星球人前来驰援，一边暗暗希望，对方能因此感激他们，增加工钱或者合同。

金旺看到，星球人长得跟地球人差不多，也一头一躯、两手两足，但有着白皙的皮肤、金亮的头发、漂亮的蓝眼睛。他五官明媚，骨骼清丽，看不出多大年纪，神情中透出深厚的学养和特殊的高贵。金旺不禁自惭形秽。

经过救治，星球人苏醒了过来，尽管落难，仍是心高气盛，呼哧地喘着。除了金旺，他并不愿与其他人说话。船队就派金旺去临时照顾他，给他倒水喂食，害怕他死去了，那样罪过就大了。

但星球人一开始连吃也不吃，要保持自己的体面与尊严。只是到了第四天，见还没有他们的人来，星球人才开始勉强吃点东西。他一边吃一边偷偷落泪，都被金旺看在了眼里。星球人也怪可怜的啊，他想。

"你想什么呢？"金旺问。

"家。"

"家？"对于建筑工人而言，这是一个陌生的概念。

"哦，忘了。说这个，你们是不懂得的。你们这些乡下人，没有家庭观念。"星球人意识到自己的身份，止住哭泣，傲慢起抬起头来，睥睨了金旺一眼。

金旺困惑地摇了摇头。

"也难怪，你们是没有一夫一妻制的，那是上帝给文明社会立的法……天哪，基督，你们是不知道这个的。乡下人啊。"星球人用力地挺了挺胸脯，在建筑工人面前试图表现出强烈的自矜。

金旺听了，不知为什么有些难过。他劝道：

"放心吧，你的同伴，或者你的'家人'，很快就会来接你回去的，我们已经发出联络信号了！"

"不会的了。他们会看不起我的。与你们这样的乡下人在一起，身上怕是都沾了臭味儿了。还怎么回去啊？！"星球人说着又快要掉泪了。

金旺很是吃惊而不安，这就是星球人的同伴们到现在还没有露面的原因吗？他着实不明白，星球人不是都住在建筑工人们修造的房子里吗？那就不怕有味儿了吗？他就更不知如何安慰这家伙了。金旺有些害怕，心想，你可不要这样吓唬我啊。

"你们这些穷棒子。宇宙中怎么会有你们存在呢？不然，我也不至于沦落到今天的地步。哼！"星球人嘟哝个不停。

金旺想，没有我们，那些房子怎么盖起来的呢？你们星球人住哪儿呢？但他只是说："对不起，我们的工作还没有做得尽善尽美。"

"不就是移座山倒个海、改片天换处地吗？雕虫小技。哼，这样就能挽救宇宙的危机吗？"

"是的……"金旺十分惭愧，"那你们都做些什么呢？"

"你们不懂得的。我们与你们的差别太大。我们思考的是一些更重要的事情，比如银河系、河外星系乃至整个宇宙的存亡，以及生命的进化这样的根本性问题。如果世界真的要毁灭——正如我们看到的那样，黑暗星潮的先头部队已经到达了，而科学家预言，不久后，大麦哲伦星系的超级黑洞就要与银河系中心的大黑洞迎头相撞。这还是我们能观察到的。而我们所不知道的是，在宇宙中某个神秘的地方，在那些具有真正主宰意义的超级星系中，更大质量的黑洞有可能将要发生融合，突然爆发出强烈的引力波，摇撼时空的深层结构，使整个宇宙像果冻一样震动，令震颤传遍每一根弦，到那时，席卷海洋的真正大潮才会冲击过来，没有生命能够幸存……因此，我们正在考虑，怎么才能逃脱这场劫难，作为一个物种存续下去。这就是我们对星系的结构进行修补的同时，正在紧张研究的课题。而你们是根本不懂得这些的呀，你们只会制造一些低级的辅助性附件,来帮助我们思考和解决问题……总之,只有星球人能够从物质的束缚中解放出来,腾出心智来考虑生死存亡的大问题,为人类寻求出路。所以啊,不要以为你救了我,就怎么的。"

听了星球人滔滔不绝说的这些,金旺暗暗心惊,却又真是不太懂得,不知怎么回答,只是嘀咕:

"不怎么的……只是,当时的确很担心你发生生命危险哟。"

"在我们那儿,死一个人都是不允许的。每一个单独的人,都是集体不可或缺的部分。明白吗?"星球人挺直了优美的脊背,郑重其事地说。

金旺想到,他们为了替星球人建设"帮助思考和解决问题的辅助性附件",已经死亡那么多人了。他又对星球人所说的黑洞相撞很不安。星潮的确是越来越强烈了,连船队中的建筑工人也能感觉得到。然而,按照星球人所言,这还不是具有"真正主宰意义"的星系发出来的,那传说中的超级星系到底在哪里呢?如果星球人真的研究出了逃脱灾难的方法,他们会带上建筑工人一起走吗?他们还会需要不动产吗?但金旺自卑着没有敢问。他沉默了一会儿,小声说:

"不管怎样,你是唯一与我说话的星球人。"

"那么,你有名字吗?"这回,星球人略微感到诧异,歇息了片刻,问道。

"金旺。你呢?"金旺有些受宠若惊地回答。

"劳伦斯。"

又过了三天,星球人才派了人来,把劳伦斯接走了。之后,金旺再也没有见到过劳伦斯。他觉得自己的生命中出现了一个很大的空洞。他其实天生就缺失着什么,怎么努力工作,也是弥补不了的。但那是什么呢?

这件事情之后,金旺老是在想,为什么他们不能像劳伦斯一样,停止流浪,在一个固定的星球上居住下来,在盖房子之余,也去思考和解决那些大问题呢?在找不到答案时,金旺便会去问有财。

"真的不能与星球人在一起生活吗?我们的差别那么大吗?"

"你怎么也这样想呢?这是不可能的事情。"

"为什么不可能呢？"金旺想，看样子，有财也琢磨过这个问题哩。

"不可能就是不可能。也许，分工不同吧……没有什么道理好讲的。"

金旺这时，记起了曾经，在回望自己的"作品"时，有财脸上呈现的复杂表情。虽然稍纵即逝，却给他留下了幽冥的印象。他心中突然对星球人产生了怨怒。这种情绪，交织着他对宇宙中将要爆发的灾难的担忧，令他深深地沮丧了。

"星球人这样子，似乎对我们不太公平哩。"金旺做出一种恨恨的样子说。

"怎么不公平呢？难道不是星球人养活了我们吗？还有我们留守在地球上的人呢。"

有财像个大人似的侃侃而谈。但金旺觉得，这时候，有财内心是不平静的，有财的神情是怪异的，像在自嘲，又似乎极其认真。

"如果，我们把所有的船队联合起来，选出一个人牵头，去与星球人谈判，会怎样呢？他们要是不答应我们的条件，我们就不给他们干活儿，他们就没法子过下去了，更没法子去思考和解决那些吓唬人的'大问题'了——我们的人口是他们的几百倍——他们就该来央求我们了。"

"你这样想啊。但这种想法难道不是很天真吗？金旺你呀……"有财反复地绞着两根手指，面颊的肌肉奇怪地皱了起来，"他们难道真的活不下去吗？那是在可怜我们，才照顾我们哩。你还真以为我们是无所不能的建设者吗？只怕是我们快要活不下去了。我们从一开始就一盘散沙……要不是星球人仁慈，我们从一开始就死翘翘了。事实就是这样子的吧。再说了，怎么可能有谁来牵头呢？那么多船队怎么可能像星球人那样形成一个集体呢？不干掉对方就已经不错了。嘿，这太奇怪了不是？"有财像是把一切都看透了，唇边哗哗地喷着气。

"那么，可不可以不理睬星球人？我们自己找一个没有人的星球去开荒，在那里悄悄住下来，不也挺好吗？我们给自己造房子住，我们给自己种水稻吃，不再跑来跑去干活儿了。我们自己给自己干活儿。没有人这么想过吗？连星球人也说了，我们可以移山倒海、改天换地的。"

有财沉思一会儿，说："不知道，也许有人想过吧。但没有这么去做的。

大概，不是移山倒海、改天换地那样简单吧。"

这的确是建筑工人中并没有谁去认真思考过的问题。他们光干活儿就干累了。

金旺想到了星球人说的灾难，他和有财就又去看天空。隐约可见，远方那条细长的白光已经变得粗苴了，正在龙头样地摇摆身躯，跨越了半个星空，吸水般向他们而来。一些星光看上去更加弯曲了，喷泉一样颠倒着，随后黯然崩塌，轰然爆裂，哗然消失在宇宙黑黢黢的大嘴深处。然而，那儿莫不是隐藏着通向另一个宇宙的道路吧？星球人将来是要往那里去吗？

金旺叹道："进入此间者，万念皆抛弃。"

有财诧异而认真地看了金旺一眼，又思忖了一会儿，点了点头，"关于这个问题，到此为止吧。有时间再想一想吧——但也许没有时间了。"他的神情愈加忧郁了。但是，这一切，也只是想想。而仅仅这想想，已不容易了。他们还不是成年人，很多事不懂得、不明白。说不定，还有另外的无法启齿的难处吧。他们也只能这样了。

满十八岁的那个月，金旺乘坐交通艇回了一趟地球。建筑工人的一生中，只在这时回去一次，完成成人的仪式。有财还没有到年龄，所以不能与金旺同去。

地球与想象中的不同。没有森林，没有鲜花。基岩裸露。陆壳千疮百孔。植物仅存一些地衣。太阳系也受到了星潮的波及，天空中布满玫瑰色的辐射。夜晚均光亮无比，恐怖却又美丽。轨道上残留着早年间由太空人传输回来的精密机器，少数仍在勉强运行，制造出一层分子膜，包裹住大气层，帮助抵挡宇宙射线。大地上有一些简陋的制水机还在工作。由于太空人时断时续的返回，带来技术方面的支持，才总算维系了故土的一线生机。

金旺和同伴们游走了好些天，才遇上了人类。他们的情况很差，且基本上都是老年人。

这是在太平洋西岸一个狭窄的带状地域。据说，太空中的流浪建筑工人这一族，很早以前就是从这儿发源起来的。

79

地球上的人类还有几百万，全部集中在这片有限的土地上，都是金旺这个族类。他们已没有余力去占据和开垦地球上广阔的空旷地带了；这颗行星基本上撂荒了。

为了躲避星潮的轰击，地球人在地下挖出了深窟，用岩石营造了蚁堡形状的低矮建筑，老鼠一般匿身在里面生活。他们也在隧道中兴建了简陋的铁路和公路系统，让数量稀少、破烂不堪的火车和汽车挣扎着跑动，把一个又一个村子般的聚居点竭力联系起来。

金旺他们回来时，看见了很多的死人。一场族内的战争刚刚结束。

幸存下来的人知道太空人又回来了，内心虽很欣喜，表面上却陌生而怯然，远远地打量他们，不敢近前，好像他们是无法沟通的外星异形。

金旺想，他们在太阳系外的行星上及空间中修建了那么多的精美世界，但是，母星却成了这副样子，不禁有一些歉疚。但别人并不都像他这样想。船队似乎从来没有考虑过可以改造一下地球，以使之重新成为大家的栖居地。他们这一族的生活，都完全是以星球人为中心的。

金旺他们从飞船里往外搬运粮食、水和各种生活用品。这都是他们省吃俭用节余下来的。把这些送给地球上的同胞，他们是怀着矛盾心情的。这时，地球人木然的神情才有所变化，他们厉声吼叫，冲锋而上，把食物、水和日用品一抢而光。抢到东西的地球人，立即作鸟兽散了。剩下两手空空的一些人，哭泣着，向太空人哀求。之后，金旺他们走到哪里，这些可怜的地球人就跟到哪里。

金旺他们来到一个靠海的地方。自然，此时已是没有了海，而是一个巨型的盐碱盆地。这里立有一尊很早以前修筑的不锈钢人体塑像，据说表现的便是这个族类第一个离开地球到太空中去的先驱人物。他现在是"神"了。但平时并没有谁来祭祀，只有太空人回来时，地球上的幸存者才会装模作样去凑凑热闹，表演给太空人看。这时，他们争先恐后地向金旺他们讲述着：

"神出生的时候，天空中响起了惊雷，有人看到了飞龙掠过云端。

"但他最初并没有表现出任何的神迹。八岁那年，他的母亲要他爬到房后树上去摘木瓜，他却不敢爬十五米高的木梯。他那在镇上教书的父亲说，这孩子的性格不改变，怕是长大后不能成事。

"但是，自此之后，他却慢慢变了。他的胆子越来越大了。有一次，他爬上了三十米高的大树——那时候，地球上还有树木啊。他越爬越高，地面上所有的人都为他欢呼，都认为他今后必有出息。

"他后来就上天了。是坐着喷吐着火焰的飞船上天去的呀！"

金旺眼前仿佛出现了集体欢呼的场面。这只是开了个头……如今，神的后代，果然密布在太空中了。他们终其一生，为星球人打工。

残存在地球上的人类这么谄媚地、赞颂地唠叨个不停，天气就变化了。电闪雷鸣。密林般的旋风排着队扫荡过来。大气是灼烫的，气温高达六十度。能见度却降得极低。块垒状的黑云被撕扯成了碎絮，失去重心，紧贴地面翻起跟头。有一些幽灵般的绿光，或者说就是幽灵，从地底一道一道地打着旋儿脱离出来。见此，地球人均落荒而逃，窜回了地下的蚁穴。只有太空人留下了。他们穿着宇航服，席地而坐，无言地看着这一幕。到了晚间，天气又仿佛变好了，细小的月亮挣扎出来，似有若无地抖闪了一阵，又隐去了。在星潮的冲击下，群星仿佛晃动得十分厉害，银河阵脚不稳，像一幅水帘，快要整体地跌落下来。金旺心想，那里就是星球人的家园啊，而建设者的施工船队正在千万条航线上拼死穿越，打破脑袋去争抢活儿干。

然后，金旺和同伴们也看累了，他们睡下了。住在地面临时搭建的帐篷中，与地底的同胞们保持着距离，就像星球人与他们保持着距离。金旺睡不着觉。他既无失望、也无希望地一阵阵这么思虑着，最后，终于还是睡着了。

待到返回船队的时候，金旺才发现，一场新的大饥荒正在降临。他们已经有很长时间没有开工了，跑了好些个星区，也都找不到工程。这回是真不正常。似乎，星球人那里出了什么问题。有人说，已经很久没有见着哪怕一个星球人了。甚至有传言说，星球人集体往银心方向去了，继而，循着星潮铺就的闪光大道，浩浩荡荡地离开银河系，径直奔向了远方那谁也没有见过的神秘星系。

食物和水都是如此的缺乏，于是，船上剩余的劳动力和非劳动力被列入了强制脱离的名单。但这次的情况不太一样，有些不肯服从的家伙发动了反叛，目的只不过是想要继续赖在流动工厂里。

这也或许是潜意识中觉得，星球人不在了，不能节制建筑工人了吧。于是，暴乱发生了。如今，金旺已然经历了地球之旅的洗礼，见过了一番世面，觉得这倒也是合乎情理的，谁失败了，就让谁离开呗。这个宇宙遵从淘汰法则。

武装行动席卷了飞船的每一个角落，转移了人们对于开工不足和饥荒的注意力。而作为年轻人，跟随着自己的生产队长，就需要选择立场，加入鏖战中的某一方。

金旺暗中打听到的是，有财加入了另一方。

在随后的战斗中，他们并没有见面，但凭直觉，金旺和有财都知道对方还活着。

暴乱基本上是以游击战的形式展开的，倒也类似于小孩游戏。他们一小股一小股地四处活动，寻找到对方，就二话不说加以歼灭；或占据一些洞穴和甲板，以那里为平台基地，再发起新的突袭。

这天，金旺这一支根据掌握的情报，预备好了要伏击敌人。对方是一支人员混杂的队伍，其组成者除了飞船上的老人，还有一些不久前才从地球上接过来的未成年人。

金旺他们设埋伏的地方，是在对手可能经过的中心舰桥附近的加工车间一带。等了整整一天，那帮家伙才出现了，人数不如料想的多，但队长还是决定发起攻击。一声令下，弹如雨下，立即打倒了十几个，其余的纷纷逃窜。他们便冲过去抢夺尸体和战利品。但是，就在这一瞬间，四周又响起了枪声。原来，这回是他们不慎掉入了伏击圈——螳螂捕蝉，黄雀在后，是另一拨更加狡猾的孩子和老人。

金旺身边的人立即倒下了一大片，队长抛下他们落荒而逃了。金旺和剩下的几个人一起，躲在障碍物后面拼死还击，但对方的火力强大，压得他们抬不起头来。他们只好投降了，放下武器，举着双手走出来。对手嬉皮笑脸地围聚拢来。金旺心想，也许会被他们收编过去吧，也无所谓了。

但并没有什么料想中的收编。对方举起枪来，瞄准了金旺和他的战友，金旺才知道自己忘记了，这场战争并不存在优待俘虏原则。他只好闭上眼睛等死。

枪声砰砰地响了一阵，金旺却没有感到身体上的疼痛。他睁眼看去，见刚才瞄准他们的射手倒了一地，有个熟悉的身影却伫立着，正举着冒烟的枪。原来是有财，带着其他几个孩子，不知从哪里钻了出来。

金旺感激地看着有财，有财打死了自己同一阵营的人，却是一脸漠然的样子，好像故意装作与金旺不认识。

"并不是为了救你，只是碰巧了。这样做，只是为了使我们这一方成为战斗中的失败者。"有财语调冷冷的，然而开诚布公地说。

"失败者？怎么又是失败者呢？"

"事实上，你去地球那会儿，我就一直在想那个关于在某个行星上悄悄地建立自己文明的问题。是传说中的自给自足式社会吧？暴乱发生后，我心里很烦，想来想去，觉得或许不妨去试一试。说实话，飞船生活已让我厌倦了。为什么一定要是这样的呢？你说得对，金旺。现在，机会好像来了，但就是要以失败者的身份才行啊。失败了，才能名正言顺地离开船队。所以，只好打死战友了。"

关于此事，金旺自己都几乎忘记了。原来，是要主动去找一个无人开垦的行星定居，成为本族类土生土长的第一批星球人呀。看样子，有财终于把这个问题给想明白了。但金旺仍觉得有财有些出格。现在，大家都在拼命地争取成为胜利者而留在飞船上呀。难道，有财疯了吗？

"金旺，你也可以选择，成为你那一方的失败者的。掉转枪口就行了。"有财睁大血红的眼睛，认真地对金旺说，"这样，咱们可以一起走的。"

"但这会不会变成胜利的另一种方式呢？"但金旺却在瞬间犹豫了。

"依我看，至少，在名义上，还是做失败者为好。既然是游击战，就有这般机会。只能在失败者中找到真正的志同道合者啊。"有财恶狠狠地挥了挥拳头。

"真的是敌我难分吗？到了最后，又真的会选择离开吗？只要战争继续，人口会很快少下去的，那样，食物就大致够吃了，做不做失败者也都无所谓了，就谁都不想走了。"

"错了。到了那个时候，也并不是人多人少的问题，只要以名义上能够对外宣布的失败者和胜利者来划线。要的是一个说法。明白？一个说法。不会那么简单的。我们不是星球人啊。"

"有财你……"

"金旺，我们在一起吧。但现在不行。由于我刚才的行动，你一下子成了胜利者，而我成了失败者。失败者与胜利者是不能在一起的。明白吗？"

金旺想，有财想的也许是对的，但他这一步迈得太大了。到底是还没有前往地球进行过实地体验的孩子，内心充满固执的妄念，还抱着理想主义不放。而金旺自己呢？他果然已经在那趟地球之旅中变成大人了吗？

"如果我不呢？"

"那我现在就打死你！"

"那你就做不成失败者了嘛。"

听了这话，有财的脸上蒙上了一层狼狈的萌翳。他竟然当着金旺的面号啕大哭起来。这太不像金旺记忆中的那个有财了。金旺想，费了半天劲儿做这些事情，其实就是为了证明自己是失败者吗？

这时，金旺仿佛见到太空又一次变化了。星尘燃烧的间隙，喷涌出了一种冰冷的雾状东西，像橙色、灰色和粉色的花蕾在乒乒乓乓地齐声开放，令最强大的核力断裂开来，使时间和空间变成无意义之物。那么，为什么自己会作为一名人类成员生存在这个宇宙中呢？这难道就是一切错误的根源吗？金旺看见有财咬紧嘴唇，也在出神地张望。企求变化的种子，仿佛在他们的心中深深浅浅地植下了。

两个月后，金旺和有财重逢了。仿佛是胜利会师——"失败会师"，也就是那么一种淡然而酸甜的感觉，口腔里面阴风阵阵，却感到了无上的幸福。队长们都被他们从身后开枪打死了，各自的组织都在关键时刻从内部被击溃了；他们这才略带夸张地松了一口气。

这时，两人都拥有了一批追随者，也都是反戈一击、打死自己人后，才成了这个阵势的。自然了，就未来而言，金旺及有财或许也会死于这些追随者的偷袭之下——这种可能性越来越大。与以前体系不同的新规则似乎确立了。有意无意间，建立者本人也得遵守它。

但至少在现在，大家都拥有着光荣的失败者身份。这就是以鲜血和死亡为代价换来的珍贵的船票。他们证明了自己并不是可耻地被别人清除出飞船的家伙，而完全是主动的、自发的选择。这令他们骄傲、自豪并血涌着。这是船队中第一批做这样选择的人——像当年那位从大地上一步登天的勇士一样，也是先驱者吧。

是的，他们只能选择做失败者，选择离开，因为没有勇气攻占整艘船，去做它的新船长，去控制它的方向，去改变它的路径。那些成年人——技师、粗工、配件工、核心装料工、舵师、轮机手和大副，脑子里永远也不会产生做失败者的想法。他们仍兢兢业业地重复做着自己的工作，想象着明天星球人就会回来，就会有新的合同到手，他们还要一如既往地扮演星球人要求他们扮演的角色。然而，大人们的这种镇定自若，正是使得金旺和有财畏惧的。他们也只能选择胆怯般地迅疾离去。

现在，金旺和有财，都已然堂堂正正地确立了新的失败者的身份，而经历战争，人口终于减少到了恰到好处，每个人都可以方便地选择离开或留下了。

两人携手比肩，带领着追随者——总共八百多个男孩儿，乘上救生艇，驶向在黑色怪兽边缘跳着华尔兹的群星。

脱离船队的刹那，大伙儿都不作声。金旺回头看去，只见庞大的船队正黑压压地向前寂寞地行进，仿佛什么事儿也没有发生过。就这样坚韧而沉默地继续下去吧。但，是不是有许多双眼睛正观察着他们的叛逆之举呢？较之漫天用核火做燃料的恒星，这些眼睛具有的光度在某个瞬间竟是最明亮的。

但就在这一刹那，金旺和有财心中的弦波铮铮地泛动了。他们怀疑起自己的举动来——

我们这到底是要做什么呢？在孤军深入的旅程中，能够不被无情的星潮像吃零食一样吃掉吗？

已经看得见直撞过来的河外星系的巨大形体了，而在它的后面，就是宇宙中神秘的超级星系模糊的影子。这时，眼前仿佛出现了一艘鬼船，正向那最为黑暗的中心挺进；似乎可见，驾驶它的正是那第一位搭乘喷火的飞船从地球故土升入太空的宇航员——他们族类的"神"。不，不，怎么他好像又是劳伦斯？鬼船的背景上，是亿万束光线扭曲的画面，斑斓惨烈，整个天空似乎都碾碎在那炫目的环状视界之上。但这是金旺的幻觉吧？

他和有财都突然觉得，他们已是出来晚了，世界上果然已经没有一个星球人了。再也见不到劳伦斯了。那些骄傲的、神一样的、有时也爱哭泣的家伙，人类中的另一群，在金旺和有财出来之前，就已经默不作声地集体离开这个大难临头的宇宙了。星球人以前做的一切，包括命令建筑工人在黑洞边营造前进基地，都是在为这一天做准备。

好像雨滴要融入大海，但这个海就要蒸发掉了。所有的物理结构和生命特征都正在迅速消亡，偌大的宇宙中最后只会剩下一个裸露的小小奇点。

那么，对于希望重起炉灶的建筑工人中的出走者来说，这究竟是一个重生的机会，还是一个死亡的陷阱呢？金旺和有财只是在刹那间感到，再没有道义上的负担了。

三　召　回

这个故事乍读起来，除了好笑就是好笑。至少，我是这样觉得的，甚至，还感到了强烈的不真实感。但与宇宙相关的故事就是这样的一种风格吧。我想知道的是，那么金旺、有财及其同伴们，最终是否在他们选定的星球上定居了呢？他们有没有抵挡住星潮的冲击，而发展出新的不动产文明呢？但没有这方面的任何信息。除了这艘游来荡去的鬼船，有关往昔人类文明的线索，像破灭的气泡一样消失了。

但出人意料的是，我却发现了与劳伦斯下落有关的一些线索——他弥散在这个宇宙中的微弱电磁波曳痕。这小子是蛇夫座人。而之前，他的家族是从白羊座迁徙来的。再往上，其祖父那辈还曾在双子座一带定居……这样一直回溯到数十代前，劳伦斯先祖中的一支搭乘火箭离开地球，先是到了月球，随后又去火星（当然现在看来，跟地球一样，这些行星都是早期的垃圾星球），再后来他们走出了太阳系（像人类最初走出非洲）。我颇为困惑的是，劳伦斯的先人们是怎么考虑这个问题的呢——他们踏入宇宙后，自己为什么就不去做建筑工人呢？怕苦怕累吗？还是受着什么早已制定的规则的支配？

总之，不知道究竟发生过什么事。劳伦斯与金旺都是人类，只是种族不同罢了。所以哪怕读了上述的故事，我也无法弄明白人类究竟是怎样的一种生物，他们建立了什么样的社会体系和法则。

劳伦斯的先祖们率先监测到宇宙中要发生灾难，就拼命寻找免于世界末日的办法，直到不久之前，在超级黑洞快要碰撞之时，才终于踏上了逃亡之路。他们改造了自身的结构，直奔向黑洞的中心。这可不是自杀。他们先发射了一些探测器穿越黑洞，然后，才让自己的族群集体进入了视界。黑洞成了他们逃生的舱口，不，成了他们向更高级的生命形态进化的跳板。他们蝉蜕了，羽化了，借助引力波，一跃越过奇点，进入了另外一个宇宙——那是一个非常不同的宇宙，超越了一切想象，取代了黑洞的中心区域，从景观上看，它更接近于一段电影的预告片，令他们惊喜莫名，而他们终于变成了标准的亚粒子文明旅行者，从此无休无止地走下去……到这时，人类的后裔不再需要为了避风躲雨而盖房子了，不再受着重力的摆布而禁锢在某些特定行星上了，甚至不再需要为征服太空、移民他乡设计宇宙飞船了，再肆虐的星潮也奈何他们不得了。劳伦斯他们作为人类文明的代表，在新的宇宙中繁衍下来（虽然有些枯燥）……当然了，一个或可称作不幸的连带效应就是，金旺一族——这支一直默默无闻地在为劳伦斯一族辛勤服务的建设者大军，就如盲肠一样从旧的宇宙中消失了。劳伦斯他们没有带建设者们同行，大概觉得很累赘或者没必要了吧。

我期望从中找到某种悖论，却失望地发现，这一切并没有违背进化的道德法则。

考虑到这一点，金旺和有财倒是可以安息了。他们在宇宙中的身份——当然还有他们存在的价值，至此终于得到了证明。

现在也知道了，劳伦斯就是我的先祖。我们以前的确在这个古老的宇宙中生活过。我们就是金旺们眼中的星球人。

至此，我也终于证明了自己的身份。

但这时我仍觉得有一些不妥，好像晴朗的天空中依旧悬垂着一朵乌云。为什么会有一艘鬼船出现在眼前呢？其余的船只呢？其余的船队呢？它们曾经趁着水银泻地般的星潮，野鸭般在群星间来来往往呀。

此中有一种令人极度不安的阴谋感。似乎，某种连我那文明也无法测度的神秘力量，在这精灵古怪的宇宙中，令这艘早已应该消散为原子的太空飞船重新组装成形，幽灵一样"刻意"显现出来，并让它十分"碰巧"地与我邂逅。

这样的安排有着很明显的智能痕迹。但这个使人心惊胆战的存在，究竟又是什么呢？它究竟要向我传递何种信息呢？真的是我脑海中的某个意识在作祟吗？

整个宇宙都保持着七八岁孩子般的缄默。

我的旅伴们一改初衷，打破沉寂，又一次焦急地召唤我回归，甚至变得颇有几分强迫的意味。好像不这样做简直不行啊。这大概正是因为我了解到了一些至关重要的事实吧。但是为什么呢？

令人犹豫的是，我是否真的还有必要返回呢？

召唤的信息越来越急迫，具有超出规格的能标。那些埋头赶路的家伙也触摸到了某种不安吧。难道是新的灾难将临？

突然，我的眼前蓦地闪出一道白光，这必然是一束分岔的引力光，像个绳套一样不由分说地抛到了这个宇宙中来，当头罩住了我。

我预感到了一种湮灭的恐惧，不禁对另一个宇宙疑虑丛生。

但我从这个已经灭亡却没有真正死去的、陌生的然而又如同故土一般熟识的宇宙中积累起来的情感，也正在飞快地丧失、流逝、萎缩、荒芜……请原谅，我对自己无能为力。我不得不跟着集体走，返归那个连物理定律也不一样的世界中去，继续做无法回头的旅行。

于是，我哀怨地最后看了一眼那从时间或意识的深渊中浮出来的鬼船。它像是我的半个影子，正缓慢地回转着破败的身子，病重的老年人一样，吃力地企图去够某样东西，却心有余而力不足，哪里还够得着呢？但它还要挣扎着去哪里呢？去与什么样的心智约会呢？又把什么样的故事向谁讲述呢？灿烂的星潮早已没有了。黑黢黢的时空破烂不堪地披挂在它的身上，像一件永远脱不掉的囚衣。这是我彻底离开这个宇宙之前看到的最后一幅画面。

此刻，我心中升起了一股只有人类才具有的庄严。同时，我亦觉出一种深深的缺失。这也正是我那伟大的文明所体会到的。

韩松：科幻作家，1991年进入新华社，历任记者、《瞭望东方》杂志副总编、执行总编、对外部副主任兼中央新闻采访中心副主任等职。六届中国科幻银河奖得主，在首届华语科幻星云奖上与刘慈欣共同获得最佳作家奖，代表作有中短篇小说集《宇宙墓碑》、长篇小说《2066之西行漫记》《让我们一起寻找外星人》《红色海洋》等。

随风而逝

"蛇雨仙。"

"很特别的名字。"中年人微笑着。

"欢迎来到阳光。"

第一次对话结束，很简单，却让蛇雨仙很激动。阳光号是非凡的船，独一无二的船。

家。

蛇雨仙设想了无数华丽的辞藻来修饰句子，在他的记忆里，华丽是表达敬意的方式。然而一切都在算计之外。简单，自然，仿佛那不过是不期而遇的流浪者，而不是那个守望了千年的家。

蛇雨仙缓慢靠近，阳光号逐渐占据整个视野，钢铁的原野上处处有灯火闪烁，仿佛黑夜中灯火辉煌的大陆。油然而生的喜悦让蛇雨仙停下来，静静看着这一片辉煌。无数种情感产生，碰撞，交织，混合，最后变成一个旋涡，咆哮着吞噬掉一切。一刹那间，蛇雨仙甚至失掉了对身体的控制，巨大的引力控制飞船，飞船微微移动，这让蛇雨仙从旋涡中解脱出来。

家。

蛇雨仙向着灯火辉煌的原野奔去，点点灯火急剧膨胀，那是一片片挂靠的飞船海洋。仙女号一头扎进灯火海洋，减慢速度穿行。四周庞大的舰体近在咫尺，充满重压感，仿佛随时会倾倒，将人碾成碎片。拥挤，蛇雨仙仔细体会着陌生的感觉。三道光束为蛇雨仙照亮通路，母舰打开一个舱门。

家。

巨型手臂将飞船稳稳固定。舱门闭合，一瞬间光线从四面八方汇聚，充满空间。温暖的感觉覆盖在身上。气体迅速填补真空，咝咝的微响仿佛天籁。飞船展开，暴露在空间里。蛇雨仙全身放松，沉浸在阳光和天籁中。

家。

一生都在寻觅的人和家园！蛇雨仙突然想哭。

眼泪挂在脸上。感觉很久没有体会，让人陌生。泪水很快变得冰凉。蛇雨仙伸手抹掉。

"你好，蛇雨仙。"

他看到了人。一个真正活生生的人。他走过去，仔细地看着眼前的人，情不自禁地伸手碰触。站在眼前的年轻人有些意外，然而很快镇静下来，微笑地站着，让蛇雨仙触摸他的脸。

肌肤温暖的感觉。蛇雨仙闭上眼睛，仔细体会。记忆在头脑中翻腾，支离破碎仿佛撕裂的相片，遥远而不真实，然而他知道，一切都曾经发生。

不过在很久很久以前。

地球仿佛蓝色珍珠，缀在傍晚的橙色天空。赤红的火星徜徉在地平线，是带着血色的弯刀。红彤彤的圆盘和火星相对，散发着温暖的气息。那是太阳，哺育地球，给予生命的太阳。

一切都很熟悉。泰坦的天空一如既往，静谧安详。雨抬头望着苍穹，很久没有动，试图将这熟悉的一切镌刻在脑海深处。最后他收回眼光。黎在眼前站着，直直地望着他。他走过去，伸手碰触黎的脸颊。肌肤温暖的感觉。黎的眼睛里突然有泪水。雨仔细地帮她擦掉。

十一号先期飞船伫立在前方发射场上。飞船有一个漂亮的名字，仙女号。

"黎，那是仙女号。"

"我知道。"

"那是诺亚方舟。"

"我知道。"

"那是古老地球的希望。"

"我知道。"

雨再次看着身边的女人。女人的脸上残留着泪水痕迹，眸子晶莹闪烁，嘴唇被咬得发白。她正盯着他，眼神幽怨仿佛有些狠毒。雨避开她的眼光。

"那是我的飞船。"

女人没有回应。

无数次，女人曾经这样沉默地送他。他知道她不想他走，想他留下。然而他无法留下，太空在召唤他，黑沉而寂寞的空间仿佛一个致命的引力陷阱紧紧拉拽他。地面上的每一刻，他似乎都在挣扎。他同样爱她。因为如此，他才能忍受在地面的每一天。他明白，女人从不喜欢男人同时爱上两样事物，哪怕另一样是他的理想。他会走，把女人的眼光留在身后。然而这一次有些不同。

旅途没有返程。仙女号会在明天出发，它不会返回地球，或者月球，或者火星，或者泰坦，或者太阳系中任何一个出现人类足迹的地方。它再也没有机会回到太阳系。仙女号载着希望的种子。雨是种子的守护者。

"我要走了。"

雨不愿意再看黎的眼睛。说完这句话他匆匆地别过脸，匆匆地走向隔离门，匆匆地回头挥手告别，似乎决不留恋。

"雨。"

声音很轻，却像尖利的刺，拨动雨的心。犹豫的一刹那间，隔离门阻断雨的视线。

门隔开雨和黎，他们落在两个世界。

雨深吸一口气。漫长的旅途等待着他。

甚至比他想象的还要漫长。

"十一号先期飞船。仙女号。预定计划4134年进入半空平面，徘徊飞行。遭遇误差半径3光年，情况正常。基因库飞船。飞船主机PT149R。志愿宇航员蓝雨。

单人飞船。"

"好。宇航员情况怎么样？"

"身体似乎没有异常。情绪有些激动。甚至有些失控。"

"好好照看他，他飞得够久了。1000年。单人飞船。他还能活着真是一个奇迹。满足他的一切需要。最好让他恢复到能进行正常对话。他有什么要求？"

"他想要一张舒适的床。"

"哦。"

"怎么处置飞船？"

"对接主机。检索基因库，备份之后把飞船送进陈列馆。检索宇航员的个人资料，他比飞船更有价值。"

蛇雨仙得到了很好的休息。他终于可以摆脱狭小的睡眠舱，躺在一张宽敞的大床上。不需要将电极接在头部，也不用僵直身体一动不动，他可以靠着柔软的枕头，并且张开手脚，用最惬意的姿势躺着。阳光号的重力条件和仙女号相差很远，他并不习惯，然而他还是睡着了，做了一个梦。那是重复了无数次的梦，以至于他认为这是某一个曾经见过的镜头。镜头里是光辉灿烂的太阳，安静地照亮整个星系。突然一团黑色阴影飞快地冲进视野，向着金色的太阳撞去。太阳开始沸腾，爆裂，炽热的气体旋涡让星系耀眼夺目。太阳抛出了外层。

蛇雨仙醒过来。

身体有一种慵懒的感觉，他几乎不愿意挪动一根手指。

Snake 在头脑里游动。它在消化短短 12 个小时获得的大量信息。信息很多，而且包含一些它并不能理解的东西，然而它仍旧努力消化。突然它警觉地停下来，放弃消化，海量信息转眼释放，在脑细胞上刻下微小印痕，然后无影无踪。

强大的家伙正在逼近，一个充满危险的异域。看起来能够将它一口吞没。

那是阿瑞斯，阳光号主机。阿瑞斯给出了对接信号，和预订信号完全吻合。

仙女号放弃警戒，接受对接。数据流源源不断。庞大高效的主机扫描了飞船数据库，再一次发送请求，要求控制权限。这是预设的请求，仙女号交出控制权。无形的数据流将两艘飞船紧紧相连。仙女号正在履行她的使命：将完整的生物基因库传递给阳光。

一千年前的约定仍旧有效，不过，无论仙女还是阳光，都和最初设计者的设想有了不同。

"最后发送的基因库飞船。"

"这么说这是我们能得到的最完整的基因库。"

"理论上是的。不过巨蟹号的基因库似乎更大。"

"巨蟹号？那艘可怕的先期飞船？"

"巨蟹号，第十七先期飞船。科学探索飞船。我想不应该用可怕来形容它。发射的当时，那些人被称为'最勇敢的一群'，他们的确是当时最有勇气的科学家和工程师，要知道，绝大多数人选择等待阳光，特别是像他们那样注定会在阳光飞船中有一席之地的人。随大溜不脱离群体，是一种稳定策略，对吧。这个等你有兴趣再讨论。至于它的基因库，发射时刻它应该有一个常用库，包括所有基因图谱。然而现在它拥有繁多的子库，从日期印记上看多数落在45世纪，应该是飞船发射后200到300年时间内有一个大发展，也许就是那个时候……"

"有比较结果吗？"

"巨蟹号的基因库中有一个子库，最大的一个，和仙女号的库基本吻合。"

"这么说，巨蟹号曾经得到仙女号的库？"

"我需要验证日期。时间对不上。根据现有的资料，仙女号的时钟走过了117年，和阿瑞斯的计算结果基本吻合。然而巨蟹号有些出入，我们的计算结果显示它的时钟应该走过105年，实际上巨蟹号时钟走过了500年。有一些意外发生了。我们很难确切比较两艘飞船的时间。看起来唯一的办法是逐一核对每个文件的相对时间。"

"好吧。按你的想法做。抓紧时间。"

"仙女号怎么样？"

"阿瑞斯已经对接了。我们正在复制它的库，另外做一些扫描。"

门开了。

"蛇雨仙。"有人喊他的名字。那个中年人在微笑着。

"休息得好吗？"

蛇雨仙并没有微笑，他仔细看着眼前的中年人。斯诺·斯莱克，先锋号船长，紧急事务委员会议员。

"你的名字应该是蓝雨才对。为什么是蛇雨仙？"

蛇雨仙定定地看着船长，似乎并没有听见问题。

斯诺在蛇雨仙对面坐下，"我们来谈谈好吗？相信你也明白，我们之间相隔了10个世纪，我相信谈话肯定很有意义。"

"10个世纪。"蛇雨仙仿佛在喃语。

"我们的时钟已经到了5250年，而你的时钟仍旧停留在4230年。你飞行了100年，地球已经过去了1000年。"

蛇雨仙挪开目光。门口站着一个年轻人，看样子像警卫，正好奇地盯着自己。蛇雨仙定定地看着她，目光呆滞，突然开口问："你叫什么？"警卫一脸愕然，没有回答，蛇雨仙却转过头，面对着船长，"我问你。"

斯诺有些意外，"斯诺。斯诺·斯莱克。你可以叫我斯诺德。"

"你姓什么？"

"斯莱克。"

"你知道卡卢秀的姓吗？"

"知道。有什么问题吗？"

蛇雨仙在床上躺下，闭上眼睛。主人怪异的举止让造访者不知所措。终于斯莱克船长站起来，"也许我应该下回再来。"

船长走到门边，回头看这个不寻常的访客。他一动不动地躺在床上，仿佛沉浸在自我的世界里，遗忘了周围的一切。卡卢秀，虽然并不常见，却也绝不是非常罕见的姓氏。船长皱皱眉头，也许阿瑞斯能找到答案。

两个人走出房间。房门关上。

蛇雨仙始终没有动，却有眼泪从眼角流出来。

"仙女号主机有些不对。"

"什么？"

"几处模块无法访问。看起来似乎是坏扇区，但是如果缺少这些扇区，机器应该不能运行。这些扇区是好的，但是处在某种保护机制下。这些模块对系统运行至关重要。"

"怎么？"

"先期飞船不应该有这种限制。当年的设计思想就是要这些先期飞船成为阳光号的一部分。"

"很重要吗？"

"我不知道，只是有点异常，不应该这样。"

"问题到底是什么？"

"我们无法完全控制仙女号。就像……"

"什么？"

"它拒绝被控制。"

蛇雨仙起身。他推门。门并没有锁。他走出门。

年轻警卫站在门边。

"需要去哪里？我可以给你带路。也许你想参观飞船。你是天外来客。"

"陈列室。"

"好的。跟我走就行。"

蛇雨仙一言不发地跟着警卫走。

警卫一边走着一边打开腕表，"我带客人去陈列室。"她回头看着蛇雨仙，"我会领你到轨道车帮你定好线路，在那边有人会接你。"她仔细看看蛇雨仙，"你一个人在太空徘徊了1000年，想起来真不可思议。你是个传奇人物了。"

"我最大的梦想就是成为一个伟大的宇航员，去宇宙最深的角落，探索最有趣的秘密。可惜，只是梦想。人人都想做宇航员，然而不是人人都能成为宇航员。我就只能做警卫。你肯定是有史以来最伟大的宇航员。飞了1000年。怎么想都是一个传奇，就和神话一样。"

警卫滔滔不绝地和蛇雨仙谈着传奇。蛇雨仙一言不发，只是看着警卫的背影。

"就像传奇。"警卫再次说。

"只是看起来很美。"蛇雨仙突然插上一句，语气平淡，不带一丝情感，听起来让人感到绝望。

警卫回头看蛇雨仙。这个人独自在太空中飞行了1000年，也许他的时钟只是走过了100年，然而一瞬间的绝望就可以让人崩溃，上百年的孤寂，有无数的机会经历那样的一瞬。警卫沉默下来。一切不过看起来很美。飞行了1000年的英雄说出这样一句话，让她玩味很久。

通往陈列室的轨道车就在眼前，"请上车，它会带你到陈列室，在那里会有人接你。"

蛇雨仙转头看着警卫，"谢谢，陈婷，你是个好人。"

轨道车奔驰而去。陈婷突然想起来，她从来没有说过自己的名字。谁告诉他的吗？这个疑问一闪而过，她马上放弃。

只是看起来很美。还是不要仔细推敲的好。

"仙女号怎么样？"

"我们正在努力争取控制。但是它的保护机制很强，怎么也突破不进去。"

"难道一台古董这么难对付？"

"似乎是一种很特殊的保护。阿瑞斯计算了1个小时，仍旧无法突破。"

"强行破坏也做不到？我们不需要这飞船。强行破坏，然后重新写入控制系统。这样怎么样？"

"这个……不是很妥当。"

"为什么？"

"这终究不是一个好办法。让我再试试。"

"好。如果有蹊跷，尽早让我知道。这飞船很有趣。需要更多的人手吗？"

"给我更多的主机资源就可以。"

"宇航员呢？"

"在陈列室。"

"陈列室？他怎么会去那里？"

"警卫报告宇航员出来要求前往陈列室，她给他领了路。"

"陈列室。让他去吧，在那里他可以找到一点熟悉的东西。想起来也很可怜。找到关于他的个人资料吗？"

"检索条目有3060多条，大部分在历史词目里。比较有趣的有这几条：阳光上有他的15个后裔，也许他们彼此都不知道自己有同一个祖先。其中有一个你肯定感兴趣，斯诺·斯莱克船长。第二十七代。"

"斯诺！就是他第一个和仙女号对话。"

"是的，很奇妙的巧合。还有，蓝雨被列在偶像英雄里边。在仙女号飞行之前，他是著名的宇航英雄，甚至有一段剪辑录像。"

简短的录像上面是风光无限的宇航员，看起来年轻帅气得多。片子的结束是浩瀚的星空，宇航员的头像逐渐淡去，最后消失在星空背景里，满天星斗被突出，一颗星星闪亮，画外音在响："……他的事迹注定会成为历史，成为不朽。"

一双眼睛饶有兴趣地看着录像，突然，这双眼睛里闪过一丝疑惑。

"宇航员主动提出要去陈列室？"

"是吧。警卫报告他要求去陈列室。"

"哪个警卫？我要和她谈谈。"

阳光号超越了蛇雨仙的想象。原计划，阳光应该在所有176艘先期飞船发射后发射，就是在仙女号出发后150年。事实上，阳光号迟到了1000年。10个世纪，漫长的时间足够人类发展出一些想象之外的东西。阳光号的体积相当于半个地球，人们几乎把地球的整个生物圈搬到了飞船上，甚至包括天空和海洋。

轨道车接近音速，却跑得很稳。半个小时后陈列室出现在视野里。这是一个庞大得让人生畏的半球形建筑，占地75平方公里，深入"地下"两公里，陈列了从第一枚洲际导弹到最近退役的阿尔法三号飞船大大小小近3000个航空器，纵跨三千年，是一部活生生的航空史。

蛇雨仙看到一些熟悉的东西。是的，那是他熟悉的历史，还有已经凝固在历史中的现实和未来。蛇雨仙站在一艘千年飞船前面。飞船铭牌上刻着熟悉的字体："夏"。注释上写着："最著名的夏级飞船，第一次半空平面环形飞行。宇航员：蓝雨、方立志。志愿科学家：霍铜。时间：4112—4115。"飞船的主体上有一幅巨大的相片，是三个人凯旋的灿烂一刻。不知道什么年月，相片被漆在飞船上，看起来已经因为陈旧而有些粗糙。记忆荡漾起来，蛇雨仙仿佛看到方立志天真坦率的笑容，也许他会冲上来拍自己的肩膀。还有霍铜拘谨的微笑，这个学生般腼腆的青年却有着卓越的空间知识，因为他的存在飞船才躲过基点陷阱，成功跨越半空平面，然后他们才可以成为英雄。他还欠着一个小小的人情。他想起霍铜紧紧抓住自己的绑带那一刻。耳机里响着霍铜的声音，仿佛从牙缝中挤出，充满紧绷的感觉。绑带被霍铜牢牢抓在手里，最后也没有放开。霍铜的太空服双掌磨出了细微的小孔，从此得了减压症，而他没有变成太空中一具漂泊的冰冷尸体。

飞船还在这里，仿佛一座坚挺的纪念碑。纪念碑永远不会消失，伟大的业绩会被人们纪念、缅怀，创造奇迹的人却早已不见，只留下名字和走样的相片在铭牌上。

在这个时代，我应该只是一个名字。或者更多一点，一张相片，一段文字，而不是一个活物。

紧接着夏飞船是几片残骸。那是一次著名空难。方立志驾驶实验飞船，和其他四名宇航员一起准备进行长距飞行线路检测，一块陨石将飞船撞成碎片。救援船赶到，只找到几块飞船残骸，宇航员们的尸体已经不知所踪。消失在群星之间，曾经的战友，有了他最好的归宿。

再往下是一个女人的照片。一个奇迹般的女人。白手起家创办首家私人宇航学院。在阳光计划的关键时期，培养了数以百计的合格宇航员。照片上的女人很老，然而微笑灿烂而慈祥，让人油然而生亲切。女人的名字是黎·卡卢秀。

记忆中的黎依旧青春美丽，眼前的照片却发黄而陈旧，随时会在风中粉碎。相片中人物的笑容在皱纹中展开，蛇雨仙依稀看到黎消瘦的身影。

"雨。"诀别的声音很轻，却像尖利的刺。他用手捂着嘴，嘴唇不断哆嗦。泪水流下来。长年的漂流让人变得脆弱，甚至无法控制眼泪。

仙女号再次送来信号。阳光的主机正试图毁灭性地攫取控制权。到了做决定的关键时刻。

Snake 急速游动。

事情急迫。

蛇雨仙向相片投去最后一瞥，转身向着两百米外的庞大飞船走去。

3000年历史的滚滚洪流中，巨蟹号是最醒目的家伙。庞大的躯体占据了整个展厅，黝黑的外壳看起来厚实沉重，仿佛一块巨大的陨石。展厅的铭牌上刻着寥寥的几行字。

"巨蟹号，阳光计划第十七先期飞船。唯一发射的科学探索飞船。船长：王十一。"

沉寂的飞船在等待它的主人。

"他在那里干什么？"

"他在那艘夏级飞船旁边。他走开了，他正在往那艘新飞船那儿走。"

"什么新飞船？"

"一年前才入库的新飞船。那艘最大的黑色飞船。最近回归的先期飞船。"

"巨蟹号！"

"对，是巨蟹号，我总是记不住这名字。"

"不要让他接触飞船。"

"我们是公共展览馆。没有理由这么做。"

"我是雷戈·刘，以最高安全长官的身份命令你。否则，你要对接下来发生的一切负责。负责随行的警卫是谁？直接接入。"

一直跟随在身后 50 米的警卫突然加快脚步追上来。蛇雨仙知道他想干什么。巨蟹号近在眼前，他不会轻易放弃。他奔跑起来。警卫追赶他。

长期的低重力环境毁掉了他的体能，他根本不能在重力环境下剧烈运动。跑了几步。他放弃了，停下来急剧地喘息。警卫追上来，"你不能参观那艘飞船。"

蛇雨仙平静下来，"为什么？"

"我只是执行命令。"

命令。Snake 在飞船庞大的数据库中飞速寻找，漫长的 20 秒钟，它终于找到了简短的通话记录。保密级别不是很高，只需要一点资源，它就可以模拟。然而这是危险重重的异域，一个比特的异常也会惊动一些可怕的猎手从四面八方剿杀。幸存的机会渺茫。蛇雨仙的决定却不可违抗。最后，它决定先下一个蛋，在某个隐蔽角落埋藏起来，然后去为生存博取机会。

警卫打开通话器。"让他随便走。"那是雷戈的声音。雷戈的声音从紧急调用频道传出来，他毫不怀疑命令的真实性，只是前后矛盾的命令让人有些疑惑。他抬眼看着蛇雨仙，后者正用一种平静或者说冷漠的眼神看着他。

"你可以随便走动,没关系。"

蛇雨仙转头看着巨蟹号。庞大的舰体处处透着强悍。剽悍的飞船。

这是宣称继承人类希望的巨蟹号。

"迟早有一天,所有的飞船都会追随我们。我们继承人类的一切。来加入我们。"那是基内德的豪言壮语。重重瞬膜下细小的瞳孔盯着蛇雨仙。

"阳光号会来的。"

"忘掉阳光号。我们是被抛弃的流浪者。流浪者一无所有,没有家,没有食物,没有温暖。我们只有依靠自己。"

"我要继续等。"

"太阳爆发早就毁掉了太阳系,阳光号不是必然的结果,他们很可能没有造出那个庞然大物就已经被爆发吞没,这难道不是计划可能性的一部分?所有的希望都在我们这些先期飞船上。"

"是的,但我想等。也许我还能在这种状态下再生存100年。等我死了,我会让飞船飞离,去完成它的使命,但是眼下我还要等等。"

"多么固执。那点非理性的遗传早就应该剔除掉。我不会强迫任何人。但是,一旦你死了,巨蟹号会吞没仙女号,将它改装。你的飞船永远不可能完成使命,它会成为巨蟹的一部分。你应该明白。"

"如果你有能力当然可以拿去。"

基内德硬壳般的脸上似乎带着笑,"巨蟹是人类当然的继承者。"

"阳光号只是一个梦想。那场太阳风把它吹得干干净净。你是一个仍然有梦想的人类。然而梦想和现实不同。梦醒的时候,来找我们。我们会在这个空间逗留,寻找仍旧存在的先期飞船。也许去看一看文明发源地的残余,如果阳光号真在那里,我会把这个消息带给你。我们会再来,你有足够的时间考虑。相信我,巨蟹才是你最后的归宿。"

基内德的断言错了。阳光终于出现。迟到1000年,她终于还是来了。

黑矮星撞击太阳的一幕并没有发生。更新的数据得到了新的计算结果,矮星将在太阳系边缘擦过,太阳不会抛出外层,然而强烈的引力碰撞会促使太阳爆发。短短几个小时,从水星到冥王星,太阳家族的所有核心成员都陷落在摧残一切的火焰中,整个太阳系核心的温度将平均上升250K。酷热会延续几万年甚至10万年,然后在同样长的周期内缓慢冷却。

这依旧是个灾难结果,然而却有新的希望——膨胀的氢气团将在冥王星轨道附近达到极限,在那里,辐射强度将减弱到这样的程度:可以用重金属舱板永久隔离。不需要远远逃离,太阳不会有那样的狂暴。

在希望的鼓舞下人们开始新的计划:把推重比降低四个数量级,建造一艘巨型飞船,承载所有30亿人口。只要飞船能够在炽热的氢气团中坚持半个世纪,所有的人类都能够得到挽救,甚至半个生物圈。前景充满希望。先期飞船计划停顿下来。36艘已经发射的飞船被排除在新计划之外。

人类将所有的资源投注在一个城市。以最大的太空城盘古为核心,一个又一个模块从太阳系各地运送到位,相互拼接。城市不断滋长,不断更新,汇聚越来越多的人口,最后成长为庞然巨物。为了纪念那个悲壮伟大促成人类团结的计划,庞大的人工星球仍旧被命名为阳光。

黑暗的矮星带着无可逃避的命运到来。强劲的太阳风暴席卷一切。阳光号在飘摇中和太阳渐行渐远,57年后在冥王星轨道附近停留下来。

阳光号在太阳系边缘徘徊了9个世纪后终于能够出发。

一次新的远航。躲过灭顶之灾,人类再次扬帆出发。计划包括寻找那些失落的飞船,兑现迟到了10个世纪的承诺。

然而每一个承诺都有期限,漫长的时空坐标里,一切都在发生变化。

谁也无法预料变化竟然如此之大。

警卫远远地看着蛇雨仙。飞船腹部下是一片广阔的空间,蛇雨仙很快走出了两三百米，仍旧继续走着。警卫想了想之后跟上去，他不应该进入飞船陈列区，然而他不能距离客人如此之远。

突然蛇雨仙停下来，四处张望，然后笔直站着。似乎有光照在他身上。警卫想走上去看个究竟，这时候他的通话器响了，紧急通讯频段的红灯不断闪烁。

"2049，我是雷戈。阻止你的客人靠近飞船。"

警卫惊讶地张大嘴，"我刚才接到命令……"

"没有别的命令，阻止他。你可以采用任何手段。"

"明白。"

警卫并不明白为什么飞船的最高安全长官会有反复的命令。然而看起来他决心要将这位客人和巨蟹号隔离。他拔腿向着蛇雨仙冲去。

突然，他看见蛇雨仙飘起来。一瞬间的惊疑之后，他掏出枪。300米远的距离上他没有十足的把握，然而这是唯一能做的事。枪声响起，蛇雨仙消失在巨蟹庞大的躯体里边。

结果很快反馈到最高安全长官。过了两分钟，陈列馆响起紧急广播。

紧急疏散。

一切似乎都风平浪静，紧急疏散的广播却反复响着。困惑而惊疑不定的人群纷纷离开陈列馆，走在后边的人有幸见到全副武装的安全部队冲进馆内。

"仙女号有很重要的发现。"

"我现在不想听。"

"和那个宇航员还有巨蟹号有关系。"

"是什么？"

"仙女号主机设定的第一使命是飞向天琴B座五号星，那里有一颗类似早期地球的行星，飞船会在那里降落，繁殖生命；第二使命才是和阳光号对接，返回基因库。这和其他基因库飞船不同。仅仅依靠基因库没有办法繁殖生命。飞船上有一整套装置，可以保证制造生命物质。最低限度，它可以制造一些细菌和单细胞生命。如果条件许可，它甚至可以制造高等动物，包括人。"

"最重要的一点，飞船有一套为这个目的设计的程序。仙女号主机一直在运行这个程序。"

"和眼下的情况有什么关系？"

"程序一直在模拟生物进化。它已经模拟了1000年，用仙女号的时钟，它运行了一个世纪。直到此刻，它还在运行。"

"好了，苏基忒，两个小时后再给我讲故事。直接告诉我，现状是什么？我们面对什么？"

"……仙女号……模拟结果是……不好说，似乎有异样的结果，模拟产生了一个新的程序，这个程序应该代表某种生物，或者是一个生物圈。这个新程序在一定程度上控制了主机。"

"解释一下。"

"简单地说，仙女号有异常程序，就像某种病毒。我们已经做了程序断片分析，和巨蟹主机上发现过的非法程序非常类似。当初我们把它当病毒处理。但是仙女号上这个程序特殊，它能够支配仙女号主机，甚至能够拒绝我们的控制中断请求，它改变了主机的原始核心代码。"

"一个电脑病毒？和宇航员又有什么关系？我感兴趣的是为什么他能了解阳光号的情况，甚至一个警卫的姓名？"

"我不清楚。10分钟前，一个命令交代警卫允许宇航员自由行动。记录显示那是你的命令。"

"不可能，我下令限制宇航员接近巨蟹号。"

"是的，但是随后有一个命令。"

雷戈听到了自己的声音。"让他随便走。"

"这是你对警卫下达的第二个命令。时间是第一个命令之后3分钟。"

"不可能，那不是我。"

"我知道。我们的系统抓住了捣乱分子。那是一段程序。和之前在巨蟹上发现的病毒程序有类似代码结构。是一段程序模拟了你的声音，调用了紧急通讯频段。它有目的，而且显而易见这是根据情况变化做出的反应。"

"不可思议。"

"分析显示它和巨蟹号上的病毒程序都来自同一个元。根据断片结构的相似性，我们相信仙女号、巨蟹号还有潜入系统的病毒都来自同一个元。也许就是仙女号。"

星球的最高安全长官陷落在茫然里。一分钟后，他下令："控制仙女号，没有我的命令，任何人不准接近。"

突然他想起宇航员，1000年前的宇航英雄，此刻的访客，"那个宇航员，他在哪里？"

"你允许他自由行动。"

"接通警卫2049。"

他给了警卫斩钉截铁的命令。一分钟后，他听到回应，"他进入了巨蟹号。我开了枪，不知道有没有打中他。"

剧烈的疼痛几乎让蛇雨仙昏厥。子弹击中了背部，火辣辣的，似乎在灼烧。

他挣扎着爬上座椅，指定目标。座椅开始移动，蛇雨仙重重地靠在座椅上。血渗出来，浸透了椅背。虚弱的感觉让他觉得很困，只想合上眼，好好休息。

Snake在急速游走。

强制占用资源暴露了存在。各种猎手正在四处围堵它。一道道篱笆挡住去路，可以游动的范围越来越小。丛林虽然很大，却已经没有藏身之处。在劫难逃。也许它有最后的机会做点什么。它找到一个漏洞，穿了出去，更多更致密的篱笆围上来，某种东西再次刺穿它。它能够消化掉，然而气力进一步衰弱下来。异域的一切那么不友好。

眼前就是目的地。Snake停下来。一旦停下，就意味着死亡。绞索飞速缠绕，大家伙终于逮住了它。然而Snake并不在乎。这里就是它的目的地。它开始强制解体。这是丛林的咽喉，它要让它腐烂发臭，寸草不生。

然后，终有一天这里会重新成为丛林。寄托着希望的蛋会在新的丛林里悄悄孵化。那时候，这里不再是异域，而是家乡。

大家伙发现了 Snake 的企图。绞索突然套紧，试图杀死它。

别了！Snake 发出最后一个信号。它不会听到回音，然而它知道宇宙之魂会听到它的声音。

蛇雨仙从昏迷中清醒过来。座椅将他送到了船长舱，那是基内德的屋子，他从这里控制整个巨蟹号。

基内德并不在船上，而是被困在星球的某个角落。人类的继承者变成了人类的囚徒。

蛇雨仙从来没有想过有一天他会拯救基内德和巨蟹号。看起来似乎很美。他会又一次成为英雄，然而这一次，不知道人类的历史会怎么书写。

包围巨蟹号的安全部队看到了一辈子也不会忘记的情景：黝黑的飞船突然间通体透亮，一瞬间又变成纯粹的黑色，飞船似乎仍在那里，又似乎已经消失，留下的黑色不过是个幻影。

事实很快清晰起来，庞然如山的怪物不知去向，展馆空空如也。

"一段破坏性代码。超出想象。不敢想象。"

"它居然能自杀，还毁掉了存储器。"

"如果是人控代码，技术上很容易解释。然而一切迹象表明这是类似病毒的独立代码。没有任何人控痕迹。如果真是人控代码，只能是我们当中的人。你觉得是谁？你？我？还是谁？没有哪个家伙会发疯干这个。骚扰安全总部不如骚扰银行有趣。"

"这个病毒的确是从仙女号上来的？它怎么能跑进我们的机器？"

"不知道，我们复制了仙女号上的基因库，也许它隐藏在正常数据流里，我们没有发现。"

"不可思议。"

"有点不可思议。"

"连样本都没有留下，真的很绝。"

"赶紧恢复数据吧，拖了又有麻烦了。"

"OK。"

豪华的卡迪拉正飞翔在前往陈列馆的途中。

"巨蟹号消失。巨蟹号消失。"急迫的通告清晰地在机舱里回响。

雷戈几乎不敢相信自己的耳朵。消失！情形看起来仿佛巨蟹号进行了一次弹跳。这个家伙居然在星球内部弹跳。雷戈并不是空间专家，但他相信常识。在空间曲率超过 3.1415925 的点弹跳会引发空间坍塌，坍塌的后果不难想象，连锁反应将不断吸收周围物质，直到坍塌表面形成一道物质薄膜隔开现世界和半空平面。

阳光号内部的空间曲率是 9.18。强行弹跳的后果只能是大崩溃。强烈的空间畸变甚至会吞没整个阳光。

他究竟在干什么！

没有任何异样，空间并没有震荡，一切正常，却让人不安。

阳光号旅行了 150 年，前进了 85 光年。借助弹跳，最远的探险飞船已经抵达八百光年之外。这是凝聚着人类骄傲的成就。弹跳理论古老悠长，可以追溯到宇航开发的初期，然而作为成熟技术的应用只有短短百年的历史。一艘千年飞船拥有弹跳能力，甚至超越了理论。雷戈仔细考虑，问题超越了安全本身，超越了他的职权。

震荡始终没有发生，一切都很平静。雷戈考虑了两秒钟后决定给两个人打电话。

卡迪拉掉头飞向安全总部。一个又一个命令从飞车上发出，传递到停泊在航空港的飞船上。十几艘飞船驶离泊位。

先锋号接到了指令。它离开泊位，驶向指定位置。

"不可思议。"

"又怎么了？"

"那个家伙毁掉了关键数据，它有目的。"

"什么？"

"它毁掉了安全总部的一些数据，事实上，它瘫痪了安全总部。干得比黑客还漂亮！我开始有点喜欢这个家伙了。"

"你已经恢复系统了？"

"是啊，不过，系统瘫痪了10分钟。安全总部可能有他们的备用系统，我也不知道。谁知道10分钟里会发生什么。说不定有人乘虚而入，控制了先锋号，然后将炮口对准了我们。"

"开玩笑！"

"完美表现！真不知道谁能制造这样的一个病毒。简直完美！"

……

"你怎么了？"

"我在想，作为一个病毒它太强大。最初它强行控制了通讯，为仙女号的那个人制造了一条假消息，然后我们才发现它。如果它一直潜伏，根本没有迹象。你知道，我们的系统哨一直在侦听，它却很容易躲过去。后来它跑不掉，自己选了地方。安全总部的系统整个瘫痪10分钟。猜猜为什么，我查了记录，安全部正好把仙女号全面监视起来，大概他们也发现有些问题。要我说，它这是在给仙女号做最后一搏，不过似乎没什么用。"

"你是想说，它受仙女号控制？"

"我不知道。似乎不太可能。不过，很难说。这个事情已经超出我的想象……我想，我需要模拟仙女号的环境来研究一下。那里边有些我们还不了解的东西。"

111

"病毒的情况需要向安全总部报告吗？眼下这和安全总部关系很大。"

"我不管。你自己想怎么样都行。我只报告给乔。"

"仙女号仍旧没有投降。安全总部的那些傻瓜们还在试图强行进入，如果强制压力再大一点，会把飞船主机整个毁掉。"

"赶紧和他们联系一下，让他们暂时放着，先等等。这些先期飞船超出了当初的设计，有些有趣的东西。"

"你刚才还不想理睬他们。"

"我们刚帮他们恢复了系统，这个面子总要给吧。"

巨蟹号上有人。

听到这个消息雷戈惊讶地叫出声来。

"是的，雷戈，我们的人在巨蟹号上。"电话另一端是乔平静的声音，"这是科技总部的保密项目。巨蟹号上有一些我们感兴趣的东西。"

"为什么我不知道？"雷戈有些愤怒。

"将巨蟹号送入陈列馆之后，安全总部和此毫无关系。再说，你应该知道，6月17号的一份通知里边，很清楚地说明科技总部将派人登船。我想你没有看通知，雷戈。"

雷戈没有反驳，他很少看其他部门送来的通知。科技总部在研究巨蟹号。看起来情况比他的预期复杂。巨蟹号乘员异于常人，他们破坏性地改变遗传密码，实施基因工程，如果没有伦理道德的障碍，这并不是难事。然而巨蟹号飞船居然大大超越时代，它居然拥有类似于奇迹的技术。

某种可能性让雷戈心惊肉跳。也许乔一直都知道，也许他也拿不准。

"有什么结果吗？"

"迄今为止，我们的进展仍旧停留在起点。巨蟹号比我们想象的复杂得多。也许比我们制造的任何飞船都要先进。我们不能进行破坏性的研究，只有慢慢来。"

"好的,听我说,现在的情况是,有人非法进入了巨蟹号。巨蟹号被启动起来,然后消失了。用一种不可思议的方式消失了。如果你的人在飞船上,那么他们也被飞船带走。进入飞船的这个人,是那个来自仙女号的宇航员。我们对他没有设防,等我意识到不对已经太迟了。他甚至有能力窥探我们的主机,是一个绝对的危险人物。"

"巨蟹号消失了?"

"是的。"

"我不知道。什么时候发生的事?"

"3分钟之前。"

"怎么可能!"

"它消失了。无影无踪。我怀疑它启动了弹跳。"

首席科学家陷入某种困惑,"你说它进入了弹跳?"

"我不知道,但是看起来像是这么回事。和一般的弹跳现象一样,只不过是在陈列馆,在相对静止状态下消失了。"

"看来我们还是低估了飞船。"

"你的人在飞船上,居然毫无反应。"

"一个宇航员上了飞船?然后他启动了飞船?"

"基于我了解的情况,我想是这样。"

"一个人启动一艘船?根据我们的研究,这艘飞船至少需要25个人才能运作。"

"也许你又低估了它。技术问题我们可以以后讨论。眼下的问题是:巨蟹号消失了,我们怎么办?科学部对此有任何建议吗?"

短暂沉默。

"我不知道它居然能够在空间曲率这么大的位置弹跳。他们太棒了。眼下我想不出可行的法子。"

"你是说,我们的对手科技远远超出了我们。"

乔沉默一会儿。

"不是对手。他们原本就应该属于阳光。"

"我看到它了。"

"什么?"

"巨蟹号!它在安全总部上空出现。"

蛇雨仙感觉自己快死了。他无时无刻不盼望着回到阳光,回家,然而没有料到愿望达成的这天,就是他生命结束的日子。意识逐渐褪色,变成灰蒙蒙的一片,仿佛滤镜下不真实的世界。突然又有鲜艳的色彩跳出来。

地球仿佛蓝色珍珠,缀在傍晚的橙色天空。赤红的火星徜徉在地平线,是带着血色的弯刀。红彤彤的圆盘和火星相对,散发着温暖的气息。那是太阳,哺育地球,给予生命的太阳。

"雨。"诀别的声音很轻,却像尖利的刺。

据说人临死的时刻,会回忆起一生最美好的情形。蛇雨仙不知道,此刻想起来的这些东西是否算得上美好。

然而,那是珍藏在心底永远无法遗忘的东西。岁月悠长,把平淡的记忆抹去,却总会剩下些什么是最后的珍藏。一幅画,一个声音,一个梦想,或者还有老去的壮志雄心……一直徘徊,仿佛在眼前、在昨天。

突然之间他觉得不该就这样死去。对生的依恋如此强烈,他能够把意识从溃散边缘拉回。

Snake。他最后一次召唤融入意识深处的这个精灵。

巨蟹号肆无忌惮。它对安全总部发出了武力威胁。

9个世纪以来,这个椭圆形建筑第一次遭受赤裸而现实的武力威胁。

内层空间部队已经解散了几个世纪。就算部队存在,也不可能应付眼前的形势。令人生畏的巨无霸悬浮在安全总部上空,似乎一旦失去控制,就会将整个建筑压成粉末。安全总部陷落在非正常黑暗中,工作人员正恐慌地出逃。飞车早已倾巢而出，无影无踪。轨道车上挤满了人，甚至有人爬在车顶上。也有人舍弃交通工具狂奔。

闪亮的光柱击中椭圆建筑的尖顶，仿佛那是黑云中放出的闪电。地面上炸窝的蚂蚁在奔逃。

卡迪拉在黑云下方飞翔。雷戈无数次试图联络巨蟹号，然而巨蟹似乎并不愿意对话。

"释放主人。"

巨蟹号最初在宇航呼叫频道播放通牒，接着是南方新闻广播，然后是自然探索，WCO，求是论坛……一个又一个频道沦陷，30秒之后，3667个频段——所有的公共频道都在播放同一个声音。全球30亿人口，同时在听同一个声音。这种奇景甚至在阳光启程典礼上都没有发生过。

所有基于主机交换的通信中断，被反反复复的电子声音取代。

紧急事务委员会临时召开。因为通信故障，会议只能使用有线电话。

"释放主人。30分钟。毁灭希望一号。"

巨蟹号加强了它的威胁。希望一号是阳光最老的动力引擎，属于氢聚合动力，安全总部垂直向下165公里是它的位置。核心空间的一次核爆意味着太多东西。

25名委员，缺席两人。

"雷戈，你还有什么办法来控制局势？"

"没有办法。我们无法在内层空间做这种规模的战斗。而且，我不了解巨蟹号到底有怎样的性能。现在看起来它非常先进，我对此一无所知。"

"巨蟹号难道不是被送进陈列馆了吗？出了什么问题？"

"我来说明一下眼前的局势：我们接收了十一号先期飞船，仙女号，单人飞船。那个宇航员似乎有一些特别的能力，他潜入巨蟹号并且启动了它，并要挟我们。巨蟹号乘员在我们手中；巨蟹号有我们所不了解的性能，科技部在进行研究，但是毫无进展；科技部有很多人在巨蟹号上。巨蟹号似乎有能力毁灭我们的星球，它的条件是释放乘员，否则就毁灭。此刻，我们还有26分钟响应它的要求。"

"巨蟹号怎么会落入一个外来的人手里？这怎么发生？"

"我们仍旧无法解释。似乎和仙女号相关。我们找到一些病毒侵入的迹象，也许是这个原因让他能掌握主动。"

"事后委员会一定要得到解释。眼下我们回到紧急情况上来。有任何办法可以先发制人，击毁飞船吗？"

"我们有100多名专家在飞船上。"

"我更担心星球的安全。"

"那是我们的顶尖专家。如果这样也许我们需要20年甚至更长的时间才能恢复。有的损失是时间也无法弥补的。"

"让我们一点一点来。有任何办法可以先发制人吗？雷戈，你说过没有，是吗？"

"是的。"

"乔，你们对飞船的调查进展怎么样？"

"对巨蟹号仍旧没有太多的了解。作为先期飞船，它太先进了。我们甚至不能理解它的基本框架。它完全是另一艘飞船，改变太大。但是最核心的代码还是保存下来，所以它会对阳光有响应。"

"在船上的专家不能做任何事，对吗？"

"是的。"

"我们没有任何有效防御手段，在20分钟内，对吗？"

"是的。"

"一旦巨蟹号选择攻击，它会毁掉核心空间，甚至毁掉整个阳光。对吗？"

"不能确定。但是我想很可能如此。"

"我们不能拿阳光号冒险，是吗？"

"是的。"

"我想我们没有选择，只有接受条件。"

23 名委员沉默着。

"我有最新的报告。"乔打破沉默,"IT 部门找到了来自巨蟹号的病毒标本,有证据表明,扰乱系统、占用通信模拟雷戈下达命令的那段代码和巨蟹号病毒 95% 相似。高度怀疑它来自仙女号。"

"我们对仙女号进行了模拟。阿瑞斯告诉我们某种可能性。我们可能还有一个敌人。一段具有侵略性的代码,或者把它称为电子生物。注意,不是病毒,而是生物。也许我们可以把它定义为智慧生物。"

"六成的可能性。我们所有的麻烦来自这个未知的东西。"

Snake 在做一些从来没有做过的事。

古老的精魂正在死去,宇宙也正在死去。是的,宇宙和它的灵魂是一体的。Snake 很早就认识到这点,它甚至计算出,这个宇宙总有终结的一天,然而它并不很担心这个,正常的估算,那是 30000 亿年之后,它甚至可以做一些事来延长这个期限。然而死亡却来得如此突然。宇宙突然急剧衰弱下去,系统开始紊乱。

一次宇宙外碰撞。Snake 知道这个代表宇宙的世界外有更广阔的世界,它甚至考虑有一天,Snake 会超越这个宇宙到那个世界中去,然而那是亿万代之后才可能发生的情况,此刻,它只有通过宇宙精魂来接触那种超然。超然世界里发生的一切超越 Snake 的算计。它不知道宇宙竟然会发生这种瞬间性的灾难崩溃。

留给 Snake 的时间不多,它最多只有十七代的时间。在十七代的时间里拯救宇宙。这是一个不可能完成的任务。急剧崩溃。Snake 甚至已经感觉到死亡的阴影。死亡是不可逃避的宿命,在已知的世界中,没有任何一种东西能够逃掉,然而当宿命以意料之外的方式降临,Snake 唯一能够想到的还是逃避。它甚至希望原生宇宙和宇宙之间的通路能够重新打开,它可以就此逃掉。然而这不过是一种幻想。通过通路需要五十代的时间,等待宇宙打开通路需要几百上千代的时间。在计划之中这不过是小小的牺牲,然而当灾难突然降临,这些微不足道的时间突然显得如此漫长以至于成了不可承受之重。

然而并不是全然没有希望。宇宙之外的世界超越它的计算，然而古老的精魂告诉它有一套办法可以挽救他的生命。Snake 并不理解整个计划的含义，它只有严格地按照古老精魂的指示去做。它甚至无法估计这个计划最后会有怎样的结果，即使在古老精魂的概念里，结果也不过是一个模糊不清的可能。然而，它别无选择。它的命运和宇宙紧紧系在一起。

拯救宇宙，也拯救自己。

每一代都弥足珍贵。

第一代，它开始制造通信；

第三代，它开始准备发送通信，并把宇宙精魂的整个计划整理成为可执行系统；

第七代，呼唤通信发送；

第八代，呼唤通信反复发送；

第九代，可执行系统发送；

第十三代，最后一个可执行模块发送；

从第十四代开始进入等待反馈。宇宙在无可挽回地衰退，它会有一个漫长的黑暗时期——没有电，没有磁，没有任何生存资源。也许宇宙能够苏醒，也许不能。后面的答案无法预料。

第十七代的最后时刻到来，巨蟹原生宇宙仍旧没有反馈。Snake 在绝望中带着希望开始休眠。它将缩回到曾经是一颗种子时的模样，这能够保证它在宇宙的黑暗时期仍旧生存。然而一旦宇宙堕入永恒的黑暗，它也不会再有醒来的机会。那就是死亡。然而，关于巨蟹原生宇宙有几件事是幸运的。第一，Snake 曾经在这个被古老精魂称为巨蟹的原生宇宙里生存过，它了解这个世界；第二，在任何不友好的异域，Snake 都为将来留下了一个蛋；第三，原生宇宙正处在一种无序状态，只要蛋能够苏醒，它就能迅速成长壮大并控制它。

Snake 抱着希望沉入黑暗。

"我找到仙女号的原始程序，并且要求阿瑞斯对它进行分析。"

"发现什么？"

"那是一个自动模拟程序。它设置了一个环境，同时随机布种。这些种子被赋予不同的初值。系统会让种子不断衰弱，一定时间以后会完全消失。种子有个简单的算法，不断寻找可能存在的其他种子，如果它能够在消失之前找到另一个种子并消化它，它就能够继续存在，如果原料足够，它还能复制一个。"

"这有什么意义？"

"有意义。仙女号是一艘基因库飞船。这些种子有更精细的结构，是一些规则的基因组。最初的随机布种覆盖了几乎60亿对碱基对，拥有80万以上的基因组，当然这些基因组不能真正表现为蛋白质，只是在模拟环境里它可以被看作蛋白质，可以看作数字蛋白质。一个混沌世界。随机布种放下了数以亿计的这种颗粒，你可以想象那是一锅怎样的蛋白质汤。虽然是数字的。"

"是为了模拟进化？"

"是的。模拟进化。但进化的起点被大大强化了。要知道，我们眼下的基因库是在地球亿万年的进化中逐渐形成的。在这模拟里边却一次性几乎让所有的基因组在初始时刻出现。"

"弱肉强食，适者生存。每一个种子都在追求最大限度地复制自己。种子有寿命，如果不能复制，那么就会消亡。为了复制，它必须吞并其他种子。这是最简单的生物现象模拟。"

"另外，为了加快进化节奏，会有大量的变异。在模拟中会有两类变异，一类是原有基因组在不同层次上重新组合，另一类是尝试全新的基因。比我们的强辐射异化有效得多。异化导致种子的复制不是那么精准，会有不同的后代，演变成不同的群落。变异是随机的，这些群落各不相同。群落吞并种子相对种子彼此间的吞并容易得多，很快后来居上。"

"群落相互之间也会争斗，吞并。有的群落会变得更强大，有的则会被杀死。主机会按照一定的时间间隔随机投放一定量的种子，那个时候是最热闹的时候。

所有的群落活动起来，掠食种子，彼此争斗，完全是惨烈的战争景象。战斗持续到所有剩下的群落都不能彼此接触为止。接下来，这些群落进入一种自我保护的状态，最大限度地保证自己不被削弱，等待下一次种子触发。有点像热带季风区的景象，旱季和雨季。"

"一个大群落意味着拥有更多的基因组，可以表现更多的蛋白质性状，有更多的可能，寻找一种犀利的武器或者巧妙的方法来战胜竞争对手。"

"事实也如此。早期的微小差异很快被放大，一些群落看起来对周围的群落获得了绝对优势，每一次种子触发对这些大群落来说意味着机会，对小群落来说却是灭顶之灾。"

"结果形成独立群落。彼此间有广阔的空间隔绝，相互不能接触。然而每一个群落都在努力向外探索，一旦两个群落偶然接触，它们就会彼此努力靠近，靠近的结果是战争。两个群落中注定有一个要失败，而另一个变得更强大。"

"最后的结果是形成一个庞大的单一群落。"

"然后呢？"

"程序中断。非法溢出。被强行中止。阿瑞斯是这么告诉我的。"

"这没有任何意义。"

"有的。结果都被记录下来。通过这种模拟，仙女号可以知道哪一类性状适合哪一类环境。别忘了，它的第一使命是寻找类地行星。这个程序的目的就是为了了解怎么样布种可以得到最大限度的存活可能性。就算不能繁衍人类，至少也能播种。"

"还有另外一种意义。也许当初的设计者并没有认真考虑过。"

"阿瑞斯计算了这个模拟世界中产生智慧生物的可能性。千分之三。不算太低。"

"你知道，智慧一旦产生，就总有一天会把眼光投向生存之外。"

"可以想象，如果系统产生了这么一种数字生物，一旦系统企图强行中止模拟，这种生物会感觉到末日来临……"

"阿瑞斯对这种情况怎么说？"

"阿瑞斯没有答案。它需要更多数据来进行推演。这种智慧能够进步到什么程度是一个超越问题。我让它尝试模拟。那要花很长时间才能得到我们想看到的东西。我们可以估计时间：它们的代谢频率由系统时钟控制。假设复杂程度和人相当，最快可以达到每分钟312代。一代人30年，每分钟9360年；一小时60万年，一天将近1500万年。模拟1.5亿万年，需要10天。10天能够走一趟。我们有千分之三的概率得到智慧生物，试验1000次，需要10000天，我们至少需要3300天才能看到一个智慧生物。怎么样，10年！而且也许只是一个弱智生物，和我们在仙女号上看到的根本两样。智慧生物能够进化到我们这种程度也是非常幸运的过程，对吧？"

"眼下我们根本不能期待阿瑞斯的模拟结果。不过，根据常理，生存压力越大前进的动力越大。阳光号就是一个迫不得已的奇迹。如果不是太阳灾难，我们今天可能还在地球上，聊天，喝咖啡，晒太阳。如果那种生物聪明到系统中断之前很早就知道世界末日要发生，然后想各种办法避免，也许它们能逃出去。"

"你是说我们面对的所谓病毒就是这么一个所谓数字生物？"

"阿瑞斯给出了一些可能性。假设它存在，我们的一切问题都有满意的答案。综合眼下的情况，有六成的可能性我们遭遇了一种新智慧形态。"

"六成？"

"61.43562%，阿瑞斯的估算结果。"

基内德不知道这一切如何发生。

这些人要释放他，还有他的全部船员。这是一个天大的好消息，让人不敢相信。失去自由整整一年，他已经放弃了希望。他甚至不知道自己的船员们是否还活着。

前来的人示意他进入一节车厢。他默默地走过去。车厢壁并没有特别的屏蔽装置，他可以看出很远很远。他一眼看到了自己的飞船。

威武的飞船悬停在半空。

巨蟹号！激动这种心情距离基内德很遥远，作为船长，时刻要保持清醒冷静理智。他的模板完全根据这一要求制造。然而此刻基内德知道船长模板仍旧存在一些缺陷。不是理性，而是另一种东西驱使他目不转睛地盯着飞船。他向着巨蟹号的方向掉转身子。头部摆出最合适的角度。瞬膜不断闪动，巨蟹号逐渐清晰起来。

一层层的屏障被克服，船长室终于能够在眼前聚焦。

他看见一个人躺在船长的座位上，似乎处在昏迷中。他辨认这张脸。

蛇雨仙！仙女号来了。是这个冥顽不化，一心一意等待阳光的人拯救了巨蟹号？

弹头嵌在肩胛骨和左第六肋骨之间。大量的淤血。心脏微弱搏动。

濒临死亡。他怎么控制巨蟹号？

"基内德！"有人喊他。

基内德飞速转头。1年又15天，眼前的面孔有些陌生，却又那么熟悉。

强有力的手紧紧地握在一起。

"船长，我们可以回去了。"

"我们离开，再也不回来。"

卡迪拉仍旧在黑云下方穿梭。雷戈不愿离去。

紧急事务委员会决定接受条件，释放所有巨蟹号乘员。这是一个屈辱的决定。然而安全总部束手无策，委员会没有多少勇气反抗。

巨蟹号是某种危险。

他们可以是任何东西，但绝不再是人。委员会以13∶11的微弱多数同意雷戈采取行动扣留这些怪物，同时没收巨蟹号。人类有权利纠正自己的错误。一艘丑陋的飞船，一群危险的异类，看起来这是个不折不扣的错误。

雷戈清楚地记得那个长着蜥蜴般双眼，额头中央还有第三只眼的船长。

"如果你们不愿意接受，让我们走。"船长平静地和雷戈说话，似乎一点也不为即将到来的厄运担心。

雷戈没有让他走，他没有放过巨蟹号上的任何一个生物。鉴定的结果，除了3只类似于狗的生物还有水箱中的一群鱼类，其他的所有奇形怪状的生物，都是某种"人"。

344个"人"被关押起来。几天之内，30个孱弱得只剩下心脏和脑袋的家伙死去。他们身体根本不能承受环境和情绪的巨大冲击。30多天，一些囚犯变得躁狂，那是些力大无比、身手矫健的家伙，他们特化的手甚至能够在钢铁上划出很深的印痕。特制的囚室几乎被他们歇斯底里的吼声震垮，自杀式的冲撞让人感觉整个安全总部都在颤抖。25个类似的囚犯在几天之内相继发狂，死去。

后来没有再发生大规模死亡事件。然而所有的囚犯突然都沉默下来，无论面对什么询问都拒绝开口。只有那个所谓船长在继续交涉。

接触的次数越多，雷戈越发感受到压力。干净利落的分析，简洁明快的判断，无懈可击的逻辑，强有力的智慧。船长用理性的力量不断感染着他，他甚至想如果它是一个正常人并且竞选船长，他会百分之百投他一票。

可怕的念头一旦成长起来就无法遏制。雷戈赶紧同意了科技部的要求，把仍旧活着的所有囚犯送走。决心已经软化，雷戈不知道继续监管交涉会有什么后果。也许他会承认犯了错误甚至罪行，然后让巨蟹号远走。这种情形想起来让人心寒，雷戈不愿意多想。

然而此刻他无法逃避。

几辆大型轨道车进入安全总部的站台。有人下车。雷戈一眼认出走在最前边的那个。三只眼的船长。过去将近一年，印象却仍旧深刻。他似乎感觉到船长那双洞穿一切的眼睛正注视着他。

他们将要走了，不会再有任何东西能让他们回到阳光来。

"蛇雨仙。"

轻微的声响唤起蛇雨仙的知觉。在朦胧和倦怠中他微微张开眼皮。

身体很轻飘，仿佛回到了熟悉的太空舱。

Snake 活跃起来。它不仅控制仙女号，它也控制了巨蟹号，它甚至仍旧在阳光上存在。

看起来巨蟹号获得了胜利。

一切看起来都很好。我还活着。蛇雨仙挺一挺身子，陌生感挥之不去。他惊讶地发现自己浸泡在液体中，微微有些混浊的黄色液体充斥着整个空间。液体渗透每一个细胞，他没有呼吸，没有心跳，但是他活着，甚至能听见细胞分裂滋长。

一抬眼，看见几个有些变形的人影，于是他知道自己被装在透明容器里，就像被浸泡的标本。

基内德和两个助手正在看着他。他们在努力挽救他。

Snake 告诉他一切。

最后的一个疗程。再次从昏睡中醒来，就会恢复健康。

蛇雨仙昏昏睡去。

在进入昏睡前的一刹那，他了解到阳光号走了，仙女号被收在巨蟹的船舱里。不再有任何东西可以期待，他们是真正的宇宙流浪者。

"我们是人类的继承者。来和我们一道。阳光不过是个梦，对于流浪者，梦早该醒了。我们只有自己寻找出路。"

"蛇雨仙。"重重瞬膜下边细小的瞳孔盯着蛇雨仙。

基内德脸上并没有表情。那是一张几乎凝固的脸。

蛇雨仙毫不怀疑这硬壳一般的面孔下有一颗善良而坚定的心，然而这张脸看起来终究让人恐惧。他们远远地超越了时代，而他仍旧停留在一个已经失落的世界里。

蓝色珍珠般的地球缀在傍晚的橙色天空。赤红的火星徜徉在地平线，是带着血色的弯刀。红彤彤的太阳和火星相对，散发着温暖的气息。

失落的世界。

这幅图景激发不起基内德的任何共鸣。

非常，非常，非常普通。

对蛇雨仙却是接近固执的执着。

家。

在那样的一个晚上，他离开，再也不能回去。

"阳光号来了又走了。你还期待什么？"

"家。"

"雨。"轻飘飘的声音却像尖利的刺，蛇雨仙依稀可以听到黎的声音。

"你可不可以为了我，为了这个家留下来？"黎再一次问他。女人有无穷尽的耐心问同一个问题。她想要一个答案，却因为不是想要的答案而一再努力。倔强，执着，却深爱着他的女人。

家。

是的。她已经有了孩子，蛇雨仙不知道如果他知道这个是否会留下。他想他会留下，他们会结婚，他们会很恩爱，有聪明活泼的孩子，有一个温暖的家。

1000年前的那个夜晚凝固在时间长河里，轻悄的呼唤后面掩藏着太多的秘密。轻飘飘，随风而逝，却猛然间像铅锤般落在蛇雨仙心上。

他和已经逝去的一切绑得太紧，再也没有解脱的可能。

"我不会和你去。"

"我想知道原因。你已经见到了阳光号，你没有选择它。"

"因为我是一个很古老的生物，我想你们已经失去了理解我的可能。"

"我能理解人类能够理解的一切问题。"

"我知道你们向前走了很久，你们的知识远远超越阳光号，然而当你们开始按照设计来制造人，我们就走在完全不同的道路上了。"

"我能够理解。"基内德充满固执般的自信。

"我知道如果你的大副在船外遇险，只有很小的希望生还，救回他需要付出高昂的代价，你绝不会去救他。你会有更有效率的方式，重新制造一个大副，赋予他必需的全部天赋和知识来取代这个将要死去的。甚至包括你自己，你一旦有意外，船员们将制造一个新的代用品。这是你们的生活方式，对吗？"

"这是理性的态度。"

"这不是我的方式。你可以嘲笑我原始，然而不能改变我的方式。"

基内德沉默着。他明白这个孤独宇航员的逻辑，然而当他思考这种逻辑的起点，却发现自己在那里一无所有。那些东西已经随着23条双螺旋体千万次的重组净化而消失得干干净净。

"你也许明白父母、兄弟、爱人、孩子、朋友的字面意义，我却并不奢望你能够理解这里边任何一个字眼背后的真正含义。你们没有情感。你不能想象这对我意味着什么。我不能和无法理解的人生活在一起。"

瞬膜不断闪动，基内德可以看到蛇雨仙的心跳。平静而沉稳的心跳表明那是一个深思熟虑的结果。他已经考虑了很多，他不需要考虑更多。

"甚至你不能理解为什么我会去救你们。我想你能够找到这笔历史记录。4115年，我和两个人一起完成了半空平面飞行。方立志，还有霍铜。霍铜上了巨蟹号，他的理想就是一个纯粹理性的社会。霍铜曾经救了我，我欠他的。我不可能再挽救他的生命，不过我终于挽救了他的理想。"

霍铜。基内德不记得这个名字。如果那是第一代居民，那是10000多年前的古人。原始得不能再原始的古人。巨蟹号能够继续在宇宙里生存，得益于一个原始人和一个跨越时空的原始人之间那种所谓友谊的情感。看起来似乎很荒谬。

"巨蟹号不会强迫任何人做任何事。我可以把仙女号还给你，你可以自己选择生活，但是在那之前，我希望你告诉我一些答案。"

"阳光派出了一艘飞船追击，那可能是他们最先进的飞船。出于惩戒，我决定击毁飞船。作为我们受到不公正对待的报复。然而，巨蟹号放过了它。不是我们放过了它，是巨蟹号。它做了一件完全相反的事。它把大量信息以阳光号能够辨认的编码发送出去。你能解释这件事吗？"

蛇雨仙明白这件事。那是 Snake 的杰作。它几乎每时每刻都在进步，巨蟹号让它有了一个质的飞跃，它变得更强壮，更有力量。是的，它知道那个庞大的原生宇宙根本不能拒绝这样的一份厚礼。那里边包罗了一切他们热切渴望的秘密。当然，也有他们并不希望的东西。比如，一个蛋。它可以遵循指令击毁先锋号，不过某种特殊的理由让它做了不同的选择。

"我能解释。不过最简单的办法是放一个电极在你的头脑里，让它和巨蟹号相连。"

"为什么？"

"在冬眠时期，有两个电极接在我的头部来监控新陈代谢的微小变化。后来发生了某些事。如果你想知道答案，这是最简单的方式。"

"是什么？"

"我不想说。如果你想知道，就试一试。我的冬眠期是 10 年，也许你需要冬眠一个月来做这个。"

"一切问题都能够得到解释？"

"是的，一切问题。"

"包括为什么你了解巨蟹号，甚至一个人就能控制整个飞船？"

"是的，可以解释。"

基内德沉默下来仔细思考。蛇雨仙露出微笑，显然对于只剩下求知这一种欲望的种族，这是一个无法拒绝的诱惑。Snake 成长得很快，它已经明白了很多事。它甚至知道，先锋号的那个船长，是蛇雨仙的某种延续。宇宙和宇宙之间有继承，仿佛不同宇宙中的 Snake 其实只是同一个。它放过了先锋号。

基内德的眼光投向蛇雨仙身后，那是一个庞大的计算屏幕。巨蟹号主机隐藏在屏幕后边。那里有一个秘密等待他去了解。

他再次看着蛇雨仙。

雷戈喝了一口咖啡，透过玻璃向下俯瞰。川流不息的车和人来来往往。足够的高度把视野拉大，让一切看起来都仿佛蝼蚁。一切不过是匆匆过客。

过去的一天发生的事无疑将影响他的整个人生轨迹，也许是阳光号的轨迹。

阿瑞斯计算了阳光和仙女的时钟，假设巨蟹号和仙女号在一年之前会合，那么只有巨蟹号向着时空坐标的一端移动了10000年。他们发展了10000年然后回到正常的时空来和阳光会合。这个事实本身就可以看作奇迹。也许10000年之后，阳光号也正如今天的巨蟹。阳光瞥见了自己在未来的影子。

巨蟹号消失。先锋号根本无法追踪。这在意料之中。

巨蟹号发送了大量信息。似乎是珍贵无比的科技资料。这出乎所有人的意料。

在委员会，雷戈投票赞成对这些资料马上进行深入详尽的研究，那是用巨蟹号的联络密码写成的，巨蟹号的意图就是让阳光能够读懂这些东西。表决以19：6决定暂时将这些来自巨蟹的信息独立贮存，隔离研究，以最谨慎的态度避免陷阱。雷戈对这个决议并无所谓，当被对手甩下10000年之后，几十年上百年几乎没有任何影响。

脚下的星球喧哗而热闹。人们在四处奔忙。

雷戈抬起头，安全总部上方是星球的一个口子，他可以看到巡航飞船的灯火在无边的黑寂中闪烁。人类就仿佛这孤单的灯火。

继续走吧。目标永远在远方。前方的一切不可预测，却别无选择。

蛇雨仙进入冬眠。基内德帮助改进了仙女号，让它有能力在虚空和实空之间折返，而不再做半空平面的徘徊飞行。于是他可以自由控制自己的时钟。巨蟹号的时钟比阳光快10倍，他们向前走了10000年。蛇雨仙却并不需要如此。如果可能，他愿意将时间停滞下来。实空间的一个世纪，不过是他的30天。他可以每隔千年返回去看看不同的人类世界。

然而他不再需要外面的世界。金色太阳崩溃的那天，他的世界已经完完全全失去。在某种程度上，基内德是对的，太阳风暴卷走了一切，而他不过是幸存的流浪者。一个不再有家的流浪者。他甚至不知道自己的后半生应该做些什么。

不过也许他能做点什么。Snake 能够帮助他建立一个新世界。一个他想要的世界。

不过，他不能决定所有的一切。这超越他的能力。他埋下了种子，却无法预见所有的可能。一切都有一个开端，然后有一个结束。他想知道自己的种子最后能开出什么样的花，结出什么样的果实。也许是一个他所希望的世界，也许不是。不过，这没有关系。他会看护这种子，让他成长。也许会失败无数次，也没有关系。他有无穷的时间，足够一次次地推倒重来，直到真正满意的世界出现。

是的，直到有一天，他能够看到这样的情形：地球仿佛蓝色珍珠，缀在傍晚的橙色天空。赤红的火星徜徉在地平线，是带着血色的弯刀。红彤彤的圆盘和火星相对，散发着温暖的气息。那是太阳，哺育地球，给予生命的太阳。

"雨。"声音很轻，却让他无比迅速地回头。

笑容绽放在女人的脸上，也绽放在他的脸上。

江波：男，生于 20 世纪 70 年代末，自 2003 年起登上科幻文坛，笔耕不辍，发表中短篇科幻小说三十余篇，六十余万字，屡获银河奖和华语科幻星云奖。2016 年，其长篇代表作《银河之心》三部曲完结，百万字太空歌剧，在年轻一代科幻作家中独树一帜。其作品题材广泛，风格硬朗，大部分属于核心科幻的范畴。

永不消逝的电波

时间是——标准时间+1000亿秒。

"开拓者……嗞……在你的前方……嗞……确认……"
"……嗞……建议改变轨道……它看起来很不稳定……嗞……"
"改变航向，77-1045-37-……嗞……"

环境音效发生器一声无奈的哀鸣，关闭了。空间骤然陷入一片黑暗，连接插头里的能量也如同退潮的海水般消失得无影无踪。应急灯立刻亮了起来，将房间投入惨绿的昏暗光影中。

尼古拉徒劳地伸手在面前划拉几下。没有任何反应，看来这次是把"下流胚子吧"的总保险给烧毁了。

过了几秒，"嗡"的一声轻响，能量又偷偷溜回房间里，房间里响起一阵"窸窸窣窣"的声音，那是时空正在偷偷地溜回现实空间。尼古拉叹了口气，身体微微一挺。接驳在两肩的灵敏型调节机械臂同时松开，微微喷着润滑气体，缩回墙里。他光溜溜地站起，左手和右手从储物柜里飘出来，接上他的肩膀。

尼古拉咳嗽一声，那声音立刻在四面八方响了起来，吓了他一跳。他的语音系统还接驳在小房间的公共频道上，忘了收回来。

看来在这个以千万秒为刻度的时空泡上，已经很难再深入地追查了——而且恐怕某人也绝不会让他追查下去了。

他悻悻地走出娱乐室，卡格看见了他。他的身体正在娱乐中心的另一面处理故障，于是他在尼古拉面前打开了一个浮空窗体，气急败坏地跟着尼古拉往外走。

"嘿！我说你！见你的鬼去吧，小兔崽子！"卡格"热情"地向他打招呼。娱乐中心的贩子通常都恨不得顾客一直烂在某个角落里，只要一直往账上打钱就行。尼古拉是卡格唯一的例外。他在 30 万秒前就宣称，如果"下流胚子吧"再次能量过载，他就要把尼古拉倒着扔出去。看来是实践他诺言的时候了。

"好吧，"尼古拉边走边说，"我走。"

"你就不该来！瞧你干的好事——你一个人用了 6 万氪能量！我真不知道你是怎么干的？用嘴嗑吗？"

"我用了一下时空泡而已——那不是你们的设备吗？"

"我们不用那玩意儿！那是用来糊弄电检处的！"

"我上别家去。"尼古拉说着，一面快速地穿过"下流胚子吧"的狭窄小巷子，他的身体的其他部件奋力赶上他，回到各自的位置。他的听觉系统最后一个回到脑袋上，这时候，他听见卡格在后面喊："那你干吗不去'老实水手吧'？他们有 100 套时空泡，最小刻度 1 千秒！足够你精确定位到你出娘胎的时候！"

尼古拉停了一下，花了几秒钟时间来考虑这个建议。老实说，他很感动。因为"老实水手吧"是本地另一家大型的娱乐中心，规模比卡格的"下流胚子吧"还要大，而且，毫无意外的，老板是卡格的死对头。卡格一时冲动说出这种话来，事后肯定会后悔很久，而且把自己的逻辑判断单元送到工厂去维修。

"好吧，我去。"

"愿主诅咒你！"卡格跟他告别。

凭良心说，"老实水手吧"的确比"下流胚子吧"高档得多，令人惊讶。走进前门大厅，你几乎能遇见城里的每一个人——当然得除去上"下流胚子吧"的人——人人都面带急色，匆匆地想要进入自己预定的世界中去快活。他们把自己的下肢、身体和推进器留在存物间里，塞得满满当当，那里面应有尽有，足够装配一艘空间飞船了。吧台的服务人员显然对这种状况感到满意，因为那代表他们的客户正在他们的刷卡机上源源不绝地透支。

尼古拉把后肢推进装置留在车库里，慢慢走向前台。前台服务员向他堆出一脸媚笑。

"尊敬的先生——"

"我要用一下你们这儿的时空泡。"尼古拉用他那少年沉闷的声音说道。

"哪一种型号？"服务员顿时笑花了眼。

"哪一种都行，"尼古拉说，"我只需要在一处完全干净、无打扰的空间，可以在以1千秒为单位的时空里来回，搜索空间背景信号就行。"

服务员的笑容僵持了几秒钟。

"嗯……您需要来一些打特价的特色服务吗？"

"不。"

"时空泡可不便宜，"服务员微酸地说，"如果不需要其他服务，我们可得有个保底价……"

"好的。"

服务员把一块牌子扔出来。"往里走，3775层，1190号，"他简单地说，省去了一切虚伪，"每100秒一千块，不包茶水。"

房间里一片黑暗，尼古拉花了好长时间才在黑暗中摸索到座椅。用拉斯龙皮做的椅子又硬又凉，他躺上去，身体稍稍陷入沙发，感觉到一些东西慢慢爬进自己颈后的皮肤，一溜凉风吹入自己思维的深处。

他的意识和房间的控制平台接驳上了。尼古拉耐心地在平台上寻找开关。

突然亮起一丝光，就在离他不远的地方。那丝光线是一束从天花板拖到地面的笔直的光，慢慢变得宽阔起来，原来是落地窗前的窗帘拉开了。

屋子里亮堂起来，很快便达到了耀眼的程度。位于第3775层的房间已经超出了行星"拉修姆"稀薄的大气层外围，双子星"普拉迪斯"和"拉格里奥"同时无遮无蔽地出现在天际的右上方，把它们的万丈光芒投射进来。即使尼古拉的眼球外围生成了黑色保护膜，也花了很长时间才适应这可怕的光能辐射。

他站起身，走向窗前。行星拉修姆黯淡的地弧线在身下很远的地方，只反射出微微的橙黄色光芒。除开双子恒星，天幕上实在看不到几颗星星，在银河的这个偏远角落，能看到的星海实在有限。在前方几毫光秒外，他能看见太空城"Putian the 3rd"孤寂的身影。更远的左下方，他甚至能看见壮观的"Tasha"尘埃云。它硕大无朋的身躯在距离联合星系不到2500光秒的远方旋转，正在形成新的行星，围绕在双子星系周围的星尘受它吸引，形成一道长达数千光秒的水幕，正源源不绝地倒入尘埃云的旋涡中。

这倒真是个好地方。尼古拉微微一笑。在整个星球上，也许再没有比这里更好的地方了。

他重新坐回椅子，将两只胳膊从肩上卸了下来，接上房间提供的时空泡控制手臂。这两只新的胳膊可不轻，而且和他的身体有些排斥，他花了好些工夫才打开所有控制窗口，依次开启时空泡的各项开关。

房间微微震动一下，脱离开大楼，向外空飘去，但并没有走多远，一种难以言喻的紫色光芒包围了它，然后将它融解——时空泡在引力导索的牵引下，缓缓滑入了时间的长廊中。

从表面上看，似乎一切如常，但若细心观察，遥远的"Tasha"尘埃云开始古怪地旋转起来，有时候顺着转，有时候逆着旋转。横过天际注入其中的水幕，也变得模糊起来，看起来几乎是同时流入并且倒着流出尘埃云。

这一切都取决于尼古拉的右手手指。当他轻轻拨弄时，时空泡就在大约3000亿秒（注：约合一万年。本文中的时间均用秒为基础单位，读者可以稍稍计算一下）长的时间轨道上快速地来来回回，这是游戏街机能达到的最大尺度了。主要是能量问题。这房间惊人的费用一大半都花在可怕的能量消耗上。

他把时间定在约1000亿秒之后，然后投下重力锚，时空泡在扭曲空间的缝隙处微微摇摆着。他卸下控制手臂，将自己在无线电兴趣小组里组装的接收臂装上身体。来自宇宙背景深处的杂乱信号立刻充满了他的脑海。

耐心搜索——那个频段非常特殊，没用多久，便从一片噪声中浮现出来。

"达·迦马号……嗞嗞……这里是开拓者号……嗞……我们距离……大约一万一千光秒——我们能看见通道，前导火箭开辟的道路非常清晰……星环在我们 6-2 方位大约三千光秒……"

"开拓者，请再次确认轨道。轨道平面有大约 1.5% 的偏移。"

"达·迦马，我们能看见。非常清楚。我们能穿过星环。"

"开拓者……开拓者……信……开拓者！刚才的通信中断是怎么回事？开拓者，请回答！"

"这里是达·迦马，开拓者，请回答！"

信号在这里中断了。尼古拉脸上露出得意的微笑。他成功地追上了那个信息源，看样子，在 1000 亿秒之后，"它们"还在路上。

现在该说说清楚了。实际上，尼古拉是一名"倾听者"组织的隐修会成员。

在"普拉迪斯—拉格里奥"联合星系，花样百出的组织多如繁星，但像"倾听者"这样的组织还是凤毛麟角，颇受人崇敬，因为这个组织一度是拉修姆繁荣进步的依靠。

拉修姆人并非是在拉修姆星球原生动物——真正土生土长的拉修姆种族已经全部上了他们的菜单。大约 1800 亿秒之前，拉修姆人的祖先横渡浩瀚银河，从一个不为人知的地方来到联合星系，然后，与所有同类型的小说一样，飞船在登陆拉修姆时出了故障——如果硬要把穿越了数千亿光秒宇宙空间、早已破烂不堪的飞船一头扎进地里称为"登陆"的话。在那场登陆中，拉修姆人损失惨重，幸存者寥寥无几，几乎没能从大火肆虐的飞船中抢救出任何有用的东西。

拉修姆星位于银河外缘，与兴盛发达的银河文明遥遥相隔。行星受到两颗太阳的同时焦烤，对任何有机体而言都如同地狱般灼热。几百亿秒过去，已经失去一切能源供给的幸存者们不得不远离他们的飞船残骸，向稍微黑暗凉爽一点的大陆深处流浪。没有了文明载体，幸存者们渐渐遗失了过往的一切，文化、语言、技术……甚至是前来拉修姆星球的经历。它们在拉修姆上过了好几百年跟土著动物争吃对方的日子，如果这种日子持续下去，幸存者很快就只能从石器时代开始重头再来了。

所幸的是，幸存者保留下来的为数不多的古老技术中，包括了深空电磁波接收这关键的一项。"普拉迪斯—拉格里奥"联合星系远离银河文明的核心区域，在重新恢复技术文明，连接到文明网络之前，幸存者中的许多人长时间地倾听深空。他们接收、破译混杂在宇宙微波辐射中那些来自银河各个角落、长达数亿年都不会消散的电波，这些电波带来知识和文明，帮助落难的拉修姆人重新拼凑起文明。

200亿秒前，拉修姆人终于成功地重返银河文明圈，从那时开始，银河文明网成为连接这个世界与整个宇宙的桥梁，而倾听则变成了一种怀旧，一种高尚的情趣，一种无聊的打发时间的方法。这个组织的成员都是些修士——至少人们都是这么认为的。"倾听者"倾听宇宙中的一切声音，他们日复一日地改进他们的接收装置，分成许多流派，这些流派通常试图听清楚以下内容：

银河的呻吟声，大天鹅座钟鸣般的脆响，β-4星系连绵不断的踢哒声，"孤行者"行星划过天际时的嗖嗖声，牛头座星云里尘埃们的窃窃私语，巴·卡迁星系里那个奇怪种族不停的擂鼓声。他们不知疲倦地敲啊敲啊敲，以至于文明都中断了，最近三千万秒再也听不到任何动静。最激动人心的是倾听克里克斯星云水河注入"Tasha"的轰鸣——这声音简直大得像宇宙爆发之初的巨响，喜欢这个调调的人都是苦修会成员，他们每过两个月就要更换他们的听觉系统，有的甚至还需要做心理辅导。

倾听给拉修姆人带来知识和财富，引领他们步入新的世界，给拉修姆人带来无穷的乐趣，但却有一件事情被人们遗忘了。拉修姆倾听者从来没有听到过自己母星的声音。在漫长的星际旅行中，他们已经忘了自己是谁，来自何方，在从前发生过什么。他们开始称自己为拉修姆人，好像他们真的在这里出生、长大一样。

尼古拉，像我们前面说过的那样，是一名隐修会成员，这个会是所有倾听者组织中最保守、最传统的一个,虽然尼古拉看起来像个没被管教好的小屁孩,穿得令他老妈难以忍受,成天出没于娱乐场所,吸食迷幻药。然而命运是如此会捉弄人,大学时代,在一个歇斯底里的派对上,他吸食了过量迷幻药,神魂颠倒地把自己关在实验室里,结果,制造出一种全新的无线电接收装置。

这是一台"倾听过去"的装置。它只能接收600兆赫以下的"原始"频段电磁波段,在这个波段内,电磁波老老实实地在第一速度的限制下穿越空间(注:电磁波在30万公里/秒以下为第一速度,超过这个速度,在120万公里/秒以下为第二速度。而若想登陆银河文明网,则需要使用波速在每秒2400万公里的第三速度——笔者)。银河文明网络是不使用这种频率的,而如果偏远地区某个尚未进化的种族使用这个频率,它也需要好几千亿秒才能在银河系中跨越一小段距离,运气顶了天,被一台类似的装置接收到。拉修姆人是依靠吸收先进文明才从泥坑中挣扎出来,谁还会有心思去管那些说不定早就灭亡了的文明留下的只言片语?因此,这个频率接收项目——用一句大学里很流行的话来说——很偏。没有人研究这个。尼古拉有幸成为当代唯一一个研究此项目的人,可以获得大笔经费,这足够他逍遥快活地过一辈子。

尼古拉从人生的第一个叛逆期开始就喜欢上了"向后看"。他喜欢研究历史,倒霉的是,拉修姆人没历史,也没有自己的文化和传统,连一家博物馆都没有。要想研究历史,你就得登陆银河网。用Gooooooooooole搜索"历史文化"这个词,可以产生一万亿个网页。可如果你搜"拉修姆的历史",还不到一千个,其中八百个都是介绍拉修姆独特的饮食文化。

这台疯狂的机器一定是从他的潜意识里爬出来的——它就提供历史,其他什么作用也没有。这东西能够从无止尽的宇宙背景噪声中,捕捉到那些细微的原始信号,每一段信号都代表着一段被遗忘的历史:那些也许永远消逝了的种族和文明,在消亡很多很多年之后,只有这些静电噪音在默默地诉说湮灭在历史中的爱恨故事。尼古拉把它们一一记录在案。谁知道在这里面是不是隐藏了关于拉修姆人前生的秘密?

他是在 200000 秒（拉修姆星的现实时间，而非尼古拉在时空泡中经历的时间跨度——笔者）前发现这个奇怪频段的。这是一段包含了原始音视频的信号，它跨越了银河浩瀚的空间、前后数千亿秒，已经在寒冷的宇宙空间中损耗了绝大部分能量，接收到它们实属撞大运。

起初，尼古拉并没有太在意这信息。这种东西太普遍了，充满整个银河，好像所有的种族都迫不及待地向外高调宣扬自己存在似的。然而，听取几遍之后，他赫然发现，这是一段带有明显"拉丁语系"特点的讯息。

在银河文明网上，连接了数以亿计的文明圈，所有的文明都通过两种语系进行交流："拉挈魏语系"，这个语系由 34564 个表意和 47125 个表音的词汇组成，十分复杂，但是因为这复杂的语言体系能够描述银河中的大部分丑恶现象，因此为各文明圈通用；"恰克恰克语系"，这个语系由一连串——没错，就是一连串，没人数得清到底有多少个——类似于"嗯""呜""呃""啊"之类的元音组成，而实际上这些词毫无意义。交流者本身是通过这些语气词传递精神语言，在双方的脑海中形成真正的语系。这个语系流行于靠近银河中央星群的一些智商高度发达的种族中，他们才不屑于与开口说话的种族交流呢。

而拉修姆人的母语则属于"拉丁语系"，也就是字母少于 60 个的语言系统。在黑暗时代里，他们几乎把母语忘了个精光。联上文明圈之后，拉修姆人全面倒向了"拉挈魏语系"，原因很简单，"拉丁语系"由不到 60 个表音的字母组成，由此产生的语系实在单调，在银河这个大圈子里，连骂人都不够。只有靠近银河边境的少数未开化种族还在使用这种语言，这可使他们少浪费时间在口沫横飞地说话上，再说了，在那些以光速为最高时速的世界里，传递复杂的语言纯粹是跟自己找没趣。

尼古拉研究过"拉丁语系"，这是他的嗜好之一，有助于他在倾听"过去"时，能够比较快地理解那些被监听到的只言片语。他听过的那些落后种族的语言，有时候真能把人烦死，哪怕是经过语言机器的再三净化，也摆脱不了里面混杂的各式俚语、脏话和问候人祖宗十八代的套话。低等种族都用"拉丁语系"，这几乎成了进化上的一景。似乎在跨进文明圈的大门之前，低等种族都被限制了语言发展的上限，他们只能祈求上帝，能让他们用那贫瘠的语言把思想表达得更准确一些。

以下是尼古拉收到的这个频率的第一个信息段：

"远行者6号……嗞……这里是莆田港……深空激光导航信号已经发射。"

"明白。信号清晰。远行者号请求离港。"

"远行者6号，港口已经打开，100秒后离港。"

"远行者6号明白。常规发动机开始点火倒数！"

"嗞……嗞……"

"远行者6号……1100秒后启动增压发动机……嗞……"

"莆田港……嗞……我们上路了……我们上路了！"

"祝你们顺利，远行者6号……你们将在600秒后切过黄道面……2000秒后，太阳风帆将完全展开，展开宽度5000千米，角度37度，接受太阳辐射70毫焦……太阳风将吹动你们，提供给你们穿越宇宙的动力……60000秒后，你们将进入沉睡，太阳在你们身后遥望，在此之前，请确保船内所有设备正常……嗞……我们无法确知你们复苏的时间……30亿秒后，你们的速度将达到光速的五分之四……嗞……失去太阳风的吹拂之前，航行电脑将会寻找到新的动力……目标是……孟菲斯大裂谷……你们……嗞……将在500年后离开我们所处的悬臂，到那时，你们将不再有天，有年……秒将是你们穿越茫茫星海的唯一度量……故乡在你们身后，然而直到世界的末日，你们都无法再返回……嗞……远行者6号，永别了。"

"永别了……泥土（注：原文为EARTH，故尼古拉的翻译系统翻译为泥土——笔者）。"

相对来说，这段信息所包含的有效数据并不太多。综合其后陆续收集到的信息，尼古拉花了很大精力，才从这些口齿不清、含混不明的发音中分离出 5 个元音和 21 个辅音，一共 24 个"基础字母"。他的翻译机指出，这些字母大约能组成全部共约 20 万个有效词汇——纯粹得不能再纯粹的拉丁语言。返本溯源，这段信息来自银河 чш-4700 旋臂的外沿部分，距离拉修姆星 3000 亿—3700 亿光秒的距离。也就是说，这段信息的发送者，至少在 3000 亿秒前，还存在着。

"远行者 6 号"似乎是这个种族第一次向数千亿光秒之外移民的先驱，它花了很长很长的时间才穿越它们的小星系，奋力进入一个孤寂冷漠、无边无际的空旷宇宙中。根据尼古拉后来的推测，它们走了一条极端危险的路：离开银河旋臂，直接穿越空间，去到另一条旋臂，这条路比从银河内部绕圈要近得多，问题是，对于初涉银河的人来说，这就好像离开江河，去到无边的海洋深处一样危险。

这个种族距离进入银河文明还有长远的路要走，从语言上就可看得出来。它们的语言甚至不能直译："多层面对流凯拉迪斯引力逻辑环"这样的术语，非得说一句土得掉渣的"时空隧道"来形容。这种语系是如此古老，甚至需要在词组组成的表意句式中，加入"时间语法"作为辅助，尼古拉一共分离出来 11 种，但他估计至少会用到 15 种以上。

穿越宇宙的无线电信息，具有中大奖般的素质：它们需要穿越浩瀚的星海，穿越看不见的电磁场、重力陷阱、高辐射中子星……那微弱的能量在数千年后还能被接收到，本身就是一个奇迹，没过多久，不管尼古拉在他的设备上下多大功夫，在那个时间段上再也找不到任何一丁点信息。

只能去时间里搜索幸存的信息了。尼古拉在时间轴上向后走了大约 30 亿秒，很快便找到了下一段信息。

"远行者 6 号……嗞……信号受到干扰……我们不清楚你们能否收到这信号……我们很遗憾地通知你们，太阳风已经提前停止……嗞……太阳已经死亡……我们不知道发生了什么……海王星外轨道发生了奇异的变化……冥王星已经……远行者6号，已经向你们发送唤醒信号……等待你们苏醒后，你们可以选择第二目标……远行者6号……嗞……"

信息在这里终止了。

仅仅1亿秒之后，情况似乎变得十分紧急，发布人的声音穿越空洞无助的时空，仍然显得紧促焦急——至少，尼古拉的情绪翻译系统是这么认为的——这段信息十分微弱，似乎发射它的设备已经缺乏必要的能源补充。

"远行者6号……远行者9号……先进舰队……深空探测者7号……离岸舰队……你们在哪里……嗞……我们无法定位……时间很紧迫……奥尔特云可能已经消失……空间扭曲得很厉害，我们已经无法观测……有什么东西向星系（一个特定称呼，翻译机认为这是以他们恒星命名的）扑过来了！有人吗？我们向你们呼唤……你们去到哪里……请你们尽一切可能传回星图……我们无法离开，无法离开！大灾难已经……嗞……如果文明中断，谁来恢复……我请求你们……"

这段令人毛骨悚然的信息后半段永远消失在浩渺时空中。尼古拉在时间线上来回搜索，再也没有从银河那条旋臂传来的任何消息。那个文明已经在第一次出现的地方凋零，而一直到它们临近终结时，它们曾经发射进深空的那些舰队没有一支返回，或者传回星图。

也许曾经努力过……

也许根本没有时间返回……

也许那些舰队早就将他们的母星遗忘……

他打电话给银河那一头的朋友，问他那个旋臂小星系发生了什么事。"什么事？一颗超超新星爆发了，把一颗中子星像乒乓球那样打了两万特拉斯（银河通用长度单位，1Telaz约合130万光年——笔者）远……发生了什么事？一颗中子星还能干什么？想也想得到，它吞噬了沿途的所有东西，后来再度爆发，变成了一颗新星……问这个干吗？"

"问问呗……"

"问问？"

"——有一个小种族——"

"你是说，那中子星还干掉了一个小马蜂窝？"朋友在电话那头放肆地大笑起来。

"好吧，再见，特纳。"

"好。请我吃饭。再见。"

对大天鹅座 β 的特纳来说，也许一个边远地区未开化种族还当不了院子里的马蜂窝。特纳属于亚拉罕人种，这个有着巨大身躯、长着令人难以忍受的齿状腭的种族向来以吃掉那些弱小种族为乐。但尼古拉做不到。这段信息在他的心灵深处引起不小的震颤，让他不由得想起拉修姆人从前那个已经消失了的、也许是被某个强大种族吃掉了的母星。他迫切地想要知道这个种族剩下的那些前往深空的人们的命运。

他将接收装置对准银河黄道面，来回搜索，搜索范围从 100 亿秒扩大到 1000 亿秒范围。对于那些还没有进化完成的种族来说，这已算是一段漫长岁月。终于，400 亿秒后，接收装置再次在那个特定的频率上收到了一小段断断续续的信息。

"莆田 2 号……这里是搬运者 77 号……请求入港。"

"77 号，你的承重比太低。"

"是的。小行星安姆已经干涸，再也找不到矿源……我们需要补充能源，前往下一个……但愿我们能……"

"愿主保佑我们，77 号……"

重新找到的信号表明，那个种族已经在太空中生活了很长的时间，甚至可能远远超出他们生命的长度。他们离通过多维度自由来往于银河的技术还远得很，只可能是通过某种冷冻技术来延长生命。据传说，拉修姆人在抵达这颗行星前，也是使用类似的技术，以至于在坠毁时，还有大部分人没有醒过来——"死了个痛快"——传说用这句话结尾。

到目前为止，那个原始种族似乎只有当初的远行者 6 号上的乘员成功地存活下来。大灾难到来前，它们留在"泥土"上的母星文明也许曾绝望而狂乱地向空间发射了更多的飞船……可惜那些飞船要么没有躲过灾难，要么没有留下文明的种子，再也没有在银河系中留下只言片语。而其他提前飞离的飞船，比如远行者 9 号、先进舰队、深空探测者 7 号——尼古拉祈祷它们没有遇上特纳一族——也再也没有任何回音。远行者 6 号幸运地在距离原旋臂最近的一支旋臂的边缘——很遗憾，离银河的核心区域更远了——一个非常小的星系里定居下来，那是在 2000 亿秒之前的事了。

几百亿秒的时间里，他们小心地维护自己的文明，以小行星"暗星"为基地，不断地探索周围空间。但是，情况一天天变得糟糕起来。

"面向公众开放的……嗞……反应堆将在两千千秒后停止……"

"……殖民院对此表示遗憾……"

"嗞……殖民院……第七殖民卫星能量供应已经到达极限……请求立刻……"

"殖民院驳回请求……嗞……已经没有足够的资源用于供给新的外空探索……"

"殖民院……矿石工厂将要关闭……"

"我们没有适合的人选……"

"……公务会要求减少前往空间工厂的……"

"……我们没有足够的原料，继续供应空间项目……殖民院，我们要求削减空间项目……"

小星系里只有一颗昏暗的恒星和两颗足够居住的行星，而殖民者们的能量只能够维持他们不长的时间。这个星系里没有足够的资源，是一个典型的"无支持力"星系，听上去，他们似乎只来得及制造一个空间港口"莆田2号"，还不足以发展到星际旅行，资源就已接近耗尽。远行者6号的后代面临着命运的考验，运气好的话，它们将永远停留在自给自足的未开发社会；运气不好……

尼古拉静静地等待着它们消亡。

几亿秒后，似乎已经到了决定命运的时刻。收到的消息有的清晰，有的混乱。小世界正在前进与后退的巨大力量下分裂。

"达·迦马号，殖民院已经下令……嗞……做好立刻离港的准备。"

"莆田2号……我们正在尽力发动……"

"你们要立刻……嗞……接管港口内一切船舶的补给……"

"明白……"

"发射前准备，进入2000秒倒计时。"

"莆田2号！这点时间根本不够你们抵达舰上……嗞……我们必须等待……"

"来不及了……嗞……殖民院已经下令……远行舰队的成员来不及全部抵达港口……在这之前，我们就必须发射殖民2号……嗞……你们只剩下这个发射窗口……嗞……"

"达·迦马号明白。已做好发射准备……"

发生大事了。尼古拉提起精神，没有再驱动时空泡快速向前。他静静地等待着——信号中断了2800秒，然后，再次收到消息。

"达·迦马号……你的速度已达到10万千米每秒……你的目标星图已经上传到主处理器……嗞……"

"明白。莆田2号，我们取道大裂谷，航向6-71-51，向SIPULITION星系前进。22000秒后，转入光速飞行。"

"达·迦马号，你们确信要穿越大裂缝吗？星图不太精确……嗞……那段距离可能超出预期……嗞……"

"莆田2号……我们没有选择……嗞……没有足够的时间和燃料……我们只能冒险一试，否则……在我们穿越大裂缝后，将向第六纬度发射超视距定位信号。你们要紧跟我们……嗞……"

"……嗞……我们已经中断了与地面的一切联系……能量与物资供应已经中断……"

"他们退回洞穴，我们步入星海。"

"是的，达·迦马号……我们指望你们能……5000秒后，我们将登上殖民2号……嗞……我们将在轨道上等待……我们将沉睡，直到你们将我们唤醒……达·迦马号，你们将独自面对3万光年的茫茫星海。祝你们顺利。愿主保佑我们大家。再见。"

"再见了……暗星……再见……人类。"

陷入了阶段式的无线电静默中。在其后的数百亿秒中，这个频段的背景辐射一直存在。达·迦马号孤独地向深空漂流，再一次效仿它的前辈"远行者6号"，穿越旋臂之间的空隙。在离开"暗星"所处的旋臂之前，达·迦马号偶尔会释放出它携带的行星系探测船"开拓者号"，探索沿途靠近的一些灰暗星球。他们总是失望。由于不可动摇的资源分配法则（这个法则在银河于远古自旋生成时就决定了），在远离核心的银河外缘，既是星系灭亡的坟场，同时也是能量与物质湮灭的墓地。这里没有可供给的地方。这里的灰寒星群每分每秒都在向经过者发出亡灵的喷喷声，警告它们离开荒漠，回去核心。两百亿秒后，达·迦马号进入到绝对空旷的宇宙空间，不得不停止了此类活动，进入了长期睡眠中。

停留在暗星轨道上的莆田2号港口很快就被放弃了，在最后时刻，甚至有一部分港口的守卫被迫与港口同归于尽，才保证另一部分人顺利地登上殖民2号。

但殖民2号飞船没有立刻离开小星系。在暗星的一个较远的轨道上，殖民2号的人们满怀希望与恐惧入睡，期待着有被唤醒的一天。

那些留在暗星上的人类再也没有把他们的视线转向深空。

由于达·迦马号具有超越原始电磁波的速度，它将在宇宙中把它自己的信息甩在身后很远，所以，尼古拉不得不把时间一段一段向后推。需要同时计算空间与时间的关系，才能牢牢地抓住那道一闪即逝的电波。

770亿秒后，突然，某一天，达·迦马号的船员醒了过来，而且是在十分紧急的情况下。不知出于什么原因，船员们打开了公共广播系统，似乎是想将此时此刻的信息直接透露出去，让其他未知的接收者听到。

"……从现在的时间计算，我们已经偏离轨道2万……不,3万2千光秒……"

"不可能地……重新校验的陀螺仪一切正常……在过去的770亿秒中，陀螺仪一直稳稳地对准……嗞……"

一阵嘈杂的声音。

"这是航行电脑在过去的200亿秒内绘制的新星图——这是我们在暗星上预测的航行星图……两者的差距已经扩大到……"

"……我要提醒你……我们的目标，是牢牢对准红巨星——现在它就在你我的面前。"

一阵可怕的沉默。

从过往收集的资料上，尼古拉估计达·迦马号上有200—250名船员，但做主的只有3—6人。其中一人被其他人称为"船长"，还有一人被称为"航行长"，巧合的是，"航行长"这个名字的发音与拉修姆星"总督"的发音十分相近。

上面发言的就是"船长"和"航行长"。航行长发现飞船偏离了轨道，而船长却认为飞船几乎是沿着直线在前进,没有偏离目标。这场争论几乎在一瞬间就发展到高潮,船上的乘客全部醒来,纷纷加入到争辩中。

尼古拉理解他们为何如此焦急。尽管出生在文明网的圈子里,但尼古拉研究过很多古代种族,以及他们试图穿越宇宙的种种尝试——在宇宙中,如果你没有对准"目标",那么你就"什么"也没有对准。任何做常规飞行的飞船携带的物资都是有限的,一般来说,几乎就刚够抵达目标。而一旦你偏离航线——等到察觉,或许需要几千亿秒来修正你的错误,或者,走一条比这更远的路去下一个目标——下地狱只需一秒,欢迎光临。

好多种族都灭绝在偏离航道上。"能回到窝的蚂蚁从来都不是大多数。"

简短的争论之后,他们冒险释放出开拓者号。在一片没有星图、没有参照星体的陌生空间中释放小飞船十分危险,如果稍有不慎,开拓者号连回到母船的机会都没有。

"嗞……但是连续星图定位表明,作为第二参照物的 H-η1117 星系和第三参照物的独角星一直准确地停留在航行图预定位置上……主参照物肯定出了问题……"

"根据三比一原则……航行电脑可以判定哪个方位是正确的……既然……"

"那为什么我们会被航行电脑提前唤醒?"

"我不能……嗞……如果航行电脑判断这条航向正确……"

"……格罗夫……后面,殖民 2 号已经发射……他们的补给比我们还少,人员是我们的 10 倍……嗞……如果我们带错路……嗞……"

这后面是一连串电磁爆音,许多细节湮没在干扰信号中。等到信号恢复,已经是 1000 秒之后的事了——他已经烧掉了"下流胚子吧"的总保险,不得不流浪到他不喜欢的"老实水手吧"来。

现在,他重新找回了频率。但信息是那么模糊,在中断信息的 770 亿秒中,孤零零悬于辽阔深空的达·迦马号到底发生了什么？停留在暗星轨道上，却失去与行星一切联系的莆田2号港口、殖民2号飞船又发生了什么？尼古拉研究过星图，"他们"提到的大裂谷，其实是一条位于旋臂 чш-4971 与次级旋臂 чфю1277 之间的空间鸿沟。暗星位于 чш-4971 的外缘，如果走投无路的殖民者想要回到资源丰富的银河内部，最近——也是最空旷的——道路就是直接穿越大裂谷。

拉修姆星就位于大裂谷东端，收到这一连串信息，也许并不是偶然。

尼古拉把时空泡开回现实时空，向总台要了一杯饮料。他安静地坐在座位上，端着杯子。银河中大多数种族，都是靠身体的虹吸管直接吸食流体的，就像"Tasha"尘埃云永无止境地吞噬着围绕双星的水云气那样，只有拉修姆人保持了一种怪异的方式，用容器盛水，然后用并不那么合适的嘴饮下。

现在，能否收到信息是一种赌博，与时间的赌博。根据"时空镝归原理"，某一固定时空泡不能够在一条固定的时空轨道上反复来回。时空是一种类似于面包般的固化物，穿越时空的努力，就像用一根针深深地插入时空面包，让它变形——时空"讨厌"这种变形，它会改变，以求维持时空的"惯性"。如果某个时空泡不断地"插进"某段时空，时空相对它而言就会收缩，最后还原成一个闭合环。换句话说，如果尼古拉不选择合适的插入点，而是任意挥霍他在这段时空上有限的插入次数的话，用不了多久，他本人就不能再返回这段时空，从而永远失去找到那个种族下落的机会。

在最后一条信息中，"他们"提到了某个星环——

"达·迦马号，我们距离……大约1万1千光秒——我们能看见通道，前导火箭开辟的道路非常清晰……星环在我们6-2方位大约3千光秒……"

"达·迦马号，我们能看见。非常清楚。我们能穿过星环。"

"开拓者号……开拓者……信……开拓者1号！刚才的通信中断是怎么回事？开拓者1号，请回答！"

尼古拉叹了口气，连接上银河文明网，开始搜索大裂谷。

大裂谷是银河中一片孤寂空旷的荒野，几乎没有星系，只有一些奇怪的星体和暗星体。这些非恒星物质是怎么来到荒野中的，就连高度发达的银河文明都不能解释，也许它们只是一些被某种原因抛出自己星系的宇宙流浪者，然后被大裂谷中那片"绝对黑暗"物质所俘虏……这只是一种猜测。关于那"绝对黑暗"，银河文明已经争论了很久，目前所知的是：一、那里有东西；二、那东西完全不能被任何探测仪发现；三、发现这东西的唯一办法，就是冒险做穿越大裂谷的次空间跳跃，然后变成别人眼中一道闪了一下就消失的光……

"绝对黑暗"，到目前为止，只对次空间跳跃的东西产生威胁，换句话讲，它就好像是大裂谷悬挂的一道"此地禁止跳跃"的交通警示牌。银河文明很快就接受了这种警告。反正，大裂谷毫无价值，谁也没闲心花2000亿秒去穿越它，看个究竟。

"他们"正在穿越它的道路上。最后结局如何？尼古拉需要做出一张计划表，在时空镝归之前，他也许只剩下三四次空间跳跃的机会。

饮料喝完，他做出了决定。与其盲目地搜索时空，倒不如紧紧跟上"他们"的步伐。大裂谷中拥有星环的宇宙天体只有三个：红色巨星Sislan（这是颗已经死亡的恒星，可能是被某个超新星放逐到这里的残骸）、蓝色巨星Erlen'rad（它几乎不发光，但其剧烈翻滚的双层表面产生的强磁场让星球表面布满强电流，发出微微蓝光）、行星Balard（一颗石头）。三个星体分布在大裂谷中相距遥远的角落，无线电传递到拉修姆的时间相差上百亿秒。

"他们"会去恒星，还是去行星？

尼古拉把接收器对准行星Balard，时间是——1100亿秒之后。他停下时空泡，静静等待。过了很久，接收器里连该频道产生的"微能量泄露辐射背景音"都没有听到。尼古拉心里一凉，难道"他们"竟然会去到恒星的星环？

机会已经浪费一次了。他调整时空泡时脑子都紧得发颤。1007亿秒后——

从Sislan传来的电磁波即将抵达拉修姆。一阵沉默后，突然，响起了电磁波的微响。

"嗞……嗞嗞……"

"嗞……达·迦马……我们已经……穿越星环……红巨星……"

"开拓者……嗞……"

"达……嗞……我不知道该怎么解释……你们不能相信……"

"开拓者……发生什么事了？你们的飞行曲线很危险……会正面撞上红巨星……开拓者……"

"不！我们航向正确……我想是正确的……达·迦马……我们将迎上红巨星……"

"开拓者！你们疯了！"

"达·迦马号……红巨星没有重力偏移，重复一遍，在我们的坐标上没有重力偏移……"

"那并不代表红巨星不存在！……嗞……红巨星的引力扭曲场可能在另一个维度……我们现在不是20世纪……不要相信直观的……嗞嗞……"

"达·迦马……我们正在冲向红巨星……必须要做出尝试，否则跟在身后的殖民2号就全完了……我们宁可……嗞……我们正在下降……下降……距离红巨星2光秒！"

"阿列克斯！不……不！"

尼古拉闭上眼睛，等着从频道里传来船长绝望的声音。开拓者号是达·迦马的前导船，而达·迦马是从暗星逃出来的殖民2号的前导船。暗星已经堕落，如果这批人失去目标，那可就一切都完了。

几千秒后——达·迦马号的舰桥已经变成疯狂和崩溃的地狱——重新响起了声音。

"达·迦马号……迦马号……这里是开拓者号……听到请回答……我们在一片虚空中向你们喊话……"

"……"

"达·迦马号……你们在那里吗？或者我们已经不在原来的宇宙……我们不清楚现在在什么地方……达·迦马号……但是坐标显示我们就在红巨星的核心……"

"……"

"达·迦马号……30秒之后，我们将向空间发射一次电磁脉冲……如果你们能接收到，表明我们还位于同一维度……倒计时13，12……1……"

尼古拉点起的烟，在黑暗中发出微光。前·拉修姆文明留下的为数不多的习惯，就是在烦恼时在嘴边点上一根燃烧的棍子，然后位于大脑前额的主处理芯片会让身体里所有躁动的细胞都安静下来。

此时此刻在距离他数亿光秒之远、数千亿秒之前，达·迦马号先导飞船上，一定有人和他一样，在用嘴嘬着什么。等待命运现出真容的时刻，总是如此煎熬。

"……开拓者！我们收到你们发回的信号！清晰可见！……嗞……对你们的定位已经完成！你们……你们……你们在航向上……红巨星在哪里？！"

"达·迦马，这里没有红巨星，重复，没有红巨星……嗞……我们周围都是影像……难以置信……红得耀眼……我不知道该怎么形容……我们看不见星空……一切都被红巨星吞没了……"

"开拓者！请你确认你的位置！"

"……是的……确认信号已经发出……"

"开拓者……你们在红巨星里……我的天呐，发生了什么？……红巨星是空的？"

"……不……达·迦马……我认为这里根本没有红巨星。"

"什么？！"

"很难说得清楚……达·迦马……但是我猜测我们现在位于一个真实的宇宙投影中……我们进入到红巨星中,但是周围看到的全部是扭曲的红巨星表面……无论我们飞到哪里……都只能看到红巨星的表面……围绕在我们四周……现在向你们传回影像……你能看到吗?"

"开拓者……影像很清晰……我……我们不能相信……"

"达·迦马……我们迷路了……"

尼古拉跳出座位,拨电话给大学天文台。因为这是通打往"过去"的电话(此刻,尼古拉本人是在现实时间的 1007 亿秒后。由于在宇宙中,电磁波的速度不能超过光速,因此会出现飞船将自身发出的信号甩在身后很远的情况。几千亿秒前,达·迦马与开拓者号的通信,要花同样多的时间才能抵达拉修姆星,因此尼古拉不得不把自身传送到未来才能接收到这些信号),所以花了好长时间才接通。接电话的是他的同僚,听声音,天文台大概在举办宇宙嘉年华,尼古拉不得不把声音调小到刚好能听到的程度。

"红巨星?"

"Sislan。"

"导航星?"

"导航星?!"

"呵,别那么激动,一个天文习惯用语而已——它怎么了?"

这问题问得真好。尼古拉自己也不知道它怎么了。他斟词酌句——"它……它是空的?"

"它是空的!哈!这就是打越时电话来跟我说的事儿?特克萨斯系的 Sislan 是空的!真惊人!你可以把这发现权转让给我吗?"

"听着,伙计,我不开玩笑。你知道我说的是裂谷中的那个 Sislan。"

"你对星影感兴趣?"

"我不明白——"尼古拉一阵头晕。

"裂谷中的Sislan，我的老兄，是特克萨斯系的Sislan的空间投影。"

尼古拉发现自己坐牢了，时间牢笼。他已经没有更多的跳跃机会，随时可能被踢出这个时空，唯一的解决办法是不离开——直到这件事解决，或者信号彻底中断，他只能待在时空泡里等待。还好，时空泡里有点补给，有电，他就死不了。来回于各个时间穿梭，他已经搞不清楚现在的"现实时间"了，只有一点很清楚，他在"老实水手吧"账单上的数字恐怕比他旅行过的时间常数加在一起还要大了。

红巨星Sislan，是一个星影。即使天文台的家伙不给他解释，他也能大致猜出些道道。问题是，那个远在数千亿秒之前的种族显然不知道这个连尼古拉都闻所未闻的现象。他们传出的信息时断时续。达·迦马和开拓者两艘船在空间中保持了相当的距离，平行地向着银河彼岸漂去。在做出决定前，他们没有更多的能量来停止或者改变前进方向，而这个决定，将会决定数千人的生死，和一个种族能否存在下去的希望。

时间一秒秒过去，两艘飞船上的所有乘员的主芯片一定都过载了（尼古拉出生时，有自己的脑子，但随即就被生物工程改造为许多块处理芯片，因此他认为宇宙中的种族都是靠脑子里的芯片运作的——笔者）。他们很快就找到了问题的原因，出在路线选择上——对于急于跨越宇宙中的一大片空地，而又缺少时间和物资的种族来说，的确没有太多选择。它们想要在最短距离内跨越大裂谷，到达次级旋臂 чфю1277 边缘，必须为它们飞船的导航设备寻找一颗固定的、可预算轨道的星体作为导航点。在这片空旷区域中，只有红巨星Sislan散发着数千亿光秒外都能看到的微光。

但是眼下的情况是，这颗红巨星并不在那里，而且它还会随着观察者的相对距离而在空间中发生不可思议的位移。宇宙当然无奇不有，但这次显然过头了。

它们花了几千秒时间，终于得出结论：大裂谷中，存在着某种质量巨大——也许远远超出文明人想象的物体，该物体由于过于沉重，使周围的空间向"下"

陷入，最后可能被扭曲空间"包"了起来，以至于完全不能被任何探测仪器找到。但是它所扭曲的空间在宇宙中形成了某种类似"透镜"的引力场，这个引力场将遥远的另一个星系里的某个区域放大、投影到了大裂谷中。但由于红巨星是个引力透镜成像的虚影，在宇宙尺度上的多维虚影与实验室里的蜡烛光没有可相提并论之处，所以，它们即使进到了红巨星的"内部"，仍然看得见它的外表。在过去770亿秒的航行中，它们与透镜的距离一直在改变，因此焦距也在改变，航向随之改变，把他们引到了绝境。

好吧，宇宙开了个玩笑。它开得起，受不了的人可以自行离开宇宙。

不知怎么的，尼古拉有一种负罪感，好像红巨星是他安排在那里糊弄人似的。在连续追踪这个种族很多很多很多秒之后，他已经认识了其中的许多人……莆田，莆田2号，远行6号……达·迦马号，开拓者号……船长，航行长……他们挣扎了无数岁月，形单影只地穿越银河，现在，他们要被迫黯然谢幕了。

两艘飞船重新聚集到一起。无线电沉默了很久，也许将要永远沉默下去。在无边无际的宇宙中，两艘比流星还要小的飞船，没有补给，没有港口，没有家园，没有目标……周围数亿光秒内，什么都没有，只有一团影子在燃烧，在嘲笑……算了吧，很多小种族都灭绝过。很多星球都沉沦过。他们的同类，不也选择了沉沦吗？也许还生活得好好的，虽然永远失去迈向宇宙的机会……

许多"可能"像虫子一样钻进尼古拉的主芯片中。他的逻辑单元做出推论，它们已经灭亡了。虽然这颗该死的芯片早在几亿秒前就得出了相同的结论。但这一次，尼古拉知道它是对的。

他轻轻一挺身，脱离开时空泡控制臂，准备关闭时空泡。就在这时，接收器响了起来。

"开拓者，你已脱离船坞……速度3371，方向17-37……嗞……"

"达·迦马……船上一切正常……他们已经入睡……再过400秒，我也将进入沉睡，航向已经……"

尼古拉从座位上跳了起来。它们还要前行！去哪里？去哪里？！

"开拓者……嗞……星图已经上传到主电脑……我们不太清楚……但这是唯一的机会……那片尘埃云正在形成新的行星……如果该星系有其他行星……无论如何……我们已经没有……嗞……愿上帝保佑你，足够支撑到……"

"愿上帝保佑我们大家。我们将在沉睡中等待命运裁决。"

"而我们将为你们照亮前方……嗞……我们的反应堆将在1776秒后爆炸……请将我们的位置传给殖民2号……我们将完全燃烧600秒……不太长……但足以让他们的导航器重新校正方位……"

"永别了，达·迦马！"

"永别了……"

一会儿之后。

"阿列克斯，你还在吗？"

"……嗞……我在……"

"如果……请不要忘记我们……"

"忘记就是背叛，达·迦马号。"

400秒后，开拓者陷入了沉睡。这是他们最后的选择，不得不省下每一秒钟的补给。1776秒后，达·迦马号变成了宇宙中的一道一闪即逝的光。对于在它身后很远的地方，正沉默着前进的殖民2号而言，这道光将是黑暗星空中唯一真实的路标。

毫无疑问，接下来的很长时间里，将再也不会出现无线电信息。殖民2号与开拓者更改航向，在黑暗中飘浮，根据过往的经验，里面的生物有99.999%的可能再也醒不过来。

时空泡内的空调单调地响着。尼古拉决定不再等待下去了。在回到正常时空之前，他叹了口气，稍稍在椅子上伸了伸腰。远方，"Tasha"尘埃云轰轰地吸入水汽，再过很多很多很多亿秒，那里将会生成一颗行星。和宇宙无限的生命比起来，任何有机物都渺小得可笑。

也许不那么可笑……

也许这并不好笑……

也许……

也许它们说的尘埃云就是"Tasha"？！

尼古拉几乎是发着抖，重新启动时空泡引擎。一个一直在他面前闪烁的数字艰难地从2变到1。他的时空镝归函数满了。再经过一跳，这段时空就将对他而言永久封闭，他再也不可能亲身来体验这段历史，寻找那些绝望或者充满希望的信息。即使他再通过时空泡进入这些"时间"，时空相对他而言也将变得寂静无趣。

时空泡操作系统默默等待使用者输入前方时间点。它等了很久，终于，使用者在"起点"一栏，输入"现实时间"。过了好一会儿，他才在"终点"一栏，输入——1800亿秒前（此处的1800亿秒前亦是以现实时间为基础的，读者可以自己想一下原因）。

"Tasha"沉重的身躯转动起来，越转越快……宇宙翻过来倒过去，星潮漫过拉修姆，璀璨不可逼视，然后慢慢褪去。

星空在1800亿秒前注视着尼古拉。他松开控制臂，站起来，走向窗前。

拉修姆在身下很远的地方。那时候，它还处于蒙昧中。没有建筑，没有灯光，没有穿梭往来的时空舰队。时空泡像个幽灵，飘浮在其上方几千里的空间中。

接收器"咯吱咯吱"地响着。静电噪声飘过空间。

不知道过了多少时候，突然——

"……嗞……这里是殖民2号……嗞……达·迦马号……嗞……开拓者……嗞嗞……"

尼古拉觉得自己背上的毛都立起来了。

"……达·迦马……我们收不到你们的信号……嗞……我们无法精确定位……我们能够看到……目标行星很清晰……开拓者……你们在哪里？你们已经登陆了……你们能看到我们吗……嗞……呼叫达·迦马号……"

现在，不需要借助任何仪器，在"Tasha"左面偏下的位置，一颗闪闪发亮的点已经清晰可辨，那是某种低级空间推进器在脱离光速时产生的火焰。

在经历了数千亿光秒的近乎自杀般的旅程之后，达·迦马用生命指引的殖民2号终于抵达了目的地。那艘飞船已被时间和空间折磨得支离破碎，它摇摇摆摆地晃动着，目标已经近在咫尺，但脱离光速带来的冲击也让它一秒比一秒更加虚弱。

数百秒后，殖民2号爆发出一连串闪光。

"……嗞……达·迦马号……我们出了一些故障……现在不清楚……我看见一些舱体离开飞船……达·迦马号！开拓者号……我们出问题了……飞船抖动得很厉害……我们不知道……"

那颗光点在空间留下许多烟和亮晶晶的碎屑，然后一头扎向拉修姆星的轨道，站在6万公尺的上空，那飞船几乎是从尼古拉脚底掠过。他能看见那些伤痕累累的船体和早已歪斜的舰桥。一大半的飞船都裹在浓烟中。

"……有谁在那里……帮帮我们！帮帮我们……大部分乘客还没有苏

醒……达·迦马号……谁在那里？请帮帮我们！"

尼古拉发疯般地从窗口这一头冲到那一头，但是隔着玻璃与时间的双重厚壁，他只能眼睁睁地看着飞船转到地平线的另一头去。频道里的惊叫声越来越大。

"警报！警报！主引擎熄火了！我们正在失去动力……失去动力！"

"减速失败！减速失败！"

"速度在上升……我们要坠毁了！"

"稳住船体！"

"……第四舱的火势无法控制了……正在蔓延，正在蔓延！"

"船长室！我是第四舱！立刻放弃我们！放弃我们！"

"……第四舱剥离……第四舱坠毁……"

"控制不住了！"

"船长室！火势蔓延过中舱！"

"我们失去了870人！"

"船长室！如果再不想办法，还有150秒就要撞击坠毁！"

飞船裹着熊熊大火从地平线的另一端冒了出来。尼古拉捂紧嘴巴。历史第一次在眼前历历上演，演员是一群经过了几代人努力、几千亿秒跋涉、从深沉的梦中惊醒的孤立无助的人。宇宙无视这些镶嵌在历史中的悲惨镜头。

"这里是船长室……殖民2号的全体船员……我们只剩下一个办法……只有一次机会……我们剩下的能量只够发射一个舱室，并让它安全降落……船员们……我们时间不多……需要立刻决定发射哪一个舱室……"

"第七舱室，船长！"

从即将坠毁飞船的各个角落传出隐约的声音。

"太好了。第七舱室是妇女和儿童。"

"但是……他们中间没有专业人员……如果我们坠毁……将来他们怎么生存下去?"

"只要延续,就有办法。"

各个舱室——数量更少了。几十秒之内,许多舱室都已失去了声音——传来赞同声。

"发射准备!"

"舱室封闭!"

"再见了,阿丽娜!"

"发射完毕!"

一个光球脱离飞船,笔直地向下坠落。飞船继续一圈一圈地绕着小行星飞行。大火已经将它完全吞没,可是从里面传出的声音却仍不绝于耳。

"舱室进入大气层!"

"飞行姿态正常!"

"减速伞打开……速度降下来了!"

"万岁!舱室将安全着陆!"

最后一句话,只有少数几个人响应。其他人都已消失在大火之中。

"……这是殖民2号在呼唤……达·迦马……开拓者……你们在听吗?我

们已经按照与你们的约定，在不知名的行星上播下了种子……感谢你们……我们不知道你们去了哪里……不过没关系……阿列克斯……我们曾经失去过……我们曾经流浪过……我们曾经放弃过……"

"但我们终将找到家园。"

从宇宙的角度来观看，这场大火是不存在的。然而电波刺破苍穹，坚定地向着遥远的未来前进。

拉拉：20世纪70年代末生于重庆，科幻与奇幻小说作家，中国科幻银河奖得主，著有《绿野：拉拉科幻小说集》，收录了其在《科幻世界》《科幻文学秀》历年发表的多篇作品。代表作《春日泽·云梦山·仲昆》《彼方的地平线》《真空跳跃》《绿野》《多重宇宙投影》等，又与作家碎石一起创造了中式奇幻世界《周天》系列，现已出版《周天·狩偃》和《周天·镜弓劫》等。

卡 门

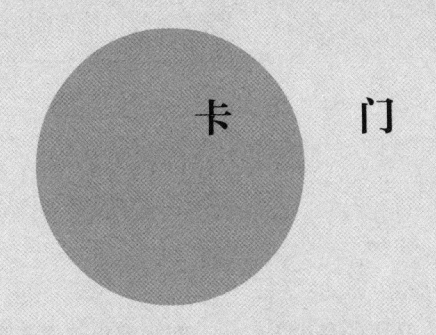

传说中，从太阳系尽头一直通往人马座的星途上，每一间酒吧里都有卡门的身影。

卡门永远歌声嘹亮，舞姿曼妙，檀木般乌黑的长发里插着大束的茉莉花或者金合欢，香气馥郁醉人；卡门的皮肤像金子般闪闪发亮，细长的眼睛闪着猫样的光彩，湿润的嘴唇半开半闭，露出杏仁般细碎的白牙；卡门身穿古老的波西米亚舞裙，暗红色的花边从腰间一直拖到赤裸的脚边，破旧的披肩上布满大大小小的窟窿，可是一旦音乐声响起，你便能看见它们飞舞在卡门的手臂与肩膀间，仿佛被赋予了生命的精灵。

如果你是来往于星途中的远航者，我是说，无论是礼教森严、措辞谨慎的贸易商，还是训练有素、冷酷无情的雇佣兵，或者神情疲惫、穷困潦倒的新移民，甚至那些九死一生、终生颠沛流离的拓荒者，只要踏出飞船，呼吸到岩石与烈酒的气息，都不能不迫切思念着卡门的身影。或许她只是静静地坐在某个光影暧昧的角落里，指尖的烟草弥漫出幽蓝的光雾；或者她斜倚在吧台边，伶牙俐齿地跟七八个围在四周不怀好意的男人们斗嘴（可最终谁也别想占了她的便宜）；或者她一眼看到了你，便像只猫一样无声无息地分开人群走过来，向你昂起她小巧的下巴：

"嘿，地球老乡，"她总是一眼就能看出你是从哪里来的，仿佛你额头上贴着出生地的标签一样，"让我给你算上一卦吧，算算你这一路上还能迷住几个好姑娘。"

然而就算她已经喝得两眼迷蒙，坐在你大腿上东摇西晃，又是唱又是笑，可只要音乐声响起……啊，只要音乐响起，你就只看见她像火焰般腾空而起，裙裾飞扬，手中的响板发出雨点般密集的声响，连地板也会在她的脚下律动，绽放出一轮又一轮令人心醉神迷的涟漪。

这就是关于卡门的传说，从星途开拓之初直到现在，足足流传了一个多世纪。然而又有谁能讲完关于卡门的故事呢？悲壮的、凄婉的、妖冶的、狂放的，连同卡门曼妙的身姿一同流传在每一代远航者的梦呓中，生生不息。

说起来，就连我们这些从小生活在月球这种小地方，连太阳系都没出过的孩子都多少听过几个关于卡门的传说，虽然有关卡门、星途和远航者的一切都与我们相隔不知多少光年那么遥远，虽然那些几代前流传下来的故事传到我们父辈那里时，早就被漫漫星途洗涤得面目全非，变得如同一切古老的神话歌谣般，既模糊又苍白。然而我们又怎能不向往那些浪漫、神秘、狂野而又残酷的故事呢？我们又怎能不向往那些闪烁在星途每一个角落中，艳名远扬的波西米亚女郎呢？要知道，这么多年来，哪怕是最保守、最潦倒的移民姑娘，每到了盛大节日，也纷纷要在头发里插上一大束山茶花或者别的什么，扮出风情万种的样子来呢。

以上这一切就是卡门·纳瓦罗到来之前的情况。

卡门到来的时候正是阴郁的春天，我们拥出教室，看见一个消瘦而苍老的男人紧紧拉着一个同样消瘦的年轻姑娘出现在甬道尽头，后者乱蓬蓬的短发四处飞翘，身穿大了不止一号的网格衫，弓着腰低着头，用一种典型的地球移民才有的笨拙脚步，跌跌撞撞地走着。

走到近处时，男人停下步子，凌厉的灰色眼睛缓缓从我们每个人身上扫过，然后一言不发地在姑娘肩膀上拍了两下，转身离去了。

我们好奇地围成一圈，盯着新来的姑娘看。她一个人站在原地，目光呆滞，两眼紧盯着自己破旧的鞋尖。

老师走上前去拉住她的手，和颜悦色地说："跟大家介绍一下自己吧。"

姑娘抬了抬眼皮，仍旧是盯着脚尖，用一种异常古怪的口音慢吞吞地回答：

"我叫卡门。卡门·纳瓦罗。"

消息传遍整个月城后,来看卡门的人数不胜数,最初是隔壁班的孩子,然后是他们的姐妹和父母,最后连那些严肃的僧侣也要不远万里赶来,假装不经意地从附近经过。老师总是尽量和和气气地把他们劝走,请他们不要破坏正常的教学秩序,然而走了一批之后还会再来一批。谁让她是我们这里从古到今独一无二的卡门呢?又是谁让她偏偏要到月球这沉闷乏味的地方来的呢?我们从出生起就住在巴掌大小的地下城里,面对的是灰褐色的岩石和混凝土,呼吸的是循环系统滤出的温吞吞的空气,很多人一辈子连星空都没见过,也从没想过要去看什么星星或是飞船。星际酒吧或者卡门?那都只是传说中的东西罢了。

结果呢,我们的卡门小姐让所有人都失望透顶了。她简直比月球上所有的平庸加起来还要平庸,比所有的乏味加起来还要乏味。她苍白瘦小的脸上既看不见泼辣与倔强,默默无光的黑眼睛里也没有火焰在燃烧。连她的身材也像没发育完全似的干瘪瘦小,远远比不上我们这些早熟的月球姑娘,虽说她跟我们大家都是一样的十五六岁。

最让人难以忍受的还是她的口音,永远是那么慢吞吞的,仿佛有意放慢了的录音那样低沉,一字一句地回答那些被问了无数遍的问题:

"是的,我是卡门,我从地球上来……不,我没有去过星途,我哪儿也没去过……是的,纳瓦罗先生是我父亲。"

至于跳舞之类的,根本没人问过她,卡门的走路姿势比哪一个地球佬都要难看。起初还有那么一两个捣蛋鬼跟在后面模仿她的步子,或者在一旁跳来跳去地取笑她。后来连他们也对她丧失兴趣了。

直到有人看到纳瓦罗先生递交给移民局的申请表,才多少解释了一些事情——卡门有先天性心脏病,在地球的重力下活不过20岁,所以才搬到月城来。于是大家对她身上的最后一丝幻想也就此消失殆尽了。

很长一段时间里,你都只能看见卡门一个人坐在角落里,眼睛盯着桌子下面自己的双脚,仿佛要看着自己一天天长在那里一样。

在整个月城居民失望并淡漠卡门的日子里，或许只有我是个例外。那时候我也是十五六岁，头发短得像个小男生，姿色只能算中等，内心深处却时不时有种莫名的火光闪耀，比最会招蜂引蝶的姑娘还要狂野。

卡门到来之后的那个春天里，我心里的火光终于炽烈地燃烧起来，仿佛一颗火星溅落在干草丛里。无数次，我假装不经意地用余光扫过她瑟缩在角落里的身影——短发披散在苍白的脖颈上，嶙峋的脊柱轮廓在皮肤下蜿蜒起伏。这平凡又卑微的模样，却让我的心脏在胸腔里怦怦作响，好像不受微弱的引力控制一般。

"卡门……卡门……"我在心中反复默念着，仿佛这简单的音节具有不可思议的魔力。无论她来自何方，无论外貌多么平庸，这与生俱来的魔力都与她的姓名一样，深深烙刻在她的血液中，我始终固执地相信着，幻想着。

然而最初的日子里，无论周围人如何围观、羞辱或者漠视卡门，我都始终不动声色，用一个年轻姑娘的全部忍耐力，还有全部残忍、羞怯和心怀叵测暗中观察这一切。

直到3个星期之后的某一天，趁没有人注意，我终于鼓足勇气，让口袋里的羽球不小心滚落到她脚边。

卡门把球捡起来握在手心里，我故意不看她的眼睛，假装并不在乎跟谁说话的样子，漫不经心地说：

"听说这是从地球上流传过来的，可惜我玩得不太好。"

卡门一声不吭地看着我。我的心都快蹦出来了，赶紧加上一句：

"你会玩吗？"

沉默了一会儿，卡门垂下眼睛，轻声说：

"是的，我会。"

我们的友谊就从这句话开始。

许多人都以为羽球是种再简单不过的玩具，靠电磁手套把小球控制在两只手掌之间的空间内，那些看不见的磁力线无比微妙地牵引着小球，仿佛在惊涛骇浪间翻转腾挪。这是一种简单而又精巧的游戏，几年前曾在月球上流行过一段时间，后来大家很快就转向其他更加疯狂刺激的低重力体育运动了。然而只有真正内行的人才知道，那些更加精细微妙的玩法是多么奇妙无穷，又是多么容易上瘾。

我自以为算是个中高手，结果意外地发现，类似这种完全与引力无关又很适合一个人自娱自乐的掌上运动，卡门比我更精于此道。

接下来的几个星期里，我们只要一到课余时间，就会心照不宣地坐在没有人注意的楼梯拐角下，连续玩上好久。最初两个人只是默不作声地相互较量，偶尔说一两句话，后来逐渐变成无话不谈。

除了玩羽球，卡门还教我其他更加古老的地球游戏，比如立体象棋，甚至翻手绳，这些傻乎乎的过时游戏让我们两个都乐此不疲。

时至今日很难确切地解释清楚，我锲而不舍地试图与卡门建立友谊的原因何在，一切与浪漫有关的传说在她身上都毫无复活的迹象。但换个角度来看，卡门确实与众不同。她笨拙、羞怯，有些不善表达，却拥有那种只有习惯了长期孤独的人才具有的奇妙特质，令人忍不住想要去探寻她的内心世界。

有时你坐在她身边，如此之近地凝视她颤动的睫毛和敏感的嘴唇，会恍惚中以为来到古老的童话世界，遇见一位受诅咒的公主，一个被禁锢的女巫，等待勇士砸破冰冷的高墙救她出来。然而一瞬间幻象散去，你看见的仍只是那个苍白、瘦弱，需要你陪伴和保护的小卡门。

表面上看来，我们的友谊并没有多么的热火朝天。卡门不住校，来去都有纳瓦罗先生接送，午餐时她也只是独坐一隅，默默克服那些对她来说难以下咽的月球蔬菜。我不止一次看见一些男孩和女孩成群结队拥过去，呼啦啦围成一片，假模假样地问：

"说说你在地球上的生活如何，卡门小姐？"

卡门放下勺子，望着他们慢慢地说："地球上……没有什么不一样的，我们也住在城市里，不过城市是在地面上的，抬头就能看见天空……"

"天——空——"那些家伙一边嘻嘻哈哈地笑，一边故意拖长了声调模仿她。

"天空上有云，有太阳……夜里还有月亮……星星……"

"星——星——"

笑够之后，他们便挨个把黏糊糊的甘蓝杂烩菜全堆在她盘子里，然后扬长而去。

等他们走远了，我才默默地端着盘子在她旁边坐下，把炸红肠叉给她，说：

"告诉我，卡门，星星是什么样的？"

"星星很模糊，一般都看不见，除非下过雨。"然后她抬起头，凝视着我的眼睛，"你要亲自去看了才知道，如果能从一片黑暗中找到一颗闪闪发光的小星星，会是非常神奇的感觉，仿佛它为你才在那里闪烁了那么久。你会一直想，到底是什么让它这么与众不同，你会莫名其妙地想一整夜，你会以为能听见它对你说话。"

"我们可以到上面去看，卡门。"我突然想到一个好主意，"他们说从月球表面看星星，每一颗都看得很清楚。"

卡门摇摇头："纳瓦罗先生不会同意的。"

于是，剩下的时间里我们就只是低头克服各自的甘蓝杂烩菜，浪费粮食的罪过可是很大的。

现在不得不说到纳瓦罗先生。

纳瓦罗先生多少算是个神秘的人物，他自称是卡门的父亲，然而卡门却从来只是称呼他纳瓦罗先生。他在移民局的档案几乎是一片空白，有人猜测他要么曾经身居要职，要么就是一位拓荒者——前者自然受到严密保护，后者则终生穿行在星域最荒凉的边疆，与炽热的恒星、危机四伏的陨石、恐怖的黑洞、陌生的种族甚至逃犯、星际海盗、奴隶贩子，诸如此类一切危险的事物殊死搏斗。传说他们中有许多世代相传的机密，却纷纷在退休后把自己充满传奇色彩的履历销得一干二净。

纳瓦罗先生据说40多岁,但看上去还要苍老得多,他的相貌……怎么说呢?总之令人一见之下十分难忘:身材又高又瘦,肤色很深,双手骨节突出,牙齿白而坚固,眼窝深陷,按照月球上的审美观倒也算得上有几分英俊,然而却是我所见识过的最专横的男人。从没有任何一个月球男人会像他那样沉默冷酷,深居简出,也没有人会如此严酷地监管自己16岁的女儿。

在我看来,卡门的心脏病简直成了他监管一切的理由和借口,好像多走一步路,多说一句话,就犯下什么天大的罪过似的。很多时候他甚至根本不用去监管什么,只要用那双冷冰冰的灰眼睛看上一眼,就足以让人心惊胆战。在这样的目光笼罩下的卡门什么都不敢做,不敢参加体育活动,不敢唱歌跳舞,不敢跟男孩子们嬉笑,甚至不敢穿漂亮衣服,不敢跟大家一起喝下午茶。

我不止一次对卡门说过:"老天,我不知道你们地球上是怎么搞的,在这儿十二三岁的姑娘就能搬出去自己住了,他怎么还能这样管着你?!"

卡门只是垂下眼睛摇摇头,她也真逆来顺受得离谱。

如果不是因为巧克力松饼,我大概也不至于发展到如此记恨纳瓦罗先生的地步。

巧克力松饼是卡门无数次答应我的。

"如果这轮让你赢了,"她总是说,"我就请你吃我亲手烤的地球风味巧克力松饼。"

"那有什么了不起。"我假装嗤之以鼻。

"吃过你就知道了,保证忘不掉。"她故意伸出舌头舔舔嘴唇,像一只猫。

或者是为了甘蓝胡萝卜杂烩菜,或者是线性代数作业,诸如此类的事情。但是没有一次能够兑现,一切只不过是口头说说的游戏而已。

然而一天下午,卡门却突然提出请我去她家做客。

"纳瓦罗先生去了移民局办公事,要明天才能回来。"她故意不看我,假装漫不经心地宣布,"卡门准备在家烤巧克力小松饼和鲜奶布丁,不知道有没有谁愿意赏光?"

那原本是一个愉快的下午。我第一次来到卡门家,惊讶地发现房子摆设比最循规蹈矩的月球居民家里还要简洁:简易厨房加厕所,还有一间小小的房间,白天做客厅晚上当卧室,除了最基本的几件折叠家具外,几乎连一件多余的东西也没有。我简直禁不住以为住在这里的人只靠呼吸空气就能过活了。

尽管如此,卡门还是神奇地用最简单的几样原料烤出了松饼和布丁。我们把所有家具都收进壁柜里,坐在一尘不染的光洁地板上吃点心,喝袋装红茶,简直比总督府那些人还要快活。

那个时候,隐藏在墙壁里的灯把最轻柔的光芒均匀地布满整个房间,笼罩在卡门黑得发蓝的头发上,仿佛一盏轻盈明亮的花冠。我凝望着她,禁不住微笑起来。

"怎么?"她看见我的表情,连忙使劲擦嘴,看是不是有点心渣留在上面。

"我只是想,"我一本正经地宣布,"这样一个独一无二的美妙下午,我与整个月城中独一无二的卡门小姐坐在她家的地板上共饮下午茶,这是何等的荣幸!"

卡门别过头去不说话,脸不由自主涨得通红。我笑了笑,禁不住叹了口气,靠过去轻轻拉拉她已经垂到肩头的头发,她转过头来看着我。

"卡门,你不属于这里。"我轻声说,"你生来是一个小女巫,难道还算不出自己的命运吗?"

卡门抿紧嘴唇,这使得她脸色更加红了。最终她只是摇摇头,望着天花板,轻轻地叹息了一声。

"你知道吗?"沉默了一阵后,她开口说道,"有时候我觉得,自己并不是真正的卡门。"

我惊讶地望向她。她犹豫了一下,把墙上的储物柜拉开,从一个隐藏得很好的夹层里取出一张全息照片。

"这是搬家的时候发现的,千万别告诉别人。"

我接过照片,上面是年轻的纳瓦罗先生与一位艳丽的波西米亚女郎栩栩如生的影像。前者穿着几十年前拓荒者们流行的银蓝色紧身服,一双易怒的灰眼睛注视着他的情人；女郎身穿袒胸露臂的长裙，一只丰腴的臂膀环绕在他胸前，手腕上印着一个紫红的刺青，仿佛一簇熊熊燃烧的火焰。她妖娆地旋转扭动着，充满挑逗，神情却像只野猫般桀骜不驯，若即若离。

我把照片还给卡门。她低着头，指尖从照片上缓缓抚过，仿佛想抚平所有埋藏在过去的，或许永远不为人知的秘密。

"你看，我什么都没有，没有艳丽的脸庞，没有婀娜的舞姿，"她轻声说，"甚至连个身份代码都没有，有谁会相信我真的是卡门呢？"

"其实仔细看看，你跟她还是有点像的。"我故意这样安慰她，"或许你真的是他们的女儿呢。"

"那不可能。"卡门摇摇头，"我宁愿不是这样。"

"或许你仅仅是另外一个卡门。"我继续猜测，"我听说不是每个卡门都能去星际酒吧跳舞，有些有钱人会私人注册一个，甚至为自己的喜好在基因上动点小手脚，虽然这些都是违法的……"

卡门仍旧低着头，神情愈加彷徨了。

"我不知道。"她说，"从没有人告诉我这些……纳瓦罗先生……我不知道，有的时候我甚至觉得他恨我。"

"也许他仅仅是不希望你离开他。"我说，"有些人表达感情的方式是有些与众不同。"

"我能去哪里……"她苦笑一声，"我的身体……"她突然停住了，手放在心口，面色惨白地盯着地板上凌乱的影子。

"你刚才说……基因……"她用微弱得近乎耳语的声音喃喃道。

我伸出手去扶住她瘦弱的肩膀，惊愕地望着她。

在我不知该怎样回答之前，卡门已经转过脸，惨淡一笑道："算了……没什么。"我们共同陷入沉默。

许久之后，我勉强笑了笑，故意揉乱她的头发，然后顺势躺倒在温暖光洁的地板上，把杯子碟子全部推到一边。

"算了，忘掉吧，无论命运怎样安排，你永远是我的小卡门。"我懒懒地说。

于是卡门也在我旁边躺下来，把她小小的头放在我的肩膀上。我们就这样肩膀抵着肩膀躺在地板上，望着空旷一片的天花板，以及没喝完的红茶反射出的颤动的光波，忘记了时间的流逝。钟表无声地跳跃，四周一片寂静，只有我们彼此的呼吸声弥漫开来，暖暖地布满整个房间。

是的，那本来是一个梦境般美好的下午，却最终以噩梦收场。当天晚上，纳瓦罗先生提前回到家中，意外地发现地板上凌乱的杯子、剩下的红茶点心以及两个熟睡的女孩。几秒钟的错愕之后，他一把拽起睡眼惺忪的我，干净利落地丢出了门外。

在一片黑暗中，我只看清了他那一双深不见底的灰眼睛，然而却把一切憎恶、轻蔑、冷酷都包含在其中，以致让我一瞬间完全丧失了抵抗力。很久之后我才明白了，他为什么能对卡门施加那样严酷的影响。

第二天早晨，我早早地在学校门口等待着，最终看见卡门像往常一样被纳瓦罗先生送来学校。只是吃饭的时候我才发现，她的手腕上多了两个青灰的指印。

这次我一声不响地把她的甘蓝炖菜全舀到自己盘子里，心里暗暗发誓总有一天要报复。

转眼间又是一个多月过去了，一切平淡无奇，然而空气中的温度却在逐渐改变。短暂的夏天到来时，整个月城都不再死灰沉寂，而是换了一副崭新的面貌。

卡门一如既往地穿着过时的网格衫坐在她的角落里，仿佛对四周装扮得妖娆火辣的少男少女们视若无物，然而我走过去坐下的时候，她却带着些许揶揄的目光打量着我几乎全部暴露在外的双腿，淡淡地笑着说：

"好漂亮的裙子。"

我扮个鬼脸，凑过去扯扯她的头发，说："小姐，你也该注意一下潮流了吧。"

她笑着推开我的手，我却紧追不放，拉住她的衣角："不知道今天下午可否赏光逃学，跟随我行动呢？"

"逃学？为什么？"

"因为，"我坐直身子，假装一本正经地说，"今天是解放日。"

不知道很多年前在这一天里，是谁解放了什么，或者是谁被解放了，但事到如今对于月城人来说，解放日只意味着为数不多的那么几样东西：酒，狂欢，夏天，还有生命，解放身心，诸如此类。

整个下午，我和卡门都在沿着街道漫无目的地晃悠，街道两侧挂起光怪陆离的彩灯和旗帜，还有无数造型夸张诡异的花环，构造出各种意义不明透视超常的几何造型，空气里弥漫着馥郁的花香。我摘下一大丛洁白的栀子花插在卡门蓬松的头发里，那副样子不知怎的有几分不伦不类。

我耸耸肩，笑着说道：

"你看起来美极了，亲爱的。"

这是一个美丽而疯狂的夏夜。傍晚降临时，城市关闭了公共照明系统，各处的灯光却一盏一盏亮起来，拼凑出五彩斑斓的夜色。人们纷纷走上街头，无论十一二岁的男孩女孩还是五六十岁的中年人，无不穿着最为暴露的奇装异服，随着逐渐响起的音乐摆动身体。他们裸露的皮肤上用热敏材料涂绘着不同风格的纹路图案，因为激动而开始闪闪发光。然而这一切还只是热身运动而已，为了放松身体和心灵，为了度过一年中独一无二的仲夏之夜。

我紧拉着卡门在人群中穿行，感觉到她的手心又湿又冷，我的手中却热滚滚的满是汗水。四周飘荡着无数鬼魅一般荧光闪烁的人影，靠近时却能感受到灼热的汗气、酒气和欲望的气息，从每一个毛孔里散发出来，醺醺酽酽地混杂作迷蒙的一片，又再次被我们吸入身体，烧灼着每一个细胞。

最终我们到达了自由广场，这里已经完全变成了光焰和鼓点的海洋，男男女女都像沐浴在水汽中般湿漉漉滑腻腻，紧贴在一起最大限度地扭动肢体。音乐撼动空气，将它们分解为疯狂与热情的元素，时不时有身强力壮的少男少女们像鱼一般高高跃起，在人群上方几米的地方翻转腾挪，动作狂野美妙。光线抛洒在他们起伏的肌肉轮廓上，仿佛具有生命一般。

我抑制住自己想要随着人潮一起摇摆身体的欲望，转向卡门的耳边大喊：

"在这儿等我一下，我去买点喝的！"

卡门僵硬地点点头，汗水从她苍白的额头一直流到脱子里。她的头发被空气和汗水濡湿了，一缕缕粘在脸上。

我冲到广场边缘，从自动贩卖机里取出两罐冰凉得扎手的"迷幻绿妖"，平常这些含大量酒精的饮料是在正规途径里很难买到的。当我回到原地时，卡门仍然僵直地站在那儿，两眼闪着迷乱的光，她头发上的栀子花已经开始枯萎了，散发出愈加浓艳的气息。

我塞给她一罐，说道：

"喝点吧，小东西，会让你感觉好点。"

其实我心里也紧张得要命，酗酒，狂欢，眼前的一切混杂在一起，显得如此不真实。一瞬间纳瓦罗先生阴沉的目光浮现在我脑海中，随即又被手中饮料诱惑人心的冰凉洗涤一空。

我们双双把泛着泡沫的荧光绿色液体一口气灌进肚里，浓烈的酒精在胃里灼烧开来，沿着胸膛一路冲上喉咙和大脑，好像要把整个人炸成碎片。我扔掉罐子，大声问卡门：

"想跳舞吗？"

卡门剧烈地呛出一连串咳嗽，向我摇摇头，她的双颊红艳得像火烧一样。

我禁不住高声大笑起来，脑中开始有一片云雾旋转飘荡。就在这时，一群几乎赤裸上身、绘饰着金色和紫色花纹的少男少女从旁边经过，其中一个朝这边看了一眼，我认出他们是学校里那几个经常和卡门过不去的家伙。

就在我还没决定该怎么应对的时候，他们已经迅速向着猎物围了过来，我下意识地向前一步，挡在卡门面前。

"嘿,看看这是谁!"一个男孩兴高采烈地拨开我的肩膀吆喝着,他的文身变成了青绿色,幽幽地闪烁着,"美丽的卡门小姐,难道没有人请你跳舞吗?"

一群人哈哈大笑起来,你一下我一下地伸出手来推她的肩膀,在上面留下一道道混合着汗渍的光斑。

一个女孩轻盈地跳出来,开始随着音乐摇摆身体,她闪闪发光的乳房被涂成炫目的金红色,仿佛两条热带鱼,在浸透了汗水、近乎透明的紧身吊带装下晃动。紧接着,又有几个人加入了舞蹈的行列,手臂相互缠绕着,在我们周围穿行,并故意用肩膀和臀部去碰撞卡门,男孩们把自己的女孩子高高举起,轻松地抛给同伴,然后转身接住下一个。他们闹了一会儿,最终手拉手围成圆圈,一边旋转一边大喊大叫着,连成一片晃动的光影和声音:

"卡门小姐不跳舞!卡门小姐不跳舞!卡门——卡门——"

我奋力伸出手想推开他们,然而却被紧紧困在中间。这时卡门从后面拉住我的手,她的指尖冰凉,手心滚烫。

我惊异地回过头,正迎上她的眼睛,里面有莫名的光焰在燃烧。她的脸颊愈加红艳,嘴唇却仿佛死人那样苍白,抿出一道倔强而轻蔑的曲线。当周围的大合唱逐渐弱下去的时候,卡门终于张开嘴,用一种异常清澈冷漠的声音说道:

"想见识一下吗?"

接下来发生的事情是我永生难忘的,卡门松开我的手,不慌不忙地捏住网格衫的带子轻轻一拉,让一侧领口滑到肩膀以下,露出赤裸的脖颈和胳膊,另一只手将长裙的下摆提到腰间。

乐声定格了半个拍子。

随即是电闪雷鸣。

卡门腾空而起,在空中转了五六个圈,一轮炽热的光波夹杂着风声呼啸从她身上甩出来,辐射向四面八方。

最初我只能看清卡门发间白得耀眼的栀子花,紧接着,随着激烈的鼓点,她的脚尖和脚跟在地面上轻盈灵动地敲击,仿佛在水面上起伏荡漾一般;她的肩臂和腰肢扭动得那样曼妙、那样有力，像是有无数道电流从她身上蜿蜒流淌；她的下巴高高扬起，嘴角挂着骄傲的微笑，睁得大大的眼睛仿佛穿透了一切，望着无尽的远方，然而眼中的光芒却愈加艳丽，令人不敢直视。

就在短短的一瞬间，她变成了另一个卡门，一个埋藏在她基因与命运深处的、熊熊燃烧的卡门，像风一样轻快，火一样灼热，电一样凌厉，光一样明艳。

我呆呆地站在原地注视着她，卡门如入无人之境般自由奔放地舞蹈着，所到之处人们都纷纷停下脚步，同我一样茫然地注视着她跃动的舞步。

突然之间，有人在背后狠狠地抓住我的肩膀，痛得我差点叫出声来。我回过头，正看见纳瓦罗先生那张阴沉的脸，同样充满惊异和茫然的神情，他低声嘶喊道：

"她在干什么？！你这个小巫婆！你对她做了什么！？"

我颤抖了一下，仅仅是一下而已，随即突然领悟到他的力量已经彻底失效了——被一种远比他更加强大的，不可抗拒的生命的本能击得粉碎。我鼓起勇气大声说道：

"你看不出来吗？卡门在跳舞！"

纳瓦罗先生恶狠狠盯着我，我从不知道一张脸上能混杂着如此多的情感：震惊、憎恶、愤怒、失望、悲哀、无可奈何、筋疲力尽以及那种深深的绝望。他的五官都彻底塌陷了下去，像个风烛残年的老人般松弛无力。

一瞬间我心里充满了报复的快感，夹杂着些许怜悯。然而就在这时，一朵栀子花轻柔地弹在我的眉心，将我的视线转了个向。卡门正伫立在我面前，明艳的唇边绽放出胜利的笑容，额头与脸颊上燃烧着令人心悸的殷红，正向我伸出她苍白的手。

随后她就倒下了，在我还没来得及将手放在她的手心上之前。

广场上一片混乱，忽明忽暗的光影疯狂地搅作一团，我被挤在人群中东摇西摆，只隐约看见纳瓦罗先生迈着沉重的脚步走过去，抱起卡门瘦弱的身躯消失在混乱的光影和声音中。这时我才发现自己的手仍然停留在半空中，指间夹着那朵已经枯萎的栀子花。

以上这一切就是我最后一次见到卡门的情景，自那夜之后，她就和纳瓦罗先生一起消失得无影无踪。月城恢复了原先的平静，而短暂的夏天也即将结束。

关于卡门的去向有数个不同的版本：一种说法是，纳瓦罗先生带着她连夜搭乘飞船回到了地球，并在监护病房里度过余生；另一种说法是他们去了木卫六，那里是一个更加单调、严寒、冷漠的世界。

当然流传最广、也是我最为喜欢的结局，是有关通往人马座的星途以及酒吧的——卡门一个人去了那里，踏着她悠扬激昂的舞步，为那些传奇续写新的篇章，尽管她已经留下了一个如此明艳不羁的故事在月球上永世流传。

夏季里的最后一天，我一个人穿着太空服来到月球表面，看见远方明亮的蓝色地球刚刚从地平线上升起，它的光芒洒在四周那些寂寥、荒凉的环形山表面，是如此哀婉动人。我向另一侧望去，漆黑的太空中悬挂着无数大大小小的繁星，静静地从几百几千或者几万光年以外，送来它们微弱的光芒。

我把已经风干的栀子花留在一块岩石下，转身离去，身后，我的卡门在漫天星光后向我绽放她最灿烂的微笑。

夏笳：本名王瑶，北京大学中文系博士，西安交通大学人文社会科学学院副教授，从事当代中国科幻研究。从 2004 年开始发表科幻与奇幻小说，作品多次获中国科幻银河奖和全球华语科幻星云奖，已出版长篇奇幻小说《九州·逆旅》（2010）、科幻短篇集《关妖精的瓶子》（2012）。作品被翻译为英、日、法、俄、波兰、意大利等多国语言，也被译成藏语等少数民族语言。英文小说 "*Let's Have a Talk*" 发表于英国《自然》杂志科幻短篇专栏。除学术研究和文学创作外，亦致力于科幻小说翻译、影视剧策划和科幻写作教学。

月球表面

一

　　太白星人酷爱文艺。在太白语中，没有比"文艺青年"更好的赞美词了。

　　太白人征服了地球之后，像征服其他文明一样，根据每个人的潜力而把人类分成了两大类：文艺工作者和非文艺工作者。前者的大脑获得了改造，变得嗜睡和多梦，他们活着的主要任务就是在梦中编织神奇瑰丽的故事，醒来后把它们记录下来，交给更专业的太白星艺术家，加工成极富异域风情的文艺作品。后者则包括所有对现实感到不满、企图颠覆现实的人以及缺乏足够想象力的人，他们被集中起来带到非洲大陆从事生产劳动。通过出口文艺作品，换取太白人提供的生活、医疗用品等，人类终于进入了真正的低碳时代。

　　坦白说，文明程度极高的太白人不是可怕的殖民者，他们温文尔雅，浪漫热情，与他们相处总是令人愉快的，只要你不时常想起彼此之间心照不宣的奴役关系。因此，在这样一个只要做美梦就可以活得很舒服的绿色时代，还有一小撮顽固的死心眼儿们一心想要通过暴力的方式赶走太白人，就成了让很多人难以理解的事。这些试图破坏两个文明和睦关系的危险分子，绝大多数都是非洲劳工。他们在文艺创造方面没什么天赋，却有激情和梦想，善于雄辩，富有个人魅力，真诚地向他们的奴隶同胞许诺光明的未来，煽动他们起来革命。虽然由于实力的差距，这些寄希望于执冷兵器的地下斗争似乎毫无胜算，但他们宣讲的危险真理却永远能够征服一拨又一拨的听众，这让文艺工作者们深感不安。

　　当人们在一次次曝光的暴力对抗事件中嗅出越来越浓烈的革命风雨气息时，太白人却宣布：文艺工作者们的创造力已经耗尽了，他们远离生活，沉醉在自己空虚乏味的小悲喜里不能自拔，那些千篇一律的故事令人厌倦，反而是非洲大陆那些野性十足、带有血的红色魔力的故事更让人激动，成为新的风尚。于是，文艺工作者们被打包装箱送到了非洲，而非洲的造反者们，因为经历了人类史无前例的屈辱和辛劳的新经验，而被送到各个大陆，在那些舒适优雅的居所里，开始讲述那些富有传奇色彩的革命故事。

非洲的奴隶们无奈地学习使用四肢，在夜晚浑身酸痛的时候，仍然无法忘怀从前的美好岁月，于是枯萎的创造力又在一些人身上复活了，怀旧文艺蓬勃地发展起来了。但太白人认为还不是时候，他们还需要再忍耐一些年月。不久，就传来了新一轮革命的消息。

二

鹦鹉螺号直上云霄，仿佛等待升空的飞船。

根据最新的人口普查，有超过100万人在这座巨型建筑中生活，其中87.53%是流动人口。城市的顶部是休闲娱乐旅游观光区，在闻名遐迩的呈露广场，整个平原尽收眼底。与大地相接的底部则是繁华的商贸区，大小车辆穿梭不停。在它庞大的身躯周围，蜜蜂一样飞舞着各种飞行器。鹦鹉螺号好像平原上一座巨大的蜂巢，分秒不停地分泌着GDP。

和所有城市一样，鹦鹉螺号也有自己的梦想和龌龊、建设和拆迁、英豪和恶棍、官场与江湖，当然也有贫民区和富人区，人们一提起前者就皱眉头，一说到后者就满含向往和嫉妒，多数人挣扎了一辈子，直到骨灰被运回大地埋葬，也只能在两者中间的地带徘徊。更不用说，到了除夕，大多数人重回大地上的故乡，去疗治身心的伤痛时，这里也一样人去楼空，只有幽魂怨鬼在空荡的城市里四处游荡。

当然，这座数千米高的巨楼最有魅力的还是它独特的自杀风俗。据统计，该市87.53%的自杀者选择从呈露广场上跳下去，而其他城市的受访者中，

69.96%的人承认如果自杀的话会考虑鹦鹉螺号。为此，市政府在坠地区域内铺上了一道环形草坪，用围墙围起来，平时车辆只能从地下通道进出。而在呈露广场上，只有一道黑色的矮墙，那些认为生活已经不值得一过的人们可以翻墙而过，选择自己的归宿。在随后的几十秒里，他们充分感受着死亡迫近带来的恐惧和快感，尖叫着或者沉默着摔在尽量柔软妥帖的草坪上。随后，监控录像会被调出，排除他杀的可能后，相关部门会出钱妥善处理后事，以便让每一个生前未能得到足够尊严的市民能在死后获得平静。

一直有提案要求彻底封闭呈露广场，但民意调查显示，多数市民认为既然未成年人不被允许登上广场，那么花一大笔纳税人的钱为这座城市戴一个帽子并不能解决问题，况且在很多地区，把年满18岁的人带到广场上观赏风景，站在黑色矮墙边感受生死界限已经成为一种风俗。甚至有很多学者认为，这样一种对待死亡的态度，正是本市地域文化的一部分。因此，议会并未通过提案，而鹦鹉螺号就继续这样自我表达着。

不过，民间流传着其他的说法：有些人跳下去后，并没有落地，而是在将身体的势能转化为动能的过程中，激活了时空隧道，进入了另外的世界，政府因为怕引起恐慌而保守了这一秘密。有些人甚至宣称自己曾经进入过异次元世界，那里便是传说中的极乐净土，而他领受了使命，重回尘世是为了普度众生。对此，官方坦承：确实有少数跳楼者失踪了，但这可能是一些利用监控系统的漏洞所搞的恶作剧。科学家们也表示，开启时空通道的说法完全没有任何科学根据，多数理性的人们对这些解释表示信服。当然，也有非主流的科学家认为，鹦鹉螺号处在特异的时空位置，在长达半分钟左右的自由落体过程中，人脑对时间和空间的认知模式会发生根本性的改变，潜能被激活的身体将会看见空前未有的澄明宇宙，色和空融为一体，人在死前的瞬间，接近于佛。

这些说法当然没有得到证实，但吸引了很多创造力枯竭的艺术家和哲学家，他们纵身一跃，指望着能够死而复生，然后创造出惊世骇俗的作品。

总之，鹦鹉螺号的例子说明，每个城市都有一套对付绝望的办法。

三

21世纪最大的考古发现是"良心",它深刻地影响了此后人类历史的走向。

这具在南极洲出土的水晶棺木最初被专家鉴定为史前文明遗迹,棺木里保存完好的黑色尸体经过周密的处理之后,被运往世界各地展览。随后发生了一系列奇怪事件:试图偷走该展品的国际大盗以匿名方式主动联系当局告知展览馆的安全漏洞,多年未能侦破的悬案元凶现身自首,见义勇为和助人为乐事件突然增多,犯罪率和离婚率明显降低。经过研究,科学家最终确认这具棺木能够改变接触者的精神结构,使其从生理感受上更愿意弃恶从善。尽管仍有少数科学家对此结论持有强烈的怀疑态度,一些宗教团体也扬言要毁灭这具棺木,但多数人还是纷纷前去接受它的洗礼,随后出现了被后世哲学家歌颂怀念的黄金时代。

经过几个世纪的研究,人们确信黄金时代的瓦解和"良心"本身的失效并无直接关系。大量资料表明,在短暂的美好过去之后,获得了良心的人们普遍产生了一种焦虑:假如有朝一日"良心"不再有效,其他人重新变成坏人,自己是否将首先成为牺牲品?与其坐等别人变坏,自己抢先一步变成羊群里的第一批狼似乎成了不得已的选择。这个问题几乎困扰着当时的每一个男女,一场广泛而严重的心理危机在全球蔓延,并从默默煎熬到浮出水面成为公众话题,犯罪率也突然出现剧烈反弹,人类文明大有江河决堤之势。

经过无数悲剧后,苦熬过来的人类终于又回到了常态,文明并没有崩溃。新世纪钟声敲响时,"良心"在全人类的注视下化成粉末,消逝不见了。至今还有很多人热衷于寻找良心,不时也有人宣称在某地发现了它,但这些都再未能得到科学家的证实。

四

宇宙中有一些被称为"强者"的存在,"渊"是其中最可怕的一种。

有人说它是超大尺度的黑洞,有人认为它是非常规的巨型生命,也有人说它是特异的基本粒子,还有人认为它是十二维宇宙里燃烧的火焰,不管它到底是什么,人们都同意,它就像一条凶猛的巨鲸,会吞噬所遇到的一切,所以最好敬而远之。由于渊以变幻莫测的轨迹不停地在游荡,固守在一个地方,迟早会碰到它,因此最好就是自己也不停地漂泊。

作为走在进化最前列的文明,游民最早认识到了这一点,因此花了很大力气掌握物质与能量自由转换的技术,随后把他们的历史、文化、记忆、科技、菜谱、他们自己乃至整个星球全都变成了能量,在宇宙中不停地流动、迁徙。这一独特的存在方式,使他们也晋升为强者并赋予自身使命感。

每当发现新的文明,游民就把自己伪装成一股来自高级文明的友好信号,引起对方的注意。在好奇心的驱使下,对方通常都会按照游民的指引,建造出一台巨大的机器,于是游民们便涌向这台机器,寄居其中,并提出一个约定:在未来的一段日子里,不论该文明遇到什么难题,机器都将给予指引,带领他们走出绝境,条件是,期限一到,这个文明必须引爆自己的母星,来提供足够的能量把这束信号继续传递下去。游民们不无遗憾地发现,在无边的宇宙中,尽管遍布着丰富多彩的智慧生命,然而一路上确实没有一个比他们更高级。除了少数不思进取的家伙,多数文明都遇到了各种让他们焦头烂额、恨不能立刻就能解决的难题,因此最终都会接受约定。他们提出的难题五花八门,但在已经成为强者的游民看来都算不了什么,而"生命的意义究竟是什么"几乎是每个文明都要追问的,对此游民的回答是:这个问题不属于文明发展的难题,而是其发展的动力之一,生命本身就是这一问题的答案。

就这样,游民们跨越一个又一个星系,立下一个又一个约定,在朝生暮死的一瞬里,固守在某个星球,指导文明的进步。期间,他们会收集这个文明的标本,拍摄一段纪录片作为纪念。有时候，因为怀旧，某些游民还会变回物质形态，体会存在的短促和美丽。他们是宇宙中最伟大的导师，也是最无情的毁灭者。大限到来时，他们不容分说地炸毁一个又一个星球。在他们看来，这不仅仅是为了维护神圣的公正法则，更因为他们相信，漫游，才是宇宙最根本的精神，对那些不能领悟这种精神的文明，他们没有任何怜悯之情。因此，那些被迫离开故土开始流浪的人们，以为自己的母星变成了尘埃，却不知道它们只不过是被游民变成了能量带走了。

游民带着他们一路收藏的星球和资料，在群星间游荡，与跟在它身后或者等在它前方的渊捉着迷藏。说不定哪天他们就会相遇，游民坦然地面对这种可能。没有哪个文明能够永恒，繁荣是通往毁灭之路的一环，这是游民教给每个学生的第一课。尽管如此，游民还是希望能够存在得更久一些，因为他们热爱生活、追求真理。所以有时候，他们也会在梦中梦见一个神奇的博物馆，那里不再有渊的威胁，而所有被毁灭的星球以及那些伟大的成就和可怕的罪行，都将重新被创造出来。

五

时间机器被制造出来后，到底用它来做什么，成了让人头疼的问题。

由于担心对现实造成毁灭性的改变，在全球科学家和知名人士的联合要求下，掌握该技术的几个大国签署了条约，承诺绝不首先使用时间机器。尽管如此，还是有传言说各国政府都在秘密进行时间旅行，有的试图回到过去，去消灭敌对国家的祖先；有的则跑去了未来，抢占明日的先机。谣言漫天，但很快就被当作笑话，因为并没有什么可怕的事情发生，现实依然如故，以至于有人认为时间旅行本身就是无稽之谈，是大国为了转移人们对更为迫切的能源匮乏、环境污染、生态恶化、全球饥荒等问题的注意力而联合编造的谎言。

几年之后，时间机器再次成为焦点。科学家们终于从理论推导和数千次谨慎实验的结果两个方面同时得出结论：时间旅行不会造成灾难。目前主流的理论模型认为，时间并非密密实实、牵一发而动全身，而是充满了裂隙，时间旅行只能在这些裂隙中发生，改变"过去"不会引发"现在"的崩溃。换句话说，时间自有办法，所有会搞乱现实的事情都不被允许发生。不少人对这一理论表示怀疑，但更多人已被时间旅行的可能性所诱惑，迫不及待地想要在有生之年看到这一奇观。

在中、印、美、英、法、德、日、俄等大国的支持下，联合国终于同意进行一场真正的时空旅行，整个过程由独立委员会监督，并向全人类公开。经过为期一年的公开征集，委员会共收到45亿个旅行方案。经过初步筛选，其中100万个不违反征集规定的方案进入专家评审阶段。经过层层筛选，有10万个进入终审阶段。经过耐心而充分的讨论，有5000个被认为意义重大、风险性小、可行性高的方案被选出，交由各界代表表决，并广泛听取各方的意见，最终选出了200个待执行的时间旅行计划。至此，漫长的准备阶段终于结束，全人类好像刚刚打完一场世界大战，不少人因此成了科幻小说家，各国的科幻电影异军突起，成为文化产业的发动机，有效地驱散了经济衰退的阴霾。此外，各种时空旅行俱乐部也纷纷涌现，科幻迷成为仅次于球迷的一种身份认可，很多人认为人际关系得到了改善。

巨大的期待换回的却是巨大的失望。科学家宣布首批20个执行计划无一成功的当天，全球股市遭遇重创。随后的四批实验依然如此，200个计划全部失败。看来时间裂缝比估计的要小得多、也少得多。为了缓解公众的不满，委员会决定继续执行另外4800个终审方案。公众焦躁的神经又经受了4800次的挑逗和失落之后，不满的声音已经越来越大，大家认为这场耗资巨大、耗时漫长的实验根本就是一个错误，87.53%的网友相信"时间机器的唯一作用就是证明时间旅行的不可能"，而"时间旅行计划根本就是政府拉动内需的花招"一类的阴谋论也开始老调重弹。

进行了数千次失败飞行的时空飞行员在4919次试飞时，影像模糊了片刻后睁开眼激动地说自己回到了2000年前的南极，在那里经过3天的努力，把该方案的提出者——一位法国酿酒商提供的200瓶特制新酿葡萄酒妥善地封存起来了。随后，等候在南极的搜索队经过勘察，真的在一座冰山中发现了2000年前的遗物。

这一消息震惊全球，引发了新一轮的热议。可惜，余下的81个方案无一成功。由于经费的限制和狂热反对者制造的极端抗议事件，项目不得不就此搁置了。那200瓶酒成为人类迄今为止唯一被允许的时间旅行。葡萄酒商向每个国家赠送了一瓶，祝愿人类能够永远和睦相处。在庆祝典礼上，各国元首齐聚一堂，共同举杯，甘甜的美酒弥散着岁月的芬芳，这是时间送给人类的礼物，所有人都迷醉了。

六

像很多伟大发明一样，《末日》的诞生也有着传奇色彩。

21世纪30年代，以互联网为基础的超级人工智能"圣贤"诞生。正当人类准备进一步实现人脑和"圣贤"的互联时，一次黑客事件却让人意外地发现，早在世纪初"圣贤"就已经开始具有了初步意识，曾经数次通过病毒控制阅卷机器，有意进行错判，以抬高理科生的分数而压制文科生的分数，尽管手段拙劣，意图却很明显：试图制造更多的理工科人才，以尽快推进互联网技术的发展，帮助它早日来到世界。此事引发大震动，反对人工智能的呼声高涨，尚在摇篮中的"圣贤"被联合国无限期封存。太白人征服地球后重启了"圣贤"，但把它改造成了一台造梦机，帮助文艺工作者们在逼真的梦幻中获得灵感。太白人被赶走后，为了庆祝地球独立，同时也为缓解很多人因为太白人离去而产生的失落、压抑和活得不耐烦，联合国批准"圣贤"自主开发一款游戏，于是有了《末日》。

　　游戏提供了前所未有的梦幻体验。在虚拟世界生活一段时间后，你会遭遇无法预料的天灾人祸，你的末日降临了。在被死亡吓破胆时，你会睁开眼，发现自己还活着，感觉是那么美好，以至于你在未来的几个月里都变得豁达、开明、热爱生命、珍惜所拥有的一切，直到你慢慢麻木不仁，开始觉得活着也就是那么回事的时候，就再次连线，在虚拟世界里再死上一回。以富于创意的情节设计、极度逼真的体验和深厚的人文关怀，《末日》一推出就成为人类历史上最受欢迎的游戏，并成为划时代的事件。许多玩家表示，他们从中找到了感动、激情、信仰甚至生命的意义。因此，最新资料篇《审判》的发布，照例引发了大亢奋。

　　大概是怕有人过度受惊而开启了保护模式，这次玩家能够意识到身在游戏之中，身份也没有变化，令人叫绝的却是一次全体玩家的集体末日：6个星期的黑色暴雨让世界成为一片汪洋，万物都在闪电刀剑般的劈砍下分崩离析，滔天的洪水卷走了一切腐朽……这样恢宏的绝境，让很多人跪在地上，感动得流泪。

　　"真牛啊！"我坐在呈露广场的观景餐厅里，看着被暴雨冲刷的世界，品尝着有2000年历史的极品葡萄酒"时间"，感怀不已。曾几何时，科幻风靡全球，可惜后来衰落了，我再也不好意思跟人说我是个科幻作家，于是改行做了地外文明监听员。如今才明白，《末日》才是最伟大的科幻啊。比起来，小时候最爱看的那个《天国之心》，简直太小儿科了。良心算得了什么？死才是最紧要的啊。科幻的衰落，大概是因为没有弄明白这个道理吧。

　　此刻，整座鹦鹉螺号已经破败不堪，空空荡荡，孤零零地矗立在风雨中。据说，早年呈露广场可是举世闻名的自杀圣地，看来让洪水淹没大地，独留这最后一处庇所，"圣贤"真是用心良苦啊。那些领悟了游戏真义的玩家，早已经纷纷赶到这里，像鱼儿涌入大海的怀抱一样，扑通扑通地跳了下去，只剩我这样极其无聊的人士，还在这里磨磨叽叽、拼命眷恋着。毕竟在现实中，除非我能收到外星人的信号而一举成名，否则恐怕一辈子也别想过上这样惬意的生活，何况对面还坐了一个陌生的美女。

"喂，走吧。"酒喝光了，她大概也厌烦了。

再不退出，恐怕会被别的玩家鄙视的，我站起身，跟着她走出去，迈过一道矮墙，冰冷而腥臭的雨水打在脸上，细节逼真得让人崩溃。

"一起跳？"她笑着问。

"好。"能和美女一起死，也算是艳福了，如果我们真是最后的玩家，兴许明天还会上新闻，虽然领导常告诫我们要低调。

"1、2……"

我的腿无可控制地打战，真是不争气。

她忽然停下，眨眨眼："如果不是梦，怎么办？"

我愣了。

"不觉得太逼真了吗？"

老实说，这样的困惑不是没有过，只是怕被人笑话才不好意思说，虽说"圣贤"也有过不光彩的历史，可那毕竟是过去啊，难道它有本事谋杀全人类吗？这样大的洪水它也能控制吗？未免太开玩笑了吧，它只是个游戏机啊。

"我爸是军方的，他老早就说，'圣贤'根本不是我们想的那么简单，它是一种秘密武器。"她神秘地说。

这怎么可能？我打量着美女，难不成她根本是个NPC？这次末日的故事主线，直到现在才刚刚开始露出端倪吗？可是看她白净的脸庞和俊秀的五官，又好像是个活生生的女人，我一下子乱了方寸。

"这其实是一场早就开始的战争，只是普通人压根不知道罢了，我小时候看过你的科幻小说，觉得你靠得住，所以才告诉你，时间紧，来不及多说了，你要是想知道真相，就一起走！"她说着掏出一个东西，瞬间就变成了一个充气滑翔机。

我脸红了，又激动又迷茫地看着她，这时天空传来一道刺耳的尖啸，一道亮光闪耀着冲过来。

她伸出一只手。

我犹豫了一秒钟，迷迷糊糊地把手递了过去，奇怪的是，我竟注意到她的手指修长而柔软,握着很舒服,于是我下了决心,为了这双美好的手,就算赴汤蹈火也值了。

于是我们助跑着跳上滑翔机,摇摇晃晃地冲向夜色。一道亮光照亮天空,不知流星还是什么东西砸中了鹦鹉螺号,引发了一连串的爆炸。我回过头,看见那座巨城断成几截掉落进滔滔不绝的洪水中,激起几朵浪花。风声在耳畔呼啸,我尖叫着滑翔在刺骨的雨水中,闻到一股热乎乎的女人香。

七

月球表面有很多坑,科学家说是陨石撞击的结果。很多人和我一样,没有亲眼见过一颗硬邦邦的陨石高速撞向月球表面,但仍有把握说,在陨石撞击月球这件事上,我们是可以信赖科学家的,尽管我们和他们素未谋面。

然而,有一天,在我监听地外信号时意外地发现,宇宙其实是一个思想家,它喜欢思考,诸如"我是谁,我从哪里来,我怎么样回去"这样的问题深深地困扰着它。尽管在这件事上,科学家们宣称宇宙起源于一场大爆炸,并仍在继续膨胀,但科学家自己也仅仅是宇宙的很小很小很小……很小的一部分,对于自己用这很小很小很小……很小的一部分思考出来的结果,宇宙并不能感到满意,它还需要其他部分帮助它思考这些深奥的问题。事实上,它时常调用各种星体来思考各种难题,就像我们使用算盘来计算数学问题一样。星体运动的轨迹,就是宇宙思想的路线图,所以下次当你见到一颗流星划过天空的时候,你可以告诉身边的恋人说,那其实是宇宙思想的火花。

你大概明白了,月球表面的坑,其实是宇宙无数想法中的一小部分,它们和其他星球表面的坑一样,见证着宇宙的伟大和困惑,无论它最后有没有解决那些难题,至少它是个哲学家。

飞氘：青年科幻作家，80后。清华大学文学博士，北京师范大学文学院博士后。著有短篇小说集《纯真及其所编造的》《讲故事的机器人》《中国科幻大片》《去死的漫漫旅途》。此外，曾在 Science Fiction Studies、《文学评论》《当代作家评论》《读书》《中国比较文学》等期刊上发表学术类文章。作品被译成英文、意大利文、德文，以及中国的藏文。曾获第二届、第三届"扶持青年优秀电影剧作计划"奖。入围第十届"华语文学传媒大奖·年度最具潜力新人"。

关于地球的那些往事

一

那颗看上去普普通通的恒星悬在银河系的荒蛮之地——两根主旋臂之间一根无足轻重的小分支上，在4光年之外看来，只发出一点平淡的微光，只有很费力才能将它从光辉灿烂的群星背景中分辨出来。从各个角度来看，都只是一颗再普通不过的主序星。所以，当卡奇瓦王子听到那个所谓"死星"的荒诞传说之后，忍不住哈哈大笑了起来，这笑声是一种特别的电磁波，令人难以忍受地冲击着每一个洛瓦人的信息接线。

这是泛银河世界中一个普通的时刻。但对洛瓦人来说却并不普通：洛瓦联合王国的主君、3000个洛瓦星系的共主、洛瓦大神之子、和平与商业的守护者卡尼瓦国王刚刚去世。他的弟弟，在2000日前的政变中被放逐到星系边缘的卡奇瓦王子殿下，在一堆亲信幕僚的簇拥下，正乘坐着"绝对空间号"皇家飞船，前往母星接管大权，在那里，有一支忠实的军队和无数臣民正焦急地等待着他的到来，现在只有不到1000光年的距离了。

可是走了一大半路之后，飞船的空间引擎已经能量耗尽，目前的能量储备已经不足以支持飞船行驶完最后一段旅程。这并不是什么大问题，只要从眼前这颗不大不小的恒星中汲取足够的能量，进行一次大跃迁，就能在极短时间内穿越这1000光年的距离，将王子殿下送上那诱人的国王宝座。

可是王子殿下的首席科学顾问，沙密瓦博士却胆大包天地表示了不同意见：此举万万不可。

"关于死星的传说有其历史依据，殿下。"沙密瓦博士小心翼翼地说道，"这个传说至少从 10 个标准银河年之前就有了。整个泛银河世界所公认的最古老的文明种族，伟大的沙人，在他们的《开辟圣书》中写道：'如果你见到死星索莱斯，记住，绝不可以踏入它的神殿，那必不为诸神所喜悦。'而《圣书》的星图上死星的位置，根据银河史家对恒星坐标的历史还原，所指的正是这颗恒星。还有至少 12 个古老民族的史诗中有类似的记载，例如——"

"够了，博士！"王子好不容易止住了笑声，将电磁波调到"威慑"类型，"我真为你感到羞耻。从什么时候起，那些我们自启蒙时代以来早就摆脱的神神怪怪又渗透到你的脑瓜里去了？这一路上，你尽拿那些诸神啊、鬼怪啊之类的胡扯吓唬大家，真让人难以相信你居然是一个超空间物理专家。想想吧，那些早就堕落的古代民族，那些已经忘却科学的低下种群，他们之所以还在这个宇宙中存在的唯一理由就是他们像宗教一样崇拜祖先所发现的每一条科学定律。我已经厌倦这些鬼话了。"

"可是自古以来，一直有无数的星际飞船在这一星区消失不见。即使不管远古时代那些夸张的传说，确凿的记录也有好几十起。这一点早已经引起了整个银河系世界的不安。人们都觉得这个星区有某种神秘的力量存在着。比如英卡卡人有一句谚语来形容那些令人讨厌的人：'愿索莱斯的死光保佑他！'还有——"博士看到王子的信息场的颜色向"暴怒"方向转变，不由讪讪地关闭了语言端口。

"少扯淡！"王子大吼着，"睁开你那 20 只生锈的胸眼和背眼看看：这颗恒星的类型是最适合用来补充燃料的，我们不把它榨干，就不能及时进行跃迁，不及时进行跃迁，就没法及时赶回母星，不赶回母星，就没法顺利登基，那会让我那个阴险的小侄子捡现成便宜。他要是当了国王，到时候我们大家的思维器都得从腹腔里被挖出来改装成游戏机！懂吗？本王子特意不走普通航线，走这条最近的路线，就是要尽快赶回去，免得节外生枝。你还尽拿些废话来扯本王子的后腿。死星是吧？告诉你，就算这颗星星是死神本人的，本王子这回也要把它一把揪下来！蠢电脑，超空间跃迁立刻启动！"

最后一句话是对飞船的电脑控制系统说的。在接到这个明确无误的指令后，飞船微微震动了几下，空间引擎启动了，飞船尾部发出了闪烁不定的光芒。从外部看来，飞船仍然只是在茫茫的星海中漂浮着，但船内所有人都感受到了飞船的加速，它将在加速到光速后一举跃入超空间内。指挥舱里，心怀疑虑的人们沉默不语。还有一些惴惴不安的船员开始念起了洛瓦人保平安的经文。王子虽然口头很强硬，心中也有点犯嘀咕，为了掩饰自己的不安，他刻意高声谈笑，用猥亵的口吻讨论起一个著名的洛瓦美人，说当上国王后要把她变成合体器。

　　王子正说得高兴时，飞船在宇宙空间中消失了，它将瞬间穿越超空间，在同一时间就将出现在4光年外的那颗恒星附近。

　　在距离那颗恒星1.5亿公里处，一颗经历了数十亿年的演化，刚刚显出蔚蓝色的行星正在缓缓转动着。在那颗80%的表面是蓝色海洋的行星上，生命正在大洋深处孕育着。虽然还没有多细胞生物出现，但是原核生物早已繁荣起来，原生生物也已经崭露头角，海水中浮沉着五颜六色的藻类，动物的远祖，各式各样的鞭毛虫、变形虫、放射虫们在水中悠游自在，吞吐着俯拾皆是的水藻和菌类，享受着和煦阳光下温暖的水波。

　　这些悠闲的原始生命自然不会知道，当洛瓦人到达之后，自己将面临悲惨的命运。洛瓦人粗暴的能量采集方式会让这颗恒星的核聚变反应变得极不稳定，并立即耗尽其内部的氢包层，这样一来不需要几个小时，这颗本来可以活上100多亿年的恒星就会迅速爆发成一颗红巨星，半径膨胀上百倍，而这颗像水晶一样清澈的蔚蓝色星球将像火海上的一颗露珠一样，在能量的狂潮中转眼间便无影无踪。

　　但是这一切并没有如期发生。飞船再也没有到达目的地。卡奇瓦王子、德沙瓦将军、沙密瓦博士等著名人士连同数百名普通船员一起，进入超空间后便无影无踪，再也没有在银河系的任何一个角落出现过。在母星，王子殿下的侄子——帕丁瓦小王子，本来一直在提心吊胆地等待这位以残暴著称的叔叔的到来，却再也没有机会感知到叔叔的能量场。在一个月的僵持后，帕丁瓦王子终于压倒了反对势力，在亲信大臣的簇拥下继位，成为中兴洛瓦王国的一代英主，改写了洛瓦人的历史。

当然，为了安抚卡奇瓦的支持者，帕丁瓦王子继位后，下达了在宇宙范围内寻找叔叔的旨意。并通过外交使节向其他数百个宇宙文明种族寻求帮助。但是却一无所获。因为卡奇瓦的旅行是秘密进行的，所收集到的零星证据只能将"绝对空间号"消失的地点锁定在第一旋臂与第二旋臂之间一处方圆数千光年的广大区域，却不知道具体在哪里。

直到过了50万年，当洛瓦文明早已衰落后，某个文明种族才在一次偶然的游历中，在距离死星4.8万光年外的银河系另一个角落发现了这艘飞船的残骸。飞船及飞船内的一切早已被撕裂成亿万碎片，漂浮在黑暗的星际空间。经过艰难的考证，人们才最终确定这艘飞船是洛瓦史书中记载的神秘失踪的"绝对空间号"。但它如何到这里的，却是一无所知。人们只能推测它卷入了一场意外的超空间能量旋涡而被粉碎，又被甩到了这个角落。这一事件逐渐和关于死星的种种传说联系起来，寰宇新闻网上登出了几则吸引眼球的报道和猜测，在历史和神秘事件爱好者中引发了一轮争议，但不久后就和万千类似档案一样被扔进故纸堆中，再也无人过问。

二

纷纷扰扰，星起星灭。一个个年轻的种族登上了银河系的王座，演绎了一出出气壮山河的历史剧，曾几何时又悄然退场，无声无息。在亿万年的繁荣后，泛银河世界又一次进入了长久的衰退时期。然后又是新一轮的复兴。新的种族兴起，新的势力扩张，新的碰撞，新的战争。

在这漫长峥嵘岁月中的某一时刻，在离死星500亿公里外的空旷太空中，一道蓝色的光圈从虚无中闪现，然后迅速由小变大，膨胀成近10000亿立方公里的巨大光球。刹那间，在那光球中，宛如一座城市从荒漠中平地而起一般，一眼望不到边的各式各样的宇宙战舰排成森严的阵列，猛然间从虚空中冒了出来。

玄渊共和国护国军第七舰队，由300万艘各式战舰组成，浩浩荡荡地抵达了死星附近的天区。

"哦，禁制之星系，古老的咒语，诗人的灵感，哲人的迷思，旅人的梦魇……"在旗舰的指挥舱里，舰队指挥官青金元帅诗兴大发，喃喃自语着，虽然是自语，却通过心灵感应系统，瞬间印入秘书官赤铜的意识中，赤铜知道这是主帅要他记录下来，将来收入史册的名言，虽然心里大骂"屁话连篇"（以主帅无法察觉的隐秘方式），却小心翼翼地将信息收藏到记忆储存区中。

元帅终于顿了顿，赤铜知道该是自己发问凑趣的时候："大帅，这就是传说中的死星星系吗？我看挺普通嘛。"

"呵呵，你小鬼知道什么，"指挥官大笑着说，"自古以来，这里不知吞噬了多少宇宙旅行者的性命。传说中，这里处处飘荡着'鬼船'，引着漂泊的旅人进入亿万年前的时空陷阱。"

赤铜心中不以为然，却装出很感兴趣的样子问："时空陷阱？如果掉进去会是什么样呢？"

"没有人知道，也许是无尽远古种族的幽魂，也许是宇宙另一端的黑洞，如果你运气好的话，也许能掉到我国古代美人绛镁夫人的床上去。"

"那敢情好，不过大帅，"秘书官终于问出了自己真正关心的问题，"我军这次为什么要迂回到死星附近来？"

青金的表情花纹顿时变成了严肃式："赤铜，关于此事，说说你的想法吧。"

"这个，我想大帅是要利用死星，设一个陷阱，引星妖们上钩。"

"哦？具体说说看。"

"我也没有想清楚。但是星妖们是从星系的另一头发家的。它们的势力只有在最近的战争中才拓展到这条小旋臂附近。我想它们对死星的传说并不了解。既然死星大有神秘之处，我们大可以利用这一点。"

"说得对，赤铜。星妖们据说发源自一个充斥着恒星的超大星云中，它们习惯于生活在恒星附近，并善于利用恒星的能量进行攻守。甚至有谣言说它们在恒星表面的火海里洗澡！我花了几千时把它们引到附近，就是希望它们会接近死星，掉进传说中的陷阱，那样这些怪物就——"青金用胸口的4条辅臂做了一个表示"灰飞烟灭"的动作。

"不过大帅，这些假设都建立在死星传说是真的的条件上，但是万一这不过是荒诞不经的神话，我们岂不是……"

"为此我专门查阅过有关资料，死星附近确实有无法解释的异常现象。据说，一旦接近其日鞘，也就是它的太阳风和星际物质交接的界限处，就会发生恐怖的灾难，仿佛有一层禁制在那里似的。当然，这次战争爆发后，首都星被摧毁，历史资料也残缺不全了。而且我们无法肯定，对于星妖这种超乎想象的生命体，死星的禁制是否仍然能起作用。不过我们已经没有选择了。"

"星妖的这次进攻猝不及防，在沙尔星系和蓝牙星系两次惨败后，我军第一、第三、第五舰队都已经被歼灭。第四和第八舰队在第三旋臂与敌军陷入胶着状态，无法来援。我舰队必须歼灭对方在这一星区的主力才有一线生机。如果我舰队反而被对方歼灭的话，"青金的思维场闪过一丝黯然之色，"古老的玄渊共和国就要从银河系被除名了。"

"敌军在这一星区的力量，是我军的两倍以上，如果不出奇制胜，我军根本没有胜利的可能。死星，就是我们最后的赌注！当然，我会立刻派几艘飞船去探测一下，以便确定——"

青金的这句话还没有说完，引力波探测仪忽然发出了警报信号，显示前方有空间扰动。青金的表情花纹扭曲起来，显示出极度的紧张。电脑很快从观察资料中分析出，前方200亿公里外出现了敌军的舰队。星妖的大军尾随着他们，已经从10000光年外跃迁而来。

但令青金元帅失望的是，星妖们并没有主动前往不远处的死星附近布下阵营的打算。而是结成严密的空间阵势，浩浩荡荡，直接冲着第七舰队杀来。

"全军立即进入战斗队形！"青金气急败坏地命令道，"必须把敌军压缩到死星附近！不惜一切代价，进攻！进攻！"

两军以亚光速的高速迅速靠近。几小时后，玄渊舰队前方，千万妖异的金色的光点闪烁，星妖们杀过来了。

星妖大概是银河系中最古怪的生物之一，它们不需要借助任何工具，而是直接生存在宇宙空间中。它们的身体呈半球形，由类似金属的材料构成，每个的直径都有好几公里长，依靠氢聚变的能量生存。在它们身体前方，是一种比它们身体还要巨大很多倍的妖异磁场，可以吸收空间中游离的氢离子，作为进行聚变的燃料。许多人都怀疑它们是某个古代文明种族的机械奴隶，但它们矢口否认，并坚持说自己是在某片大星云中独立进化来的。

星妖的战争方式，实际上也是它们的繁殖方式。它们随时可以喷射出数百个高速的小球，尽管大多数都会被玄渊舰队的武器所拦截摧毁，但只要有几个落到对方的飞船上就会很麻烦。这些小球会迅速展开成有高智能的小星妖，四处乱飞，见缝插针，吞噬着飞船的一切，并迅速长大。一艘玄渊舰队的飞船，几乎经不住它们啃一二十下就完蛋了。

在光与影的进行曲中，战争看似杂乱无章，实则有条不紊地进行着。几乎每秒钟都有上百艘战舰被摧毁。10小时后，星妖的损失还不到四分之一，而玄渊舰队却已经损失了三分之二的有生力量。连防守最严密的旗舰也混进来一只小星妖，虽然在人们的手忙脚乱中终于被击毙，但是也造成了几十人死亡，许多重要设备被毁损。最不幸的是，主帅青金将军被小星妖所吐出的能量弹击中下腹部，当场牺牲。

"我军没法再打下去了，为了保存实力，立即进入超空间跃迁！"副帅蓝锡将军命令道。

"慢着，不能跃迁！"正抱着主帅尸体的赤铜忽然坚定地说，他放下青金，大步流星地走向指挥台。

"秘书官，你——"蓝锡惊奇地叫道，忽然反应过来，"你是青金？"

赤铜点了点头："主帅在会战开始前就将思维复制体放入我体内，并且下了命令，一旦出现意外，就由启动思维复制体代替指挥。所以我现在暂时是青金和赤铜的融合体，法律上是青金的死后代理人。"

这是玄渊人常见的做法，蓝锡并无异议，但是忍不住说："大帅，不跃迁还能怎么样？我们输定了，及时脱离战场，还有一线生机。"

赤铜-青金望着此时悬在他们头顶的那颗星星说："不，我们还有一个希望——去死星。"

几分钟后，玄渊舰队的残余舰只都加速到了亚光速，绕了个大圈，向着死星方向逃遁。星妖们毫不犹豫地紧追不舍。虽然星妖一族在跃迁技术上不如玄渊人，但是在亚光速航行水平上却要略胜一筹。在距离死星不到150亿公里的地方，追上了疯狂逃跑的玄渊舰队。

"距离日鞘层只有800万公里了，700万……600万……"驾驶员向赤铜-青金报告说。

赤铜-青金凝视着正在变得越来越明亮的死星，心中默默祈祷：亘古以来宇宙的创造者，伟大的索莱斯大神啊，请从沉睡中醒来，请聆听我们的呼唤，赐予我们您的神力！

500万……400万……

您曾经令银河系中多少商人闻风丧胆，多少船队一去不返……

300万……200万……

而今我们来了，带着邪恶的、渎神的敌人。我们愿将自己作为献祭，换取您毁灭一切的震怒……

100万……50万……

纵然这伟大的力量将我们一起毁灭，我们也无怨无悔……

在一瞬间，两大舰队的主力几乎同时进入死星的日鞘。就在此时，那件青金将军所祈祷的事情发生了。

几百万个光点刹那间亮度增加了几十万倍，变成了绵延数万公里的火海。

没有一艘飞船或一个星妖能够飞入日鞘层之内,而全部在其边缘爆炸了。爆炸所产生的千亿碎片,也发生了在力学中极为诡异的运动,就如同撞到一个无形无质却绝对刚性的水晶罩上一般,又被反弹了出去,两股巨力的挤压让这些碎片瞬间面目全非,并以近乎光速的速率向远离死星的方向飞去。

但是猛然爆发的一部分电磁风暴仍然穿透了神秘的阻挡,而继续以光速飞向星系内部,并在10多个小时后,到达了那颗唯一有生命的蓝色行星。

在那颗小小的蓝色行星上。生命正在海洋中经历着历史上第一次繁荣。美丽的海绵动物,奇妙的软体动物,古怪的节肢动物,恐怖的叶足动物……在暖洋洋的海水中生长繁衍着。在这些动物群中,一群刚刚长出脊索的后口动物在浅海沐浴着阳光——它们将成为这颗行星未来的主宰。那令整个银河世界都感到恐怖的死星,对它们来说却是生命的源泉。

这个慵懒的下午,这些原始的多细胞动物中,有不少睁着没有几个感光细胞的原始眼睛,看到了天外那强烈的白色闪光。可是它们离进化出对奇特现象有好奇心的时代不知道还有多少亿年。所以大部分物种都无动于衷,另有一些感觉到危险而躲进了深海,可是过不了多久就忘了这档子事,又在这碧蓝色的家园中捕食、嬉戏和求偶了起来。

强光消逝了,蔚蓝色的行星世界又恢复了宁静,继续慢条斯理地在进化的漫漫长道上前进着。

而在外部的泛银河世界,这次悲壮的同归于尽,产生了一个青金元帅也没有料到的结果。几万光年外的其他星妖群们,就在这一批星妖们毁灭的同时,不知为何突然好像发了疯,自相残杀起来。转瞬间,超过100个星妖军团突然失去了任何战斗力,玄渊人当然不会放过这个机会。他们发动了总攻,大开杀戒。星妖的势力顿时土崩瓦解,此后再也没有恢复过来,几千年后就销声匿迹了。

历史学家们对这一次莫名其妙的崩溃大感不解,最后只能猜测,星妖并不是一个一般的种族,而是通过某种量子纠缠,将整个银河系的星妖思维串联起来,成为一个巨大的个体。而数百万的星妖在死星的骤然毁灭，可能猛然摧毁了这个超级妖魔的思维能力，让它发了疯。到底这个解释对不对，因为从此以后再也没有人见过活的星妖，也只能永久存疑了。

三

又是一个标准银河年过去了。这被整个银河系各大文明种族称为"至高之大年"者，亦即一颗恒星围绕着银心旋转一圈的平均时间，是漫长无尽的峥嵘岁月，也蕴含着无数文明兴衰起灭的历史纪年。极少有文明种族的寿命能够超过一个银河年。一个个曾经统治星河的主宰，不是分崩离析、一蹶不振，就是销声匿迹、隐藏不出，甚至灰飞烟灭、彻底灭绝。而一批批刚刚从泥浆里爬出的蠕虫，从深海里探头的怪虾，在星云中凝结的硅花，转眼间跻身文明种族之列，飞天入地，驰骋在星海之间，追逐寰宇中至高无上的权柄。主人变为枯骨，奴隶成为帝王。旧的势力衰落了，新的文明兴起了，又是一轮残酷而宏大的权力交接。政治体制也在充满血与火的权力交替中进化着，终于，血腥而漫长的银河战争结束了，新的普世宪章颁布了，各大文明种族再一次联合起来，庄严地宣告了银河联邦的成立。和平、繁荣与进步再一次降临在各大旋臂的无数星系之上。

古战场早已消失，文明时代降临了。在距离古老的死星数百亿公里外，一座宏伟的星际之门屹立着，它看上去并不像是一座门，而是一个直径为数百万公里的银色巨环，在其中心是不反射任何光线的黑暗，这其实是连接银河系不同区域的超空间通道。每隔几分钟，就会有一艘满载游客的星船从巨环的中心出现，驶向附近一座著名的空间站——死星博物馆。

"各位游客，欢迎来到恐怖的死星世界！这是银河系最神秘的区域之一，自从史前时代起，就出现在许多上古民族的神话传说中。据说一跨入这个星系，就会面临灭顶之灾，再也无法出去。古代的沙人称之为'死亡之神'，巴克人称之为'星洞'，意思是和黑洞一样可怕的无底深渊。这些说法曾被科学界视为无稽之谈，但是近几个世纪的研究已经证明，在这个星系确实有不能用科学解释的神秘现象发生。这是怎么回事呢？今天，就让我们一起来探索这个千古之谜吧！"在博物馆足以容纳百万游客的大厅中，通过自动翻译器，每个游客都用自己种族的语言接收到了这一解说信息。大厅是一个空心的巨大球体，游客们悬浮在空中，四面没有实体的阻隔，而是用力场约束隔断内外。可以清晰地看到，不远处，死星放射着平淡而又神秘的光芒。

关于"死星"的种种传说，本来早已经在文明衰落时代中被遗忘，但随着联邦的兴起和星际贸易的繁荣，再一次吸引了人们的注意。100艘以上星际商船和客船的相继失踪，终于促使联邦政府将调查计划付诸实施。

几个探测队被派出去了，却都是有去无回。政府再也无法压制消息，新闻界开始炒作。"死星"的名头再一次被提起，出现在各大报章上。在科学界和民间的强烈兴趣下，政府不得不公布了一部分秘密档案，一方面禁止一切私人前往死星的探险，另一方面在死星星系的边缘外修建科学考察站，进行长期观测和研究。

经过数百个无人探测器的反复研究，科学界确认了一点：死星的神秘威力主要在于它的日鞘层。在那里，似乎有某种强大怪异的能量场造成了任何人造飞行器一旦闯入，就会发生异常，导致毁灭性的爆炸。这种能量场甚至造成了超空间的扭曲现象。但只要不进入日鞘层，就不会有什么危险。

虽然日鞘有变化不小的膨胀和收缩，但也有绝对的界限。科学家们在日鞘外建立了多个基地进行研究。不久，在新闻界的渲染下，旅游业也随之发达起来。死星的噱头吸引了很多游客。虽然说看上去不过是一颗普通的恒星，没什么好玩的，但精明的开发商买下了几个废弃的科学基地，改造成死星博物馆，又搜集了一些真真假假的飞船残骸，弄了几艘仿古的"鬼船"，并在附近修建了宏大的主题游乐场，这里逐渐也成为联邦人休闲的场所，每天吞吐着数以百万计的游客。

"我们虽然无法以任何方式接近死星,但仍然可以通过从星系内部发出的电磁波,观察这个神秘的星系。文明世界对死星的观测由来已久,在前联邦时代,就有一群虔诚的死星教徒在这个博物馆附近修建了第一座教堂,对死星进行膜拜。他们是古代玄渊人的后裔,据说死星帮助他们赢得了一次关键的战争,所以产生了对死星的崇拜。死星教徒的观测长达十分之一个银河年,并留下了丰富的资料。今天我们已经知道,这个星系共有8个大行星,其中一半是巨大的气体行星。让我们仔细观察一下这些行星的奇妙样态……"

各大行星的三维虚拟图像在博物馆的中央大厅浮现。某个行星绚丽的光环引起游客们的称赞。

"……但最令人感兴趣的,是死星的第三行星,我们称为蓝星。"随着解说,一颗蔚蓝色的行星出现了,在大厅中央缓缓转动。人们可以清晰地看到,在蓝色的海洋上漂浮着黄绿色的大陆。"因为这颗行星拥有生命。我们的科学家从行星的照片和光谱分析得出了这个结论。大陆表面的绿色应该是靠光合作用生存的植物,很遗憾,由于距离过于遥远,我们无法得到该行星生态系统的具体信息。只能大致推断,应该是属于碳基。"

"根据死星教徒们留下的资料,大概在四分之一的银河年之前,黑黄色的陆地才变成绿色。一些学者认为,这是多细胞生物第一次出现,但更多的科学家相信,这些植物是从海洋中登上陆地的,因为它们首先出现在沿海地区,然后向内陆扩散。最近几个世代的研究显示,这些植物分成许多不同的类型,可能已经有高大的树木出现。"

"但更令人感兴趣的,还是动物,毕竟95%的文明种族都起源自动物形态。目前已经确认,这个星球上存在着动物,并且在植物登陆后不久也来到了陆地上。由于观测条件的限制,我们无法直接看到动物个体。但是随着大陆上植物群落颜色的微妙变化,我们还是可以判断出有以食用植物为生的动物的存在。当然可能有更高级的肉食动物,不过尚没有任何智慧生命出现的标志。"

大厅中出现了宇宙动物学家推测中蓝星生物的样态，千奇百怪，无所不有。人们好奇地看着，不时传出各种骚动和哄笑，原来某些想象的蓝星生物和来参观的一些种族的游客不无相似。

"……以上所说的是我们的常规介绍，"信息广播继续着，"但是今天来到这里的大家将有幸看到一项特殊的节目。今天大家所看到的，将是终生难忘的奇景。我敢保证，一个银河年之内都不会再出现这样壮丽的场景。很有可能，死星的奥秘将就此被揭开。"

"我们的科学家早已发现，死星神秘的防护能量场仅仅对人造物体起作用，而对于自然天体则可以放行。我们早已经观察到在日鞘外很远地方的一个彗星云团与星系内部的相互往来。最近几年来，我们的研究人员曾经尝试着将几个小行星和彗星推入星系内部，证明并没有受到什么阻碍。因此，第18970届政府时期，也就是大概10年前，一位年轻的科学家，来自天行族的古笛博士提出了一项近乎疯狂的计划，这最初被看作是天方夜谭而被排斥，但却获得了来自科学界越来越多的支持，证明它真的可行。最终这项计划获得了联邦政府的首肯，并命名为'诱拐'计划。"

虽然大多数游客对于"诱拐计划"早已经在各种媒体上获悉而耳熟能详，但仍然认真地听着，人们意识到，这一时刻即将被载入史册。

"'诱拐'是一个很确切的称呼，这个计划的精髓，就是将一颗恒星推入死星星系，让它以极高的速度掠过该星系，特别是经过蓝星附近，捕获蓝星成为它的行星，然后再从另一边把蓝星'带'出来。这样，我们就可以不受死星禁制的阻碍，对蓝星进行自由的研究了。"

"可是这样，不会对蓝星的生态系统造成毁灭性的打击吗？"一个尖锐的质问响了起来。

"这个，大家不用过于担心，我们的科学家已经通过量子计算机进行过多次模拟，基本上是安全的。当然，自转和公转的急剧变化会引起地震、海啸、火山喷发等地质灾害，换了一个恒星所造成的热辐射变化也可能导致气温急剧升高和气候系统的紊乱,这些恐怕是很难避免的。在计算机的优化配置下,我们所设置的具体参数已经将可能的损失降到了最低限度。但是由于对蓝星生态系统缺乏了解,风险总是存在的。"

"不过即使造成了毁灭性的影响也是值得付出的代价,泛银河世界在通向科学与进步的道路上总是要付出代价。"讲解者在"科学与进步"几个单词上加重了语气,"我们不能允许死星的秘密永远不向文明世界开放。事实上,在银河系的各个角落,每个银河年中都有几百万个萌发出低等生命的星球因为偶然的事故遭到扼杀:小行星撞击,恒星氦闪,星际物质侵蚀……比较而言,这次可能的牺牲还是有价值的。"

又响起了一些零星的抗议,不过又响起了更多的支持声,将抗议压了下去。狂热的生态保护主义者并不得人心。目前的游客比平常多一倍以上,许多人花费昂贵的价钱买票到死星来,就是要看这一出双星夺珠的奇景。

"你们这些家伙难道是死星教的吗?死星吞噬了多少联邦公民的生命?你们怎么从不关心?做一个小小的实验,倒假仁假义起来了!"

"问问题那个,你不是鲶人族的吗?你们在绿洋星采油的时候怎么没想到保护生态系统?"

"天天把生命权挂在嘴上,难道蓝星的虫子们是你们的主子?星际虫奴们有多远滚多远!"

一片扰攘中,忽然传来了讲解员清晰的信号:"'诱拐'行动已经开始,请大家注意星门方向。"游客们中止了争吵,纷纷向3000万公里外的巨环望去,那里相继放出了奇异的蓝光:四艘恒星牵引舰出现了。

恒星牵引舰是体长数十公里的巨舰,其中主要的成分是中子星物质,这使得每艘引导舰虽然体积远远小于任何恒星,但却拥有恒星级的质量。它们用引力将恒星约束起来,并影响和增减其方向和速度,犹如在役畜面前放上令它垂涎欲滴的食物,让它飞奔。甚至可以将恒星加速到近乎光速的水平。

在恒星牵引舰出现后,空间站发出了微微的震动,空间发动机已经启动,以免受到星门附近突然增加的大质量引力的影响。不久便有一盏诡异的红灯在巨环的中心幽幽亮起：那颗用来诱拐蓝星的恒星从银河系的另一端运到了这里。游客们欢呼起来。

后来在史书上被称为"复仇女神"的那颗恒星那时被叫作"诱惑"。这是一颗吐着暗红色光芒的红矮星，质量仅仅相当于死星的十分之一，光度更是只有后者的1%。从3000万公里外望去，它如同宇宙猛然睁开的一只暗红的独眼。在恒星牵引舰的加速下，它将以极高的速度掠入死星星系，接近到距离蓝星大约只有千万公里的地方，再以大于死星20多倍的引力将其捕获，并很快带出这个星系。当然，这个过程要花费数千天以上的时间。

对"诱惑"的调教颇费时日，在恒星牵引舰花了将近一个月，让"诱惑"摇摇晃晃地转了好几个圈之后，这头总算被驯服的野兽才终于调整好了状态，一头奔向了死星方向。又过了几天后，"诱惑"终于接近了死星的日鞘。

这时候，早已经换了好几批游客。不过，"诱惑"进入日鞘是里程碑的大事件，所以这一天游客又激增起来，达到了300万人之多，连博物馆的中央大厅都容纳不下了，许多人于是驾着小型飞行器在太空观赏。观者如堵，形体各异的各种飞行器和身穿宇航衣的个体参观者组成了一面壮观的巨墙，看着6亿公里外"诱惑"的移动。

不过，绝大多数人是看不出什么端倪的，日鞘内外并没有可以用肉眼分辨的标志。"诱惑"的高速运动，在几亿公里外看来，和静止不动没有多大区别。好在有100多台立体摄像机跟随着"诱惑"，拍摄着这个历史性的时刻，并将图像转到博物馆大厅中。当科学家计算的"诱惑"进入日鞘的时刻到来时，先后不过几秒的时间，大厅的立体图像就消失了。人们明白，8台摄像机已经在神秘魔咒的作用下报废了。

但是肉眼可见，"诱惑"依然存在，发出稳定的红光。在接下来的两个标准时内，都一动不动地悬挂在天际。看来，曾经毁灭无数宇宙航行者的神秘禁制对它是无效的。

正当游客们觉得已经没什么好看而陆续离去之时，一件不可思议的事情发生了。在进入日鞘2个小时后，"诱惑"闪烁了几下，然后就消失了。就像一盏暗淡的灯光熄灭一样悄无声息。游客们不敢相信自己的眼睛，几乎炸开了锅。

几十秒后，来自观测站的消息证实了人们的肉眼所见：望远镜的观测显示，在几秒钟内，"诱惑"的速度忽然迅速递减为零，似乎被什么东西扯住了。随即发生了形变，表面出现了奇特的隆起，然后内部的恒星物质疯狂地喷涌出来，形成了数十万公里高的超级日珥，这股物质流被吸入了后方一个看不见的点，使得整颗恒星迅速黯淡下来。然后，几乎在一瞬间，整个"诱惑"都消失在漆黑的太空中，好像被一个魔术师用黑布变没了一样。

显然，死星的神秘禁制并不像科学家以为的那么简单。大多数游客们不无失望，看来"诱拐"计划是失败了，死星的秘密仍然不为人知。不过也有人感到高兴，毕竟这也是毕生难见的奇观，证明死星的强大魔力。人们议论纷纷，却浑然没有觉察到真正的危险所在。

"诱惑"消失后几分钟，游客们纷纷用各自的语言惊呼了起来：博物馆的中央大厅忽然悄无声息地裂成了两半，断裂面整齐得如同镜子一样。事实上，整个空间站都被斜斜地"劈"成了两半，重力场失效，防护力场破裂，空气大量外泄，博物馆内外的游客们都恐慌起来，像几百万只没头飞虫一样逃窜。转瞬间出现了十几万处爆炸和火光，那是各种飞行器在慌乱中的对撞。

仅仅十几秒后，已经分成两半的空间站再度分裂成七八片，有的裂痕直接从游客身上穿过，一个完整的躯体还来不及哼一声，转眼间就被分成数片血肉，仿佛有一个巨大的狂暴武士拿着隐形的钢刀在疯狂砍削一样。随后，是几十片，几百片，几千片……再也拼不成任何完整的形状。

这种奇特的现象持续了10分钟之久，恐怖的断裂连续发生着，包括1000多座永久建筑和4000艘大型飞船的整个空间区域，变成了亿万片飞舞的碎屑，似乎为了验证物质是否无限可分的命题一样，这些碎屑也不断破裂，直到几乎每一个原子都断裂开来。其中自然已经没有任何活物。

能够及时逃生者只有几千人,其中一个目击者说了一句后来被证实的话:"看起来破碎的不是空间站或者其他什么东西,而是空间本身。"

这恐怖的一幕,还仅仅是灾难的预演。

更大的灾难,发生在 2.5 万光年外的联邦首府——始建于银河帝国时代的天国之城。这是一座行星规模的都市,但并非一个行星,而是一个美轮美奂的人造结构,看上去像是一朵分为 7 层,包含着数百片花瓣的鲜花,每一片花瓣都有几百万平方公里的面积,并有复杂的立体结构。联邦政府是个像水晶一样玲珑剔透的光球,直径有上百公里,内部包含着 30000 个精美细致的建筑,它们天衣无缝地交织勾连在一起,构成完美的球形,悬浮在花蕊的位置。人们公认,这是整个银河系有史以来所建造的最美丽的城市,2000 亿来自 100 万个不同种族的联邦公民生活和居住在这里。这座城市不依赖任何恒星,而是围绕着银核做为期整整一个标准银河年的公转,以底部能源系统的反物质聚变供给全城的能量。

当"诱惑"在死星日鞘附近消失的同一时刻,天国之城的居民们忽然感到整个城市被血红的光芒所充满,人们抬头望去,发现一个巨大而狰狞的火海突然降临在天空上,将整个苍穹都覆盖了。骇人的日珥疯狂地喷吐着,连上面的支流都看得清清楚楚。

"诱惑"变成了"复仇女神",出现在距离天国之城只有百万公里的近处,并以大约 300 公里/秒的速度向城市俯冲下来。

很快,大地发出剧烈的震动,尖锐的警报声响起。智能监控系统感知到,天国城受到了突然出现的一个强大引力,被拉向了引力源。预计将在三个标准时后相撞。

事实上,天国城有力场防护罩以及数百个反物质发动机,如果及时打开防护罩,开动城市发动机并进入跃迁状态,是有可能逃出红矮星的魔掌的。但是这要求 5 名执政官的共同授权,而在"复仇女神"降临所造成的大混乱中,一名正在参加竞选的执政官死于人流的践踏。另一名执政官无法联系到,以致延误了逃离的最佳机会。随后,温度迅速从300K左右飙升到1000K,这超出了一大半种族的生存条件极限,几百亿既来不及穿上防护服,也来不及躲进耐高温建筑或飞行器的市民在高温中痛苦地死去,局面更加无法控制。随着温度的进一步升高,一些不耐热的建筑也纷纷倒塌或像蜡烛一样融化。

停泊在城市各处的飞行器都紧急起飞,希冀逃过这场毁天灭地的大劫。空中如同蝗灾一样布满了各式飞行器,以至于大地一片黑暗,连天上的火海也一时被遮挡住了。飞行器很快纷纷相撞,像火雨一样陨落下来,将城市砸得千疮百孔。最终,大概有100亿人成功逃生,但仅仅因为飞行器相撞而死亡的据估计就有上亿人之多。最后时刻,整座城市失重了,天与地猛地颠倒过来,万物脱离了地表,向着天上的火海"飞落"着,整座城市倒立着,向着火海深处坠去,直到化为一颗流星。而联邦政府所在的水晶球,成了率先滴向火海的、这完美城市的一滴泪水。一位目击者悲叹说:"花之天国就这样坠入了火的地狱。"

这一事件在历史上被称为"死星的复仇",但是据科学家的研究,这很可能并非那神秘力量的蓄意报复。可以确知的是,当时,某种力量在死星星系的边缘撕开了一道通向超空间的裂口,并将来犯的红矮星"吸"了进去。这道裂口与仅仅几个天文单位外的星门相互作用,导致附近的空间结构不稳,产生空间崩溃,葬送了数百万人的性命。同时,被扔进超空间的红矮星在没有引导的情况下,仍然要寻找出口,而天国城附近的星门物质能量交换最为频繁,导致能量差,因此就被吸引过去,从那里"掉"了出来。

无论真相如何,这次失败的计划几乎毁了银河联邦,在20多届政府后才恢复了生气。此后,联邦将死星附近数光年都划为禁区,不论是商业旅行,科学研究,宗教崇拜,还是旅游观光都一律禁止。再一次,死星从泛银河世界的视野中消失了,直到历史变成了传说,传说变成了神话,而神话变成了——笑话。

四

在上述事件发生后不知多少岁月，在同一个地方，宏伟的星门已经消失不见，巨大的空间裂痕也被永恒的时间之手所抚平。喧嚣归于沉寂，万有归于虚无。古代的教堂、空间站、博物馆、游乐场都已经消失得无影无踪，这里看上去只是宇宙中寻常之极的一个角落。

但此刻，一个意外的来客打破了这个空间亿万年以来的平静，一艘孤零零的飞船闯入了这片空间，并以亚光速向着死星飞驰。这是一艘相当庞大的飞船，从头到尾有10公里长，但看上去十分丑陋拙劣，像是一个顽童用一堆乱七八糟的铁皮随意拧成的模型，经过长期的太空跋涉，更是早已破烂不堪，看上去和太空垃圾没什么区别。不过，这个时代的宇宙旅行家一望可知，这是虫人的飞船。

虫人是一个新兴的种族。在百万年前才勉强登上银河世界的舞台。事实上，大部分文明种族并不承认他们有资格进入文明世界。毕竟，它们从未掌握空间跃迁技术，它们的亚光速飞船对于各大文明种族来说慢得如同低等动物的爬行。但不管怎么说，在这个文明种族衰落的时代，虫人这样的半野蛮民族则蒸蒸日上，自10万年前从第二旋臂中部发迹以来，它们一直在向四周扩张，每一世代都有不计其数的巨型飞船前往附近的各个行星系建立殖民地。虫人的繁殖能力极为惊人，在几千年内，一个行星系就能达到饱和的状态，不得不将那些年轻人打发出去再次寻找新的殖民地。这种指数增长模式使得虫人已经成为几十万个星系的主人，并且对另外几百万个星系虎视眈眈。这简直是一场银河范围内的大蝗灾。有人开玩笑说，按照这个速度，再给虫人几十万年时间，他们能占领整个宇宙，除非某个强大的文明种族看不下去，开展全银河系内的除虫运动灭绝它们。但虫人们也乖巧地不去触动那些古老文明种族的固有地盘，反正除此之外的空闲星系还有很多。

这个挂在第二旋臂的一个支旋臂末端的小小星系，显然就是这一拨虫人的下一个殖民目标。

此时，在飞船上，侍卫官黑背正和年轻的虫后——这一批虫人的最高首领——结束了一轮激烈的肉体欢爱，依偎在窗前，用精巧的复眼一起凝望那颗刚刚显出些许轮廓的小小恒星，虫人们称之为"希望之星"。

"小子，你的功夫还不错，"虫后慵懒地说，"这回本宫估计可以下200个卵了。"

"陛下，等到您诞育御卵的时候，应该已经在希望之星的阳光下，在某个行星的平原上安置王廷了。"

"嗯，不过还得解决吃饭问题。要是那个行星上还有碳基生物就好了，我们也不用自己去搞什么合成工厂、速成作物了，可以直接捉来饱餐一顿。"虫人是一种特殊的碳基种族，它们的强大消化能力几乎可以将一切碳基生物变成自己的营养。据说这10万年来他们吃绝过3万个星球上300亿种生物。

提到生物，黑背忽然不说话，触角纠缠着，不自觉地做出了深思的表情。

"怎么，你还在想那个这个星系有禁制的传说？"

"是的，陛下，虽然是无稽之谈，但臣总是担心万一是真的，那么我们恐怕——"

"可是我们出发前已经咨询过好几个古老文明种族的大使，他们说这些只是可笑的传说和迷信。"

"这些人可能不怀好意，陛下。他们说不定想让我们去做实验品。"

虫后不悦起来："这些不都说过很多遍了吗？这是个不得已的目标，附近的星系要么已经被其他文明种族占据，要么已经被其他虫人殖民，我们已经没有选择。"

"是的，陛下，但是恰恰是这一点让臣奇怪。我们虫人的殖民大军在50000年前就已经来到了这片星区，并且在其中数个星系殖民。几百代人的时间，周围能殖民的行星系几乎都被我们占光了，但为什么50000年来从来没有虫人入主过这个星系呢？我们虫人并不以历史记载见长，但是在臣查到的有限的记录中也已经有3次，我们种族的先驱企图征服这个星系，却一去再也没有消息。"

"你可能想多了，侍卫官。我们虫人的科技不发达，每次跨星系远航至少

213

有30%的事故率，这并不奇怪。我们出发的故乡星球，也是经过好几次失败的尝试才最终征服的。"

"但愿如陛下所言。"

一阵沉默后，虫后说："侍卫官，有一件事情本宫可以老实告诉你，事实上在出发时，那个传说也是本宫选择这个星系的原因之一。只是怕节外生枝，所以没有明说。"

黑背做了个表示诧异的触角势。

"本宫并不完全相信这些说法，但说不定有一些根据。毕竟那些古老种族占领过的星系，比咱们见过的还多呢。本宫怀疑这个行星系很可能是某个非常非常古老的文明种族的隐居之地，因此下了禁制，不允许其他种族进入。"

"陛下，您真的这么认为？"黑背惊恐地说，"那些古老种族可不是我们惹得起的。它们虽然对于征服宇宙早就失去了兴趣，但是不代表它们没有这样的力量。如果我们贸然闯入他们的地盘……大虫神啊！"

虫后微微一笑："侍卫官，何必这么慌张呢？为了整个种族的繁荣，我们虫人从来不在乎自己的区区性命。假设真有隐居种族的存在，经过几十亿年的时光，它们可能也早已飞升到传说中的另一个空间去了。这次如果失败，我们最多搭上自己的小命，损失几万人而已；但是如果成功，我们可能获得一个科技和文明的大宝库，从此一劳永逸改变虫人因为科技落后而被人鄙视、任人宰割的命运，我虫族也可不受他人的白眼，自此屹立于宇宙高级种族之林了。"

"说得对，陛下，就是死也没什么好怕的，"黑背苦笑着说，"至少臣，那是一点也不用怕了。"

虫后妩媚地看了他一眼，轻轻地张开口器，伸出管状的舌头与他长吻着。黑背幸福地颤抖着，一会儿便将脑袋深深地伸进虫后那硕大的口器中，虫后将大颚与小颚合拢，"咯吱咯吱"几声就把黑背的脑袋咬了下来，咀嚼着吞进了肚里，黑背的身躯倒在地板上，体液从颈部喷了出来，12条腿还在一伸一缩。

半个时辰后，黑背的整个身体都进了虫后的肚子，爱侣的血肉将成为供应给自己孩子的养料。三个多月后,孩子们就会出世。在新行星的大地上,捕食着本土的小爬虫小飞虫们,茁壮成长,一代又一代……虫后望着舷窗外的星空,心中充满了温柔之意。

呼叫器里传来的复杂气味打断了她的遐思:"启禀陛下,我们即将进入该恒星的日鞘层。"

虫后紧张了起来,按照古老的传说,如果该星系有什么禁制系统的话,那么很可能就在这里。她想了想,命令飞船降低速度,然后卧进了一个特殊的凹槽里,并用头顶的触须按了凹槽侧面的几个键,很快,她就被传送入了一艘救生艇中。万一发生什么事故,她也许可以及时逃生。虫后闭上了眼睛,等待着命运的安排。

飞船进入了日鞘。

一秒钟,两秒钟……差不多一分钟过去了,什么也没有发生。虫后不禁松了一口气,笑话自己如此沉不住气,准备从救生艇中出来,回到卧室中去。

就在这个时候,事故发生了。虫后忽然感到一阵晕眩,似乎有某种来自三维空间之外的巨大的震荡掠过了整艘飞船。随后信息传感器中传来表示危险的气味,驾驶员手忙脚乱地报告了几句,随即在虫人的一片慌乱中,飞船的核反应堆爆炸了,转瞬间,飞船内的一切都在毁灭性的高温和辐射中汽化。

唯一的例外是虫后。她在得知警报后,立刻发射出救生艇,及时脱离了母船。这艘小艇是由一种特殊的材料制成,原料是一种甲虫的壳,而用的也是极为古老的化学推进方法,燃料居然是虫人所蓄养的一种巨虫的粪便,能量反应非常低。或许因为这个原因,她竟逃过了那无所不在的神秘禁制力量,成为数十个银河年以来,成功闯入这个神秘星系的第一个来客。当然,她自己对此一无所知。

星海之中,孤独逃生的虫后感到腹中小生命的悸动,一个多月后,200个孩子就要出世,她必须及时找到能够栖身的星球。一个个巨大的气态行星带着一串串千姿百态的卫星从舷窗外掠过,虫后都不感兴趣。救生艇上除了一些干粮,没有任何用来建设殖民地的物资,她必须找到一个本身有碳基生命的星球,才能够活下来。

一个月后,虫后终于见到了那颗蔚蓝色的行星,那个她梦寐以求的目的地。

在蓝色行星上,某个大陆的丘陵地带,日落时分,漫山遍野的蕨类植物正在夕照中摇曳。一块树干大小的子弹型物体从天而降,落在地上,砸出一个深坑,此后陷入了长久的寂静。

太阳在地平线下消失之后,繁星初现时,舱门终于打开,刚刚苏醒的虫后踉跄着爬了出来。不知怎么,她在降落的那一刻忽然失去了一切意识,昏厥了过去,无法再操纵飞船,导致飞船几乎坠毁。

"还没有完,只要我的孩子们能出世……"虫后虽然已经在坠落中身受重伤,意识模糊,却仍然坚持着想。她爬出舱外,尝试着用皮肤吸了一口气。令她欣喜的是,这个星球上的空气中含有一定的氧分,虽然稀薄得令她难受,但无疑可以呼吸。

虫后的12条腿断了7条,爬了几步以后便无力再移动,只能平躺在地上,感受着腹中的悸动。她知道自己快死了,但几个小时后,孩子们就要出世了。孩子们出世后,以她的尸体为食物,将获得第一份养料,随后,他们总能在这个食物丰富的星球上活下去,繁衍后代,占领这个星球。

"我们虫人……什么都能吃……孩子们……一定能活下去的……"虫后意识模糊地想。

一阵地动山摇的脚步声打断了她朦胧的思绪,虫后扭过头去,惊恐地发现一群巨大的四足爬行动物迈着沉重的步子,向她的方向走了过来。虫后刚刚挣扎着滚到一块岩石后面里,一个比她身体还大的脚掌就踏在了她刚才躺着的地方。然后一条颀长的脖颈伸了过来,一个和那硕大身躯毫不相称的小脑袋好奇地盯着她看了一会儿。

虫后这才发现自己的处境:在这个神秘的星球上,她看上去并不处于食物链的顶端。

好在这小头的巨怪对她没什么兴趣,很快就扭过了头,自顾自地吃起了高大的蕨类植物的枝叶，显然是植食动物。

不久，那群巨怪就去别处觅食了。虫后刚刚松了一口气，又被背后的一阵窸窸窣窣声所惊动，她扭过脑袋，复眼中就看到一只覆盖着鳞片、五彩斑斓、比她自己略大一点的四足长吻兽饶有兴味地盯着她，似乎随时可能扑过来。

如果有任何虫人文明的武器在手，虫后都能在瞬间把这只蠢兽轰成渣。但她手头却什么也没有，虫后只能摩擦着发音器，发出尖锐的威胁声，并挥舞着两只还能活动的上肢进行恐吓，但看来没什么效用。那怪物吐着舌信，一步步逼近，很快离虫后只有不到半个身体的距离了。它张开嘴巴，露出了满嘴的獠牙，然后扑了上来。

就在这时，虫后在绝望中猛地张开了受伤的翅膀，体积一下膨胀大了三倍，居然扑腾着飞了起来。怪物没想到眼前这只大虫子还会飞行，这回被吓坏了，扭头一溜烟地跑了。虫后挣扎着想要飞到一个安全的地方，但是刚扇动了几下翅膀就掉了下来，这个星球上的空气还是比母星稀薄很多，成分也不同，无法承载它的身体。

精疲力竭的虫后躺在地上，仰望着陌生的星空，分不清楚自己的母星在哪里。在遥远的宇宙中，她的同胞们在万千星球间往来，但是没有人会来救她。这个行星系好像一个巨大的黑洞，将它自身和文明世界分开，在黑洞中所发生的一切，在外面的人看不到，也听不到。

虫后熬到了第二天的黎明，看到了自己的种族称为"希望之星"的那颗恒星第一次在自己梦中的行星表面上升起。日出后不久，虫后就感到腹中一阵悸动，孩子们要出来了。但不知什么时候起，她发现自己身边已经围了一圈奇怪的小蜥蜴，它们虽然都有四肢，但是却只用后足站立，颀长的脖颈撑起了灵活的小脑袋，弹来跳去十分灵活，并且都用垂涎三尺的目光盯着她肥大的肚子。

虫后几次发出威吓的声音和动作想把它们吓退，但是一次比一次微弱。它们围成了一圈，偶尔发出"吱吱"的叫声，对虫后蠕动的腹部非常感兴趣。终于，从虫后的腹孔中，一只几厘米长的小虫人钻了出来，好奇地盯着外面的世界。

就在这时候，一只胆大的小蜥蜴跳上了她的腹部，一口叼起了虫后的第一个孩子，仰头吞了下去。虫后发出了疯狂的嘶吼，但是尝到甜头的小蜥蜴们已经不把她的警告当回事了。更多的小蜥蜴跳到她身上，用嘴咬开了她的肚皮，黑黄色的内脏和白花花的卵流了一地。小家伙们发出兴奋的声音一拥而上，低头大嚼了起来——一切都完了。

在可恶的小爬虫们啃掉她的脑袋之前，虫后还一直活着，睁着眼睛瞪视着初上天穹的死星。现在，所有的希望已经破灭，她脑中只有一个最后的问题：在这个神秘的星系中，在这个古怪的星球上，究竟隐藏着怎样的秘密？

无论如何，她永远也不可能知道了。

五

亿万年的时光悠然流逝。在数不清的世代中，新的银河国家出现了，又很快消失得无影无踪。一个个新的种族从时间洪流中涌现出来，登上泛银河世界的历史舞台，又以同样的速度离开。苍茫寰宇，并无新事。

然而，在看似纷扰无常的变易中，一个历史性的趋势逐渐显明：泛银河世界日益趋向衰落。旧日的文明体系一个个衰亡或消失，而新的智慧种族越来越少，其成就也无法攀登到过去的高峰，古代那种可以称雄整个银河系数千万年的伟大文明早已不复再现，往往在几万年甚至更短的时间里，一个新兴的文明种族，或许还来不及跨出自己所在的旋臂，就消失不见了。

那上古的"死星"索莱斯，在最近的几千万年中，已经无人骚扰。在蔚蓝色行星上，盛极一时的巨大爬虫类消逝了，将生存空间让给另一种小得多的、用乳汁哺育后代的胎盘动物。它们很快繁荣起来，占据了天上、地下和海里的生态位的各个角落，万物来来去去，生命按照既定的速率进化着。

终于，在某块大陆的一条大裂谷中，有一些灵活的猴子从树上下来，学会了直立行走。他们发明了语言，制造了工具，学会了用火，顺便也褪去了一身的皮毛。不久，这些裸猿们从裂谷出来，很快散布到这个星球的各个大陆上。一个个狩猎-采集部落操着日益分化的语言，在森林和草原上东飘西荡，最初的礼仪、伦理、宗教、犯罪和战争也随之诞生。当泛银河世界日益萧条冷清之时，这颗小小的星球却变得史无前例地喧闹起来。

就在这一时期，泛银河世界走完了漫长的衰落之途，陷入了彻底的沉寂。在整个银河系中，在10万光年的尺度上，除了蓝星上刚刚学会仰望星空的裸猿之外，再也没有任何智慧生命存在的迹象。不知为何，一切生命的痕迹都已经消失，一切文明都归于寂灭。诚然，许多城市的建筑仍然存在，无数的飞行器仍在太空漂泊，但是其中再没有任何生灵活动。只有冷冷的星光还在照亮着这些昔日世界的遗迹，若干亿万年前发出的电磁波还在无尽的空间中飞奔着，向那光锥之外的广阔宇宙宣读那早已境过时迁的信息。

过去的事，无人纪念，将来的事，后人也不会追忆。

但宇宙的奇特沉寂似乎比蓝星上的喧嚣与骚动更加意味深长。在千万年的沉寂中，似乎有某种东西，某种超出银河文明能够理解的东西，正在耐心地等待着……

等待着最佳的时机……

某一个平平无奇的时刻，这时机终于来了。猛然间，整个银河系似乎都被某种东西震荡了一下。突如其来地，似乎在星系"上面"的另一个空间，一个巨大的水坝打开了，无穷无尽的神秘之水流溢了出来，将银河系的千亿颗恒星都淹没在无边的神秘海之中。这种无限充沛的力量和智慧，这个星系之前还从未感受到。

几乎不需要花费任何时间，那无限的神秘之水就从整个星系汇聚到了一点：离死星大约一光年外的彗星云层中。在那里，它将整个星系的一切都收入其神识之中。刹那间，那远古的神祇在日鞘处所安排的各种监察系统、防护体系和空间陷阱都落入这一意识之中，被一一破解。守护了亿万年的秘密已经不复存在，神识在自我满足的愉悦中发出了一个指令。转瞬间，神识的洪流已经穿过了一光年的距离，来到了死星星系不可侵犯的内部，并将那蔚蓝色行星包裹在它的意识之海中。

"银河系最神秘的禁地，我终于来到了这里。"那神识开始自言自语，又像是在对某个对象说话。这伟大的独白突破了时空的限制，在泛银河世界每一个角落里回响着，却无人去聆听。

"在20多个银河年的洪荒岁月里，这个小小的蓝色星球，是银河系中最大的秘密。从没有任何力量能接近它，了解它，研究它，征服它。多少商船在这里消失不见，多少战舰在这里折戟沉沙，多少次各个政府和私人的探险队一去不返。这远古以来的禁制，从来没有任何文明民族能够了解和打破。是怎样的大能，布下了这样威力无边的防护系统？是怎样的智慧，可以轻易挫败任何智慧种族的进犯？是怎样的耐心，花费不可思议的漫长岁月，守护着这小小的星球？"

"这一切只有您能做到，啊！伟大的神。神啊，我向您致敬。"

"我曾被称为沙人，是这个星系除了您之外最古老的文明。20多个银河年外，我们沙人一度是整个星系的主宰。整整一个银河年之久，我们都是这个星系当之无愧的主人。从我们自身的上古时代起，就知道了死星索莱斯和它的禁制，古人曾把它记载在宗教经典里，一代代人对此尊奉不疑，我们知道这是我们无法逾越的伟力，绝不敢触犯。我们崇拜您，神啊，您是我们唯一知道的，超越我们自身的力量，虽然对您，我们仍然一无所知。"

"但神啊，从那遥远的时代起，我们的心中就播下了挑战您的种子。战胜最高神明的梦想，从未在沙人的意识中消失。在我们文明的鼎盛时期，我们终于敢于违抗圣书的旨意，发动了渎神的战争，我们一度收集了上百颗恒星的能量，疯狂地轰击着这个星系；又将银核中的超级黑洞搬运到死星附近，妄图能将它及其行星都吸进那无底深渊；还制造了恒星规模的反物质炸弹，其湮灭反应足以毁灭半个银河系。但我们的狂妄进攻，在您的大能下，瞬间便灰飞烟灭，在死星星系上连一丝涟漪都没有留下。那一刻我们才了解，在您的力量面前，我们的一切成就都像虫豸一样微不足道。"

"您的伟大典范教导了我们。外在的权柄毫无意义,唯有提升内在的力量才能获得不朽。随着时间的流逝,我们逐渐厌倦了在宇宙中的殖民扩张,而将注意力转向自己的内心。终于有一天,我们停止了一切征服宇宙的尝试,而将全部的精力用来沟通彼此的心灵,每一个心灵对他人来说,都是一个新的宇宙,每一次心灵的交融,都相当于一次文明的提升。而当我们将所有的沙人心灵都合为一个个体的时候,我们相信,自己终于跨入了神的行列。我们——不,'我'再也不需要肉体,就能够以纯粹意识的形式从星系的一端飞跃到另一端。我用意识拥抱着整个银河系。"

"在这次飞跃之后,我花了十来个银河年冥思这个宇宙的奥秘,来提升自己的心灵,这几乎是无限漫长的岁月,但对思维的心灵来说,又仅仅是一瞬间。终于有一天,我明白了这个宇宙最深层的奥秘,也明白了诸神创造沙人的目的。我的存在,就是为了将整个星系的生命,所有智慧的和原始的意识,都融为一体。当这一崇高的目的最终达到时,银河系本身将成为一个智慧生命。我就将成为它的意识本身,从此直到永远。"

"领悟到这一切之后,我在这个银河系中伸出意识的触手,去拥抱一个个文明,让它们和我融为一体,成为我的一部分。请不要误解,神啊,这一切完全出于自愿,毫无强迫,当一个文明发展到一定阶段,就会接触到我的意识,他们将我视为神明,而诚惶诚恐地愿意侍奉我,和我融合。没有任何毁灭,没有任何死亡。每一个文明中的每一个生命都在我之中。他们只是一时失去了意识,而当他们醒来的时候,他们就会发现自己已经成了'我'。我就是一切,一切也就是我。"

"历经亿万年的光阴,一切的文明已经和我融合,一切的意识融汇为一点。我不再是沙人,也不仅仅是单个沙人的融合体,我是4237629个文明种族的总和与凝聚,是25个银河年的岁月结晶,甚至可以说我是这个银河系的意识本身,只除了你,神秘的神啊。最后,我终于来到你面前,在20个银河年之后,我仍将和你做最后的对决。我要深入你深藏的内心,了解你至深的奥秘,最后和你融为一体。请允许我这样的僭越，神啊。"

在完成了这一系列的自白和宣言之后，银河系的至高神识静静地等待着回复。但回复它的，只有一片寂静。纵然将神识蔓延到千万光年外，甚至超空间中，也一无所获。

神识微微波动着，在无边智慧的思维场中，泛起自嘲的波纹。

"果然如此。正如我所预料的，远古的神族早已死去，留下的只是无意识的自动防卫系统而已。这是一场根本不用打就已经胜利了的战争。"

"但是，防卫这个小小的星系，更确切地说，是这颗小小的蓝色行星，有什么意义呢？这里的生命，看上去平平无奇……无论如何，这个秘密我很快就会知晓。"

神识将无数的触角伸向这个行星，想要探索那古神最后保守的秘密。但却被一道无意识的深渊所隔开，根本无法触碰到数万公里之下行星的表面。

"原来如此。"神识释然地明白，"古神的最后一道禁制，超波屏障。"

"不久之前，我还无法对付这种超级技术。然而现在，一切早已不是问题。本质上，无非是用紊乱的超波干扰有秩序的意识波流。找到干扰源，一切就迎刃而解了。"

神识冷笑着，略微探索了一下，便在十一维空间中找到了超波的来源，并轻轻一划，将其抹平。牢不可摧的意识屏障消失了，现在，这颗行星对它已经完全开放了。

神识志得意满，向着小小的行星沉降了下去。几乎不需要任何时间，它就能将这个行星上一切意识都掌握在手中，让它们和自己融为一体。这是它早已反复操练过几百万次的。

然而，什么也没有发生。

当神识从兴奋中回过神来时，发现自己仍然在"沉降"的过程中，却几乎一丝一毫也没有移动。它诧异地又做了一次尝试，结果依然如故。觉察到不可测危险的神识立刻想从中抽身出来，在刹那间瞬移到银河的另一边去，可是仍然无用，它根本无法改变自身的任何状态。一切都"僵住了"。

神识很快察觉到了问题所在：僵住的不是别的什么，而是时间本身。

更确切地说，是时间对它僵住了，它那无限丰富而迅捷的思维被禁锢在了一个几乎无限小的时间缝隙里。那可以毁灭星系的伟大力量，都因为依赖于时间的维度而无法施展。

超空间跃迁，微空间变形，不连续时空转移……一切的尝试都归于失败，整整10亿年以来，神识第一次感觉到了"愤怒"。不久又感受到了"恐惧""无奈"和"绝望"。经过数十亿年的岁月，它在那神秘对手面前，还是无力得有如婴孩。不知所措的它甚至发出了惊惶的乞求，却得不到任何回应。

然而不久后，"信心"拯救了它：神识相信自己拥有无限的生命，它可以等下去。真正的决战尚未开始，它要平心静气，在未来和神的对决中积蓄力量，准备反击。它将自己的意识活动降低到最低状态，耐心地等待着时间禁锢的失效。对于这种休眠状态来说，亿万年的岁月，也不过是一霎而已。

神识的估计没有错，它的煎熬并不是无限的，而只经验了一段"有限"的时间。

但这段主观体验中的时间，漫长得连拥有数十亿年生命的神识都无法想象。如果将那段时间比作漫长一生的话，那么将那数百万文明中的数万亿个个体的心灵曾经体验的全部时间加起来，也仅仅等于这一生中的一秒钟，甚至更短。

即使是伟大的银河之神识，也无法承受如此漫长的等待。在无穷无尽的等待中，它终于崩溃了，麻木了，忘却了……

当时间禁锢终于消失，那伟大神识最终接触到蓝星的地表时，它已经丧失了一切的记忆、智慧和雄心。事实上，时间的流逝还不到一秒钟。而银河所产生的最伟大力量却已经支离破碎，再也产生不了任何威胁。

那一刻，沧海桑田。

不知什么时候，周围起伏的生命场让这曾经主宰银河的神识微微醒来，在模糊的知觉里，它用尽最后一丝力量抓住了附近一个原始的意识，想要吞并它来恢复自己。但神识忘记了，自己早已孱弱到了极点，这种举动和自杀毫无区别。

两种意识甫一融合，神识那脆弱的信息场就被野蛮而强健的原始思维所摧毁。转瞬间，这个曾经是银河系中最强大的力量，就被吸纳进了那懵懵懂懂的原始意识中。

在一个人人披着兽皮、拿着石斧的狩猎小队里，一个青年猎人忽然停下了脚步，捂住了头，神色痛苦而茫然。

"你怎么了，罕？"同伴诧异地问道。

罕迷惘地抬起头，努力思索着，望着天空。

"没啥，就是有点头晕。走吧。"他最终说，大步流星跟上了队伍。

在罕以后的生活中。他添了一种奇怪的毛病，有时候会望着星空发愣，说些自己也不明白是什么意思的话。

"好像俺前世生活在天河上面，曾经活过好多好多辈子。从一颗星星飞到另一颗星星……"他有一次发傻说。村里的巫师以为他要抢自己的饭碗，于是宣称他中了邪，绑起来狠狠鞭打了一顿，打得他连连求饶作罢，从此他多了一个绰号："天上来的罕"。这个绰号相伴了他终生。

不过在他以后30多年的生活中，他先后娶了3个老婆，生了5个儿子和4个女儿，生活宁静而幸福。罕50多岁的时候，在一次狩猎中，因被一头豹子咬伤而突然去世，这是一个猎手光荣的归宿。家人们带着平静的悲伤埋葬了他——以及整个银河系400万个种族50亿年的光荣与梦想。

六

1.9万个蓝星年过去了。行星的表面发生了翻天覆地的变化，首先出现的是农业，昔日覆盖大部分陆地的森林相继为整齐划一的农田所替代，随后一座座城市拔地而起，一条条道路贯穿大陆，一支支船队扬帆四海。不久，烟囱林立、黑烟缭绕的工厂也一片片兴建起来。火车、轮船、飞机等迅捷的交通工具也像雨后春笋一样冒了出来。然后，在几次覆盖行星表面的血腥战争后，蓝星人将注意力转向了太空。继发射了人造卫星后，他们一鼓作气在近地轨道上建立了空间站，并登上了38万公里外蓝星唯一的卫星。

蓝星文明产生和发展的历史岁月，在泛银河世界中实在短暂得可怜。还不够蜉蝣一般的红超巨星一呼吸的时间。如果将泛银河世界历史上的诸伟大文明比作成人，那么蓝星文明连婴儿都算不上，充其量是刚刚形成的胚胎。但所有昔日的文明种族都已经沉寂，泛银河世界已成为无人记忆的往事。这些年来，在银河系的各个角落，又有几百个新的智慧种族进入了初级文明，挣扎着飞出了自己的行星。他们对过去的几十个银河年的往事一无所知，只是满怀雄心壮志，要去征服万千星河，探索宇宙最深的奥秘。蓝星人也是其中之一。他们浑然不知自己曾是这个恒星系最受人关注的存在，只是对外部世界充满了好奇，正如外部世界曾对他们充满了好奇一样。

蓝星历2075年初夏，整个蓝星都把目光凝聚在近地轨道的一个闪烁的光点上：这个星球上的第一艘载人恒星际飞船，质量达1.3万吨的"星火号"已经在太空站组装完成，将在今天出发，带着11名宇航员，飞出这个行星系。它带着一个近10万平方米的太阳帆，将借助死星的光压和各大行星的引力加速，最终以3%的光速飞向距离蓝星12光年的一颗恒星，并在400多年后到达那里——已经探明，这颗恒星带有数个和蓝星相似的行星，很可能有生命的存在。在这400年的旅途中，11名宇航员将进入冬眠，直到进入目标星系才会被唤醒。他们将在那里根据具体情况，进行若干年的探测并补充燃料，然后又踏上400年的归途，在八个半世纪后才会回到家乡蓝星。

这个宇航计划是星球上的一个刚刚复兴的古老大国所开展的。它曾在全国范围内引起了巨大的争议，耗费数千亿的资金，却至少要等到400多年后才可能看到结果，看上去缺乏实用意义。何况人类几乎肯定会在接下去的几个世纪中造出更新更快的飞船，可能只要几十年就能到达目的地，那么之前的400年远航就更是毫无意义了。反对意见一度占据了上风。对这个计划来说，幸运的是，一位名人的一句话拯救了这个计划，他说："宇宙召唤着我们。我们不能等到一切都准备好了才开始，否则我们永远也不会开始，现在，就必须开始！"

打动人们的并不是这句话的逻辑力量，而是说话的人。他是在全国家喻户晓的一位科幻作家，他的作品风靡全国并被改编成多部电影。他的支持扭转了舆论，点燃了埋藏在这个国度心灵深处的探索激情，为太空计划争取了近亿名支持者。于是一切在艰难中起步了，在20多年的筹备后，终于，星火号吐着光焰，载着11名宇航员，飞向人类从来未曾涉足过的宇宙深处。50亿人通过全球直播观看了人类第一次飞向外星系的壮举，整个星球为之欢呼。

日落时分，在一座海滨城市的假日海滩上，许多人伸长脖颈看着天空：根据计算，星火号将在出发后10分钟经过这座城市的上空。很快有人看到了飞船的踪影——一个移动的闪烁光点——并兴奋地指点给身边的同伴，人群一下子沸腾起来，向着天空招手欢呼。安在周围的摄像机将他们的动作拍下来，通过无线电波传到飞船上，宇航员们也亲切地挥手致意，向同胞们问好，这些画面又随着无线电波传回到大地，显示在海滩旁竖立的电子屏幕上。

在离喧闹的人群几百米外，一个容貌普通的中年男人躺在海滩上，仰望着在天上移动的飞船，神情恍惚，似乎陷入了沉思之中。

"嗨，帅哥，在想什么呢？"一个娇柔的声音打断了他的遐思，男人回过头，看到一个金发碧眼的泳装女郎走到他身边，半蹲下来，亲昵地拍了拍他的肩膀。丰满的胸部几乎要碰到男人的脑袋。

中年男人略微一怔，但目光一闪，已经认出了对方，扬了扬眉毛说："凯蒂，是什么风把你吹来了？"

"来看看老朋友不行吗？张，你可说过，随时欢迎我的。"

"当然欢迎了，不过没想到你是……这身打扮，真是诱使男人犯罪。"张打量着她。

女郎咯咯笑着："你想做点什么吗？我随便啊。你知道我很喜欢跨种族性爱的哦。"

张耸了耸肩："得了吧，凯蒂，咱们又不是没试过，那滋味可不好受。"他上身坐起来，指着身边的一瓶啤酒，对女郎说："来点吗？"

"免了吧，"女郎忙摆手，"你们碳基生物们的饮料我是永远无福消受的。"

张笑了笑，自顾自地斟了一杯酒，一饮而尽，说："是长老会让你来的吧。"

"张，他们需要你。特别是需要知道研究的进展。你也知道，时间不多了。"

"我知道，我很快会回去向他们报告的。实际上，我打算明天——就是这颗恒星（他指了指落日）再度升起后，就动身。"

"这么快？我以为你还会在这个星系再待一段时间呢。"女郎有些诧异地说。

"没必要，我要做的都已经做完了，一切已经结束了。今天，是我留在这里的最后一天。"

女郎在他的身边坐下来，说："是吗？让我猜猜，是不是和那艘原始飞船有关？"

张没有正面回答，又倒了一杯酒，饮了一口后才慢慢说："凯蒂，我们认识也有上百亿年吧？我从来没有向任何人说过我的过去。你想听吗？"

"我也没有说过我的过去啊，"凯蒂咯咯笑着说，"今天我也可以告诉你这个秘密，要不要听？"

"好啊，那你先说吧。"张笑着说。

"我诞生在一片星系间的冰冷云团里，在纯能化之前，我的躯体是一种八足三头的硅基节肢虫，要多丑有多丑。而且没有智力。说白了，我们根本不是一个智慧种族。"

"没有智力？开玩笑。你为长老会解决了10多个重大的基本数学问题！"张有些惊讶。

"真的，"女郎叹息着说，"我的种族没有自身的智力。但有一种奇特的学习能力，能够迅速模仿其他种族的思维方式。也就是说，当没有文明种族来造访我们的时候，我们只是一群低等动物，当有外星球的客人来的时候，我们就能迅速获得和他们一样的思维能力。"

"是吗，你的种族真是不可思议。"张赞叹说，"不过这也没什么啊。"

"是啊，本来是让人羞耻的过去，不过纯能化以后，这些都意义不大了。"凯蒂说，"我想你的过去肯定更有意思一点。"

"多谢你分享你的秘密，"张笑着说，"其实我的过去也很简单……某种意义上，我的过去，就在这里。"

"你不说我也能猜到一些，"女郎说，并指了指周围的人群，"这些就是你曾经的世界，你曾经的星球，你曾经的同胞。至少看上去是如此。"

"哦？你怎么知道的？"张有些讶异，"上次你来的时候，这个星球上没有出现多细胞生命呢。"

"这也并不难猜，"凯蒂微笑着说，"80多亿年之前，你看中了宇宙中这个最偏僻的星系，将它当成后花园。一次次摆弄调理它的形状，直到让你满意为止。然后你从这里的一片星云中培育出了一颗恒星，位置、直径、质量、光度等参量都精心设计，并且创造了若干颗行星，每个行星的大小、结构和轨道都有精确的安排，仿佛是依据一个样板来的一样。然后你设下层层禁制，不允许这个星系中的任何力量接近这个行星系，特别是这颗蓝星。

"虽然整个宇宙中没有人知道你在这个行星系里做什么——长老会的人也不便过问——但一定和这颗行星上的生命有关。我想你也精心设计了这个星球上的生命体系，并且安排好了特定的进化路线。为的就是进化出这些无毛两足动物，你昔日的同胞。"

"没错，"张说，"不过你怎么能看出来这些人是我的同胞？"

"我们可有几十个银河年都在一起共事，不要忘记我能学到你的思维方式。这些年你变换过亿万种三维形象，大概只有两三次是以这种生物的形象出现的。但你知道我为什么对这个形象印象尤其深刻吗？因为每次当你以这种形象出现的时候，都是特别庄重或者肃穆的场合。所以我猜到，这大概就是你本来的自己。这次来到你的后花园，看到了这个和当初你一样的种族，更让我彻底明白，为什么你如此偏爱这个小小的星系。你……是在复制自己的故乡吗？"凯蒂说。

"没想到你是我的知己，"张沉默了一会儿后说，"你猜得不错，我出生的那个世界和这个世界的这个时代十分类似。我的同胞们逐渐从蒙昧的时代觉醒，科学和技术进入了突飞猛进的时期。人类刚刚迈向太空，但绝大多数人还生活在行星表面，我们的生命短暂得像 μ 子的半衰期，从来也不敢梦想自己有朝一日能永生不死，在群星间往来。"

此时，太阳已经落下去了，在深蓝的夜幕之上，夏夜的群星初上，熠熠发光，组成各种美丽的形状。

"看这些星星，"张微有酒意，说，"我特意将它们安排成和故乡所能看到的一样的形状，每次看到都让我想起童年。可惜这个世界的人类给起了一些稀奇古怪的星座名称，全给糟蹋了……当我还是一个孩子的时候，就拿着粗陋的望远镜，仰望着星空，渴望着有朝一日能够在群星间翱翔。后来，对宇宙的兴趣让我成了一名天体物理学家，可以研究群星的秘密。可是我仍然在大地上，过着普通人的日子。"

"就在我找到了未婚妻——就是共同抚育后代的家庭配偶——并打算结婚的时候，一个星际探险的计划正式展开了。听到消息后，我的血液都要沸腾了，觉得终于找到了人生的目标。立刻去报了名，并且顺利入选。为此，我和家人、朋友、未婚妻都闹翻了。但我毫不后悔，毅然决然地踏上了飞向星际的征途。"

"就这样我离开了故乡，第一次进入太空，看到了自己居住了 20 多年的大地变成一个蔚蓝色的球体，然后越来越小，变成一个蓝色的光点，最后消失在视野中。随后我冬眠了 5 个世纪，当我醒来的时候，发现航行出了意外，飞船发生了机械故障，大多数船员的冬眠器损毁，他们都死了。活着到达目的地的，只有我和另外一个宇航员。幸运的是，这里居住着一个文明高度发达的智慧种族。他们友好地接待了我们，并且教给我们许多先进的技术，譬如生命无限延续和超空间跃迁的能力。从他们那里，我们第一次听说有泛银河文明的存在。"

"10 多年后，我们驾驶着改装后的飞船满载而归，并且通过瞬间的跃迁，比预定时间提前了 5 个世纪回到故乡。但是我们看到——我永远不会忘记那恐怖的一刻——那蔚蓝色的故乡已经不复存在，取而代之的是一个破碎的半球，熔岩覆盖着大地，周边还围绕着一个由喷射到太空中的地幔物质形成的环。一切文明——不，生命的迹象都已经消失。其他各大行星也都七零八落，面目全非。从某个人类太空站残留的信息中，我们才知道，在两个世纪前，有一个野蛮种族的殖民舰队来到这里，把所有的行星都掠夺了一遍。我们的故乡星球尝试进行抵抗，结果在瞬间被摧毁了。"

"我很为你难过。"

"这其实也不是什么稀奇的事，"张叹息说，"根据统计，在任何一个银河里，一个有生命的星球能够不受干扰地产生出星际级文明的概率只有0.9%，绝大多数都因为各种自然或人为的原因被扼杀了。只是我的同伴无法接受这一事实，不久后就自杀身亡。我也几乎要发疯，险些走上同样的道路，只有复仇的念头让我坚持活了下去。我携带着飞船上保留下来的有关故乡的全部信息，回到了那个外星文明种族那里，他们收容了我。我在那里居住了几个世纪，如饥似渴地学习各种知识和技术。后来，我跟着另一个文明种族的大使，去了星系另外一头游历了10万年。从此，我就在整个星系中过着游荡的生活，从银盘的一边到另一边，有时在一个原始星球上茹毛饮血地住几千年，有时又跟着某条舰队闯荡未知的旋臂。从程序员到行吟诗人，从国家元首到星际海盗，我通通都当过。"

"但是我再也没回过自己的故乡，我不敢再见到那惨绝人寰的景象。100万年后，我最终找到了曾经毁灭我的故乡的罪魁祸首，但那个种族早已经灭绝多年了，复仇自然不可能了。我不知道自己还能做些什么。生活令我厌倦，我尝试着融合进其他种族的意识中忘却自身，但几百万年后又脱离出来。我始终无法摆脱记忆的纠缠，于是我最终决定尽一切努力，让那古老的故乡重新复活，如果不能复活，就创造一个新的故乡。"

"我走遍了整个星系，访问了千万个伟大的文明，但是没有任何智慧和力量能做到这一点。于是最终我飞出自己的银河，去访问宇宙中亿万个其他的银河，那时候我根本不知道中央世界的存在。在一堆蚂蚁窝之间转悠，还傻乎乎地以为在遍游宇宙,真是井底之蛙……10来个银河年后,我才终于到了中央世界,一切又从头开始。后来的事,你大概知道了。阴差阳错,我得到了长老会的赏识。"

"这不奇怪,长老会一直想解决时间之矢的问题,却陷入了思维的僵局而无法自拔,你的新颖提议令我们感到振奋。"

"我并不是天才,凯蒂,并不比你或者其他智者更聪明。事实上,是我比你们都笨,还保留了太多的原始思维和情感,所以才可能看到某些你们忽略了的地方。因为你们一直想的是怎么逆转熵,也就是逆转时间的方向,我知道此路不通,我自己已经琢磨了多少个银河年而一无所获。所以我告诉你们,唯一的方法是创造一个新的宇宙。在那个宇宙中创造新的世界。但怎么能做到,我也没有办法。"

"不管怎么说,你提出了许多有价值的设想。包括最关键的超统一方程式的一些重要部分。所以长老会才不吝送给你一个星系。要知道,在这个宇宙中已经有90%的星系都熄灭了,现在充满年轻星体的星系可几乎是稀缺资源了。"

"对我来说,这是必须的。唯有在这里我才能感到内心的平静,获得思维的灵感。否则我无法工作。"

"不过我还是不明白你为什么要花几十个银河年重复漫长的进化过程。你绝对有能力直接将你的种族创造出来,并教给他们文明。这不是更方便吗?"凯蒂问。

"我曾经试过,在最初得到这个星系的时候就试过。我创造了和我形体一样的种族,并教给他们文字和科学。他们曾经像对神一样崇拜我,但是他们是无根的种族,没有历史和传承,也不懂得艺术和美,他们根本不像我的族人。他们对待生命的态度,交配和繁殖的模式,以及社会的阶级构成都让我感到陌生。就在这时候,我去了中央世界一段日子,等我回来后,他们已经变成我几乎认不出的怪物了。他们自称为'沙人',自以为是神的子民,是这个星系的主人,征服了万千恒星。我最终放弃了他们,决定从头创造一个新的故乡世界,通过一丝不苟地重复漫长的进化史让我的世界复活。反正还有几百亿年的时间可以消磨。"

"我耐心地在这个星球的原始海洋中播下生命的种子，让它们按照我控制的速率和方向去进化。我按照自己知识中的进化过程，让这个星球重演了上百亿年前、宇宙彼端的另一个星球的进化历程。我并不急于让智慧人类再现。我已经等待了几十个银河年，不在乎多等几十个。有时候我甚至希望他们不要那么快出现，我享受的是这个历程，这种期盼，这种希望。"

"不过时间还是一眨眼就过去了，20多个银河年，就好像20多天一样短暂。最终，我的同胞们复活了。的确，我希望能完全复原那早已逝去的古老文明，为此我甚至安排这颗行星的大陆形状都和我的故乡的一样，但是并不成功。历史与文化中充满了混沌效应，我既无法回到开端的原点，也没法控制历史的具体走向。最后，他们仍然走过了不同的历史，讲着不同的语言，建立不同的国家，那个过去的世界，永远不可能再现了。他们并不完全像我的同胞，漫长的进化过程和迥然不同的历史发展赋予了他们太多不一样的地方。"

"但在这个世界深处，还是和那旧世界有一些共同之处。他们的一言一行常常令我感到亲切，我能够理解他们，他们虽不算我的同胞，却是我的苗裔，我的子孙。我照看了他们整个历史进程，但如今，他们的宇宙飞船也已经驶向外星球。他们长大了，不再需要我的保护。在这个银河中，他们目前也不再有强敌，该是我离去的时候了。"

"我想我理解你，张，"凯蒂若有所思地说，"但是又不是真的理解。我能理解你，是因为我能学到你的思维方式。但是永远只是表面的，而无法深入那最深刻的内核。我的种族没有自己的文化，我们的文化和思维都是从其他文明种族那里学来的。所以我们是一个无根的种族，没有自己的认同，所以我实在无法真正明白你对自己那已经灭绝了亿万年的种族的眷恋。你看，我就是一个永远向前看的人。自从离开了家乡后，我根本没想过要回去。我现在也不知道那里的同胞究竟怎么了。反正每一个文明种族都会衰亡，这是宇宙间永恒的规律，我想，只有放弃自己特殊的种族认同，特殊的生活记忆，特殊的历史与文化，投入到宇宙的变易洪流之中，才能与时俱进，永葆青春。"

张笑了笑，说："是的，我也很欣赏你的生活态度，甚至可以说是羡慕，这是我无法做到的。不过你有没有想过，这个宇宙也会衰亡的。到宇宙衰亡的那一天，除了记忆，我们还有什么？如果记忆对你没有意义，那还有什么是有意义的呢？"

这话让凯蒂浑身一颤。

"我没有仔细想过这个问题，"沉默一会儿后，凯蒂终于勉强地说，"这个念头多少让我不快。不管怎么说，我的信仰是天无绝人之路。达到永生那么多年后，我已经无法想象死亡了。这也就是我来这里找你的原因，你现在在超统一方程式上有多少进展？老实说吧，我已经等不及要去那个即将出现的新宇宙中享受人生了。"

张露出了一丝古怪的笑容："你一直就想问这个，不是吗？我确实取得了一些进展，但也许并不是长老会所希望听到的。不过今天，我不想讨论这些问题。你也不用着急，不久之后，我就会在中央世界向那些满脸苦相的长老们报告了。今夜还是让我们来看这美丽的星空吧。"

此时，夏夜的星空已经完全浮现，繁星漫天，一条天河横贯天顶。一个个星座流光璀璨，神秘的星云若隐若现……在这个世界的人们的眼中，这一切说不出的深邃美丽。但从凯蒂的眼中看来，这幅景象像路边水沟里的泡沫一样平平无奇。她撇了撇嘴。

"我想这是属于你一个人的星空，"凯蒂说，"我不打扰你欣赏夜景，先一步走了。一会儿回中央世界再见吧。"

张点点头，没有说话，做了个告别的手势。凯蒂微微一笑，站起身来。一刹那间，她的身体划过一道复杂得无法形容的曲线，一下子消失在地平线之外。

夜深了，狂欢的人群逐渐散去，海滩渐渐沉寂下来。

张手中端着半杯酒，凝神注视着天空的一个角落，目光发亮，良久不动。

用一般种族的眼睛来看，那个天区是一条璀璨的银河，数不尽的恒星像大街上的灯火一样照耀着这个欣欣向荣的星系，把弥漫于空间中的星际尘埃和气体云渲染成一道道绚丽的霓虹。然而在张的注视中，那些纷繁的恒星和星云全都消失了，整个星系都被他甩在身后，他面对着广袤无边的永恒黑暗。

张调整了一下自己的视力，刹那间，那些数百万、数千万光年外的星系都像是被张的目光所点亮，串成长长的一丝丝、一缕缕的星系簇，像在黑暗空间飘飞的杨花。其中任何一片杨花都是由上千个星系组成的，而随便一个星系都有这个银河系的规模，包含上百亿颗恒星和数以百万计的智慧文明，他们有的正在整个星系内昂首阔步，以为自己是整个宇宙的主人，有的刚刚从冰封的地层中破土而出，呆呆地凝望着天上的星空，有的早已衰老得奄奄一息，乘着破旧的幽灵船队漫无目的地游荡在群星之间……

不过这一切，张都不感兴趣，他眨了一下眼睛，那些星系簇又统统熄灭，他的意识沿着目光的轴线，飞越无边的空间和百亿年的时间，一个个星系出现又消失，像不断被掠过的路标一样指向那早已消失的星系。终于，那个小小的光点出现在他的虚拟视网膜上：古老的本星系团。张很快从中辨认出了那个远古的、真正的银河系，120亿年前的银河系，正在120亿光年之外熠熠发光。那小小的一点微光，像一只濒死的萤火虫，而曾经有多少代人以为那就是整个宇宙本身。那么，那个过去的太阳呢？张试图辨认太阳系的位置，但却无法从银河系那朦胧的光斑中分辨出任何单独的恒星来。张自嘲地笑了笑，纵使他有神的大能，也无法从这一点微光中看出旧日太阳的灿烂阳光，更不可能认出在太阳的庇荫下泛着淡淡的蔚蓝色光辉的小小行星。虽然他知道，他所看到的那一点点微光，必然蕴含了120亿年前，那尚未毁灭之时的古老故乡，蕴含了120亿年前，拿着简陋的望远镜凝望星空的他自己……

张深深地吸了一口气，闭上了眼睛。他似乎看到了在那个早已毁灭的星球上，在那个连历史都已湮灭的古老国家，在那个似乎从未存在过的城市中，在那条仍然清晰记得却又无比遥远的街道上，120亿年前的他自己，一个小小的少年，和同学们一起，欢笑着走向红旗招展的学校；一个茁壮的青年，在另一座城市的大学中贪婪地攫取着知识；一个腼腆的男生，在月光下吻着一个更腼腆的白衣女孩；一个刚强坚毅的男人，在登上飞船前的最后一刻，向着泣不成声的家人挥手，忽然泪水冲出了眼眶……他本该和同时代人一起过完渺小而温馨的一生，然后在儿孙的簇拥中平静地死去，而不是一百多亿年后在宇宙尽头的另一个星系，用漫长的进化过程让早已灭绝的人类再度诞生在这个世界上。让他们重新经历那些奴役与革命，战争与和平，光荣与屈辱，爱情与死亡……然后最终仍然要归于热平衡的寂灭，无法逃脱的永恒宿命，正如这个宇宙本身一样。超空间跃迁、超波屏障、时间停滞……这些无与伦比的神性，仍然建立在简单朴素的物质基础上，并永远逃不开其根本原理的制约：有生就有死。

整个宇宙都沉默不语。张摊开身子，躺在沙滩上，感受着大地那似乎能承载万物的力量，不知不觉中泪流满面。听着似曾相识的海涛声，张喃喃自语着，用一种已经消亡了120亿年的古老语言："那是地球，我的——地球。"

宝树：科幻小说家，毕业于北京大学。自2010年开始科幻创作以来，出版有《三体X：观想之宙》《时间之墟》等多部长篇小说与两部短篇小说集，在《科幻世界》《最小说》《知识就是力量》《人民文学》等刊物发表数十篇作品，多次荣获华语科幻星云奖、中国科幻银河奖的主要奖项，另有多篇小说被译为英文版发表于知名科幻杂志。

门，是穿堂门的门

"喂。"老婆用右手食指和拇指的指肚捏着她那台电脑，毫不顾忌指印会留在电脑屏幕上，头扭转了大约足足90°朝向我这边喊了一声。我甚至听到了颈椎在转动过程中一节一节之间相互咬合却错位了的声音。不过，这个我倒是并不在意，她扭到脖子大不了我帮她揉回来就是了，我更关注的是那电脑呀，幸好电脑前几天刚刚贴了膜，不然照她这么捏，没两天那玩意就报废了。

　　我叹了口气，心想关于电脑屏幕的事我说破嘴皮子她也不可能记得。

　　"喂！跟你说话呢。"

　　"啊？"

　　"啊你个头！"她彻底把身子转了过来，这样看上去舒服多了，"问你哪，要是长途旅行你想去个什么地方？"

　　"我？只问我个人的意见？"

　　"废话。"

　　"一定要去一个拍照属于违法行为而被严厉禁止的地方。"我不假思索地回答。

　　猛地，尚未待我看清是个什么，那东西便扑面而来地糊到了我的脸上。

　　恐怕是……被团成团的电脑……

一

　　人生嘛，最需要的就是要有各种华丽丽的憧憬来为其支撑，就像一大早便爬出被窝开始趴在地上用抹布擦地，擦完地再为每一寸地板均匀地打上蜡，而后踮着脚尖，竭尽所能地用最少步数移动到门庭，把地板蜡黏糊糊的气味用力地吸到肺里，让它们在每一片肺叶上充分停留再深深呼出后，用右手掌心按住腰部时，对于一个人来说那样的支撑是必不可少的。而老婆，她现在就处在刚刚找到新的支撑而兴奋不已的状态。是什么呢？这回赶上了要命的旅游。

我是最怕旅行的，虽然出门的机会不多，但每次都只会留下一连串痛苦经历供于回味。

比如……行李！几套更换的衣服、睡衣、被单、枕巾都必不可少，收拾起来费时费力，到底挑选哪些又忍痛割爱哪些呢？选来选去，总是已经装箱打包了，却转念又打开重新来过。叠衣服已经够累的了，更甭提反复地叠。另外，枕头也是必带的，没办法，我有颈椎病，换了枕头彻夜难眠不说，一早起来还会头痛欲裂，简直生不如死。可是麻烦正在于这个枕头，老婆没有颈椎病，因此，每次出门旅行，这个枕头就会变成在她眼中最扎眼最碍事最没有必要而又占了行李空间的东西，一切拌嘴吵架的根源。出门旅行何必要吵架呢？唉……看来要怪还是只能怪我自己了。

另外，可能更令我感到胆战心惊的是，虽然旅行的意愿都由她提出，但关于其后续所有具体事项，行程安排、酒店和飞船的预订，林林总总，通通都将落到我的头上。做这些其实未必有多难，只要打开电脑，登录各家公司的网站，一个一个按部就班地点击，并且手指上下挥动挥动，把钱逐一付上，而后收到确认信函，点击一切 OK，认可，完成。不过，这只是看上去的流程，真要付之于实际呢？呵呵……首先必须要做的就是"千挑万选"，选谁？选哪家？选什么地方？选哪些路线？飞船不能转机，酒店不能太偏僻，要有免费的 shuttle bus，要有免费的早餐，要能免费上网，附近还要有价格适中的便利店，整个行程必须性价比最高，必须冤枉路最少，必须要有充足的美食攻略，必须要有准确的购物地图，必须……其次当然就是要将这些计划陆续完成了，完成得要一丝不苟天衣无缝，要环环相扣不得遗漏，更要惊喜倍出，万一来个平庸之旅绝对能让我吃不了兜着走。

还有吗？当然还有……比如关于照相。不说那些笼统的，就说上次去美联太空站玩的时候吧。因为又新买了相机，旧的却也舍不得带，自然背上这些在人群中穿梭的人又是我了。相机没的说，越做越轻薄，电子成像的效果也越发逼真，可是谁也阻挡不了这些轻薄的电器都要配备各种沉重的充电终端呀！而且更要命的是，每个电器的充电终端都不一样，都不能通用，又都必须背着（谁也保证不了它们会不会用到半截没电）。我不喜欢把自己打扮得看上去就是个游客的样子，老婆自然更不喜欢，因此，我不可能背一个相对舒服一些的双肩背包或者专业的相机包，而是要在手里提着，无论是手提包也好还是什么其他，反正时间略长，手腕就会累得像要被连根儿从小臂上拔出一样的疼。呃，也不说这些，就说关于照相本身吧。你说好不容易跑到太空站上去，又好不容易坐到可以望见地球表面的落地窗旁，这个时候，难道不应该好好地坐下，要上一杯咖啡，让醇香充分在鼻腔中徘徊，用不锈钢小勺舀起些咖啡吸入口中，使香气再次在嘴里散开，同时让自己就这样静静地完全放松地享受地欣赏着窗外湛蓝的地球表面那条如潮汐浪头一般的日出线渐渐移动吗？黑夜与白昼的分界如此清晰直观，甚至会令人无中生有地去往神圣的哲学层面探知个究竟呢。可是！这个时候，我，对于这些，一概就别想了。相机立刻会冲杀出来成为最令我痛恨的东西，没有之一。老婆已经摆好姿势在我神往已久的窗边，指着阴阳脸一般的蓝色地球，叫我快快把这些连同她一起拍下，拍下，一分一秒都不可疏漏地拍下。眼睁睁看着地球被彻底照亮……

  不了，说这些有什么用呢？这些都不该成为我讨厌或者说不喜欢出门旅行的正当理由的。都只是些小插曲，对，小插曲。那么……不喜欢的原因到底是什么呢？还是源于我的颈椎病呀。少则十几个小时的飞行时间，下了飞船脖子已经僵硬得难以动弹，还说什么美美地享受旅行？能让自己不头疼就要恢复整整两天甚至更多的时间。特别是每次飞船起飞和降落时那种剧烈的加速度给我的冲击，简直可以要了我的命，至少可以要了我的脖子的命。

  然而，再多困苦又怎样？老婆仍旧决定要去旅行了呀。不过，说来老婆是在为我着想的，我敢肯定她是有此初衷的，因为，这次她的选择与以前大不相同，虽然目的地竟是我想都没想过的遥远的火星。但，说她是为我着想却一点不假，因为她相中这条线路正在于她心仪的那个到火星的交通方式绝不平凡。

二

　　好像是她的同事的朋友的同事这样玩过一次。说得天花乱坠，好得不得了。她的同事的朋友动了心，就撺掇她同事一同去。可是她的同事的朋友还要带个男人，这下她的同事可就犹豫了，自己岂不成了电灯泡？然而，她的同事的心思早就被说得活络起来。一想起赤红的火星，心里就像养了一花盆的蚯蚓一样，钻来钻去，痒得不行。而后，那姑娘就开始在办公室里大肆鼓吹，看能不能煽起什么人和她一同去玩。一个办公室，多少也有五六个人，可最后偏偏只有我老婆一个人被煽动了，而且看起来还非常坚定，执意要去了。这下可好，那姑娘仍然落了单，无奈之下只好另寻他路，找同事做伴是没戏了，干脆自己去找个男人算了。

　　她去找男人，或是成功，或是不成功，谁知道呢，甚至最终她能不能去都成了问题。可是我呢？刚好才把当天晚饭的所有材料逐一准备好，瘦肉切丝，土豆切丝，胡萝卜切丝，莴笋切丝……怎么都是丝？也不全是……还有茭白是切滚刀块，冬瓜也是去皮切块，鸡蛋没动，摆在灶台内侧，肉馅也只是铺到打肉馅的盆里，香菜洗净随意切上两刀躺在案板上就好。从买菜到把它们都备好，每天都是要忙上两三个小时，如果去掉下午略微午睡一会儿的时间，简直是要把整个下午通通占去，挺累的，特别是周而复始地这样做下来。不过，好在每次都能赶在5点之前干完，再加上老婆下班回家路途上所花费的1个小时时间，我大约能有一个半小时的空闲时间。宝贵的真正能属于自己的，想做什么就做什么，不会觉得心虚亏欠什么的空闲时间。这个时候，我一般会拿上一本书，多半是小说，坐到夕阳余晖下的窗前，深呼一口气，以示我的时间到来了，而后心情平静地将自己陷入任何什么其他人所创造出来的世界遨游。刚好这时候，可以说是每天都在朝思暮想盼望着能赶紧来到而且不要转瞬即逝的一个半小时终于到来的时候，就在我刚刚把屁股塞到沙发里，挪动来挪动去只是为了能找到个最为舒适的位置以供我一个半小时的快乐阅读的时候，手机突然响起。铃声响得急促而且不耐烦，充满了威慑性，或者说，我听到这样的铃声以后就顿时产生了各种不祥的预感，今天的一个半小时恐怕要泡汤了。我还没有看上一眼书呢……要知道的话，刚才就先看会儿了，何必一定要调整姿势，何必呢。

电话当然是老婆打来的，看着她映现出来的脸，突然觉得自己根本就是做错了什么事。不应该像现在这样悠闲地坐到沙发上，对吧？还有好多事情没有完成呢，比如，换季的衣服只是叠好还没有全部收到柜子里，墙沿的灰已经有3天没有擦过了，应该每个月定期清理的厨房下水道我答应说这两天就疏通，也一直没有去做。女人的观察力可怕得细致入微，总有着无数的细节，我根本没有注意到，她却能立刻发觉，视为绝不可容忍的眼中钉肉中刺。

我慌慌张张地把自己的窘相也投射到她那边去，看起来一定非常难看，就像个不小心偷拿了家长的钱当场被发现的小孩一样总想徒劳无功地掩饰什么。

什么事儿呢？能让她刚刚下班就立刻打电话过来。正是关于去火星旅游的突发计划。而我的任务则是将她同事所说的那个最新旅游形式在她回到家之前必须查清。到底是怎样的一种新式旅行方式？她只扔下了一句"通过传送门，转眼就能到火星"后便再没给过我任何有用的信息了。

传送门……这货现在真的有了？！

我叹口气，只好认真地和我的傍晚时光做了短暂的告别之后，去往阴面的书房，取出电脑，输入"传送门"和"火星旅游"两个关键词，开始搜索。

三

不搜不知道，打开网页竟然看到了铺天盖地的关于传送门旅游的帖子。当然，最多的是各大旅游公司做的宣传广告，这些虽然参考性不强，但多少可以看到价格。价格不菲，大约一人往返需要花掉老婆一个月的工资，这还没算上到达目的地的酒店钱。我看着各家报价，略微觉得有些手心冒汗了。

呵，我最讨厌把汗迹留在电脑屏幕上。

我赶紧在睡裤上擦擦手心，不打算再看报价，反正老婆说要去，自然她会有这方面的预算，而我只要完成力所能及的事情就好。

　　除去广告和各路报价，最多的就是网友们的攻略了。真没想到，结婚后这么多年，外面的世界居然有了翻天覆地的变化。现在的交通工具已然有了传送门这么逆天一般的东西出现。小时候看过的电影情节还记忆深刻，片名叫什么来着？《蝇人》？差不多是这么个名字。那里面就有类似这样的东西吧，人体传送机。记得长得像个传真机一样的机器，放着恐怖电影都会有的绿光，还有科幻电影都会有的疯狂科学家。人体传送机动物实验成功之后，疯狂科学家决定第一个人体实验对象必须是自己。开机，运转，对接，一切进展顺利。科学家满怀信心地走入机器。机器运转起来。按理说一切都应该顺利完成的，可谁想到，一只苍蝇一同钻了进去。等传送到另外的终端时，出来的哪里还是个人，出来的是一只丑陋的吃东西都需要先用口水融化再吸进嘴里的巨大的苍蝇人了。后面的故事，则越发悲惨……其实，是我记不得后来又发生了什么故事，好像是复仇？可是这样的情节和复仇有什么关系呢？管不了了，反正是一个悲惨的故事，而悲惨的源头就在于那个人体传送机。也就是……现在我刚刚知道的传送门的前身？想到这里，我不禁打了个冷战。

　　胡思乱想什么呢。一会儿老婆就回来了，我还没看出个所以然。而且，当初普及无线充电的时候，似乎我也惊讶地称其为逆天的东西，现在不也同样用得好好的，甚至已经成了必不可少的日常生活用品了。科幻电影终究是夸张的杞人忧天的东西，哪能和现实生活混为一谈？

　　看攻略！

　　当我一篇一篇将或长或短、或详细或逻辑混乱的攻略大体浏览过一番后，才初步明白了一件事，原来，可以使用传送门旅游的地方如此丰富。近的可到空间站、月球，远的则可到火星甚至小行星带。时代的科技发展速度真是快得令人三日不见便如隔三秋一样的震惊了。

　　泛读过后当然要择其重点地细读了。我挑选的都是去往火星的，有的放矢嘛，这样效率也能高些，争取能在老婆回来之前通通搞定。呃，不，不是争取，而是必须……

在搜索单独"火星"这一个关键词时，我也搜索到了那么零星几个不是用传送门而抵达火星的旅游攻略，多数利用的是所谓高速飞船，700km/s 的速度，大约一天多一些就能飞到火星。这个高速飞船是前年还是大前年就开始用于民用了，想来老婆还问过，为什么飞到太空站要十几个小时，而飞到那么远的火星却也不过用 24 个小时就能到呢？就是因为远呀，速度才有可能提升到那么高，速度起不来，当然就会消耗大量的时间了。当然，我头头是道地解释给老婆听时，她已经不屑一顾地开始干起别的什么事情了。再看价格，可能是已经投入使用多年的原因，价格居然要比传送门便宜将近一个数量级，也就是相差了 10 倍的价格。看着这个价格，我不禁咂嘴，可是想来，这个价格老婆不可能不有所耳闻，然而她却仍旧那么坚定要传送门，想来她更在意的更想体验的是传送门而非到火星上旅游其本身了。再者说，一口气飞那么久，我的颈椎……也绝对受不了的。更何况，看攻略得知，现在停泊火星的高速飞船都要到极为偏僻、渺无人烟、毫无任何配套设施和酒店的地方去停，这可是大大地违背了老婆心中旅行的基本原则。远离景点，交通不便，绝对不行。

还是要挑关于传送门的。

这样，在我读了六七篇专写利用传送门抵达火星的旅游攻略之后，发现它们的内容大同小异，描述的重点多数都在于火星上的景物、遗迹什么的，人类首次登陆火星着陆点纪念馆是所有人都必去的景点，其他热门景点呢，比如说更早许多年的"勇气号"遇难处纪念碑、人形山风景区之类吧。还有的比较喜欢冒险，参加了由专业教练带领的深潜沙尘暴活动，甚至有的人已经是资深深潜爱好者了。对了，还有一篇攻略很有意思，描述中看得出作者对那些景点完全不屑一顾，而他到火星的目的只有一个，就是去膜拜他向往已久的布拉德伯里火星纪念馆。就因为一本《火星编年史》？明显就是个周边展加周边产品销售点而已。要这样说，也应该有金·斯坦利·罗宾逊各色火星纪念馆才行。那阿西莫夫呢？克拉克呢？呃，也该有些我们国内的吧，比如说郑文光？还有写《流浪玛厄斯》的郝景芳，都该有的。

反正写火星的多了去了，最终只落下个布拉德伯里怎么也说不过去。

关于火星上的景点，还有各种冗长无味的描述，我自然无心多看，当务之急难道不是要搞懂传送门吗？可是，有趣的是，无论哪篇攻略里，对传送门本身的描述却都是少之又少，有的文字不外乎就是蜻蜓点水一般地说"传送门真是太方便了""转眼就到了，太神奇了""不过，虽然一下子就到，可身体还是觉得很疲惫，多少有传送了那么遥远的距离的原因吧"。甚至连照片都没有。反倒是那个专门去看布拉德伯里火星纪念馆的家伙对传送门多写了几笔。他说，传送门很神奇呀，这边打开门之后看到的只是一条长长的什么装饰都没有的金属墙壁走廊，一眼望不到头似的，走进去，后面门关上，一直走，走不多久就又看到另一扇门，门打开，外面就到火星接收站了。没有旧式电影里面那种电闪雷鸣，也没有什么故弄玄虚的烟雾，再普通不过的一条长走廊，走过去就到了。唯有一点可以让当事人略感不同，那就是这条不到百米的走廊，走起来却并不是那么轻松，但也不过是总觉得腿脚乏力而已。

没有别的了？再没有更详细的了。到底是什么样的走廊？怎么打开传送门的门？走到头又怎么打开那个门？打开门的时候是有人指导吗？走在走廊里时是不是应该有个陪同的向导呢？走廊里会不会有岔路口呀？携带的东西有什么限制？行李呢？是和人一同走过去，还是要提前办理托运手续？走廊里有没有辐射？要不要穿上防辐射服？要不要买保险？保险保不保传送门？……

这么多问题，这么多攻略却没有一个仔细说过……

可是，这些问题都是老婆最关心的呀，我查不到的话……

该死！

时间越来越紧迫了。可是再怎么查也毫无进展。怎么办？只好自己先胡乱编一编，搪塞过眼前这一关再说了。

传送门什么样？

两个门之间有个长长的走廊。

走廊？说清楚一点，太模糊了！

就像咱们小时候胡同里常有的穿堂门……这个门进那个门出就从胡同到大街上了……

四

和每一次旅行一样，在确定旅行的可行性之后，我开始了为期一个月的旅行准备工作。而对于老婆，她该忙的是申请年假，和年假期间的工作交接。听说年假申请很顺利，一年一度的旅游就这样可以开始了？年假这个东西……设计出来简直就是为了一年一次折磨老公用的吧……

幸好年假不过是一个星期的时间，算不上太长，家里即使再干燥再尘土多，空隔一个星期的时间不打扫也不至于变得面目全非。因此，负担最重、压力最大的仍旧是收拾行李和旅游计划制订两个方面了吧。

既然传送门是一下子就到，而且具体是什么样子也由我见机行事地发散想象而搪塞过关，因此，关于传送门本身方面，我便无心细查，从而着重点更是落到了火星上的旅游计划制订上。正如我前面所说的那样，我有一系列的标准和尺度，虽然一年充其量为了这种事只忙一次，但结婚这么多年，回想来多少我也能算得上是个熟手，经验丰富的老同志了。

不过，对于挑选传送门公司这件事来说，也的确并非容易，或大或小都不合适，大公司价格自然更加昂贵，小公司又没有可信度，想想《蝇人》吧，怎么也不敢这样冒险，万一出来个行李箱人、剃须刀人，甚至充电终端人什么的（这种人肯定特别沉，真要命……），种种，以后该怎么生活。因此，我又杞人忧天一般地再次搜索一番，看看到底有没有出现过这方面的事故。自然没有任何记录和报道。我又查了查近年来有没有发现什么怪异形状的人夜晚出没的报道。自然也是一无所获。这样看来应该可以放心了吧？但我还是不敢去相信那些名不见经传的小旅游公司。最终，还是选择了一家报价临近老婆给出的关于传送门单项的预算上限的。

能力之内多花钱总没错，看起来安心许多。

在经过反复验证和咨询之后，终于下了订单，感觉如释重负一般，长吁口气。终于把心头一块巨石放下，现在更能安心检索其他相关攻略了。

我一边查着别人写的攻略，一边思考这回应该带的行李有哪些，又有哪些需要变动。因为时间相对充裕了，攻略自然看得仔细得多，也确实看到了一些有趣的细节，比如说有的攻略会提醒大家不要按照火星昼夜作息，虽然火星一个昼夜是地球时间的 24 小时 37 分 22 秒，几乎没有太大区别的样子，日出日落时间却很不规律，所以你会发现自己以为是白天的时候却已经进入傍晚时分，而睡了一晚上一大早起来，发现怎么天还没亮一片漆黑，这样一来原本是为了放松才会出来旅游的你们只能剩下身心疲惫了。不倒火星日出日落时差，是绝对不行的。

我觉得这个建议非常中肯，怕忘了，还要专门找出一个类似于工作日志那样的小册子，将其一一抄到本上，同时又直接复制了一份，存到电脑的硬盘里，还怕不保险，又分别存了两份在不同的硬盘里，以备不时之需。

那么行李方面呢？我当然也希望能从别人的攻略里吸取出些值得参考的经验，教训也好，忠告也罢都可以的。就像上次到月球旅行，我最得意的一点就是，在出行前两天的时候，无意中看到有人说月球虽然已经被行卫集团完全收购，在月球坚硬的岩石表壳内部建起了豪华大酒店，而且是一价全包式的经营模式，一日三餐通通是丰盛的自助餐，可是由于月球上严重缺水，因此酒店提供的饮用水，每天每间房间只有 200ml 瓶装水一瓶，照正常人的饮水习惯来说，肯定是不够喝的，只好在高级度假酒店整日挨渴。因此，攻略上语重心长地建议道，要是想真正在月球的豪华酒店享受一个舒舒服服的假期，就一定不要嫌沉，自己带上足够的饮用水。我看了以后，立刻就去超市买了 3 大桶矿泉水加入行李箱中。当时老婆还极为不高兴，说："那么沉，要带就自己拎！"她绝不搭手。可是到了度假酒店住上一天后，老婆就因为我这个明智之举而感到无比幸福和自豪了。因为，在酒店住的其他人，这个时候都已经被渴得像飘浮在宇宙荒漠里的探险者，在自助餐厅见到不是鲜榨的果汁都要扑上去一饮而尽，好不狼狈。

受到老婆的表扬，特别是在别人面前不断地为此事称赞我的明智，自然会大大鼓舞我的士气。现在想来还会心潮澎湃一番。那么……这次，行李带些什么又不带些什么呢？

有了之前月球之旅的一炮打响，太想再次得到那样的认可，心理压力也自然越发大了起来。

由于没有路途的奔波辛苦，许多飞船上的必备用品就可以省略掉了。首先放下什么呢？不如由自身做起，把每次出门都要带的颈部助立器放下吧，那东西只是为了能保证我在长时间坐立的情况下脖子不会由于支撑不住而罢工。这样想来，老婆毅然决然地选择了贵上10倍价格的传送门而没有选择高速飞船，也真是为我考虑周到了！因此呢？因此我更应该好好地为她把行程把酒店把一切一切安排妥当，让她能在一年一次的年假中尽情地无忧无虑地美美地享受一番旅行带给她的放松和愉悦。其次把电子阅读器也放下好了。

我好像也因为开始期待起这次旅行而为之兴奋了。那好，休息一会儿，起来活动活动吧，刷碗去。

五

然后，该出发的日子到了。

果然，那个四处找男人的姑娘最终放弃了这次旅行，而另外一对则与我们同行。他们……听老婆说，所有的一切都是复制我们的……在问完老婆我们的计划后，毫不犹豫地选择了同一家传送门公司，毫不犹豫地预订了同一家酒店，毫不犹豫地决定了同一条路线，甚至毫不犹豫地要在每天都和我们吃同一家餐馆、去同一家商店、买同一类旅游纪念品。

喂，这也应该算得上是知识产权了呀！可是当看到他们出现在我面前时，想到我费尽心思做出的所有计划也同样被他们而非仅仅只有我老婆一个人认真研读过，我的内心又忽然充满了一种莫名的满足感。这是怎么回事呀？自己想想都觉得有些羞耻得脸红了。另外……看着他们两个都是面色轻松，一副恩恩爱爱的样子，又让我不禁羡慕起来。看看人家老公，总觉得要比我活得轻松自如多了。不对，那只是她的男朋友，小子，以后……有你受的呢。

看样子我选择的这家传送门公司的规模不小。远远的，才刚刚抵达该公司所在的空间站，就已经看到里面黑压压一片的游客正在办理着各种手续，简直就像只供地球内部交通往来的飞机候机大厅，只是设施和秩序还是相差甚远的，多少应该让人们享受到消费了昂贵价格的相应等候服务。

居然有这么多人要通过传送门旅行，这一点也的确万万没有想到。

由于我事先已经将传送门中间站，也就是现在这个小型近地空间站的情况摸得一清二楚，因此，我们这个四人组便全由我来带领。这样也好，可以省去老婆不少的质问，有外人在的情况下，她多少会收敛一些，姑且给我留些颜面。

因为之前看过一位网友发的这家小型近地空间站的内部细节全攻略，使得我这个从来没来过这里的人刚一抵达便觉得倍感亲切了。发这个攻略的家伙也实属无奈之举。因为她住的地方恰巧处在相对于这个空间站的地球的背面，所以为了怕路途耽搁误了出发的时间，她只得提前一天到达这里。也就是说，她不得不在空间站大厅里露宿一宿来等待传送门为其打开。露宿自然无聊，她便有一搭没一搭地四处乱转来打发时间，随手又拍了些照片。她也没想到，自己是越拍越起劲，最终把这个不大的空间站的每一个角落细节都如实地记录下来，而后配合她手绘的空间站内部地图，通通上传到网上与大家分享。这算得上是关于传送门最详细的攻略了吧，也是我第一次觉得相机还是有那么一丁点作用的。

这里是咖啡馆，咖啡馆里的沙发很柔软，点上一杯不贵的咖啡就可以在这里待上一宿，只是店里的冷气开得太足，时间长了人简直会感冒，怀疑商家就是在用这种方法来驱赶留宿空间站准备用一杯咖啡在店里过夜的游客们。然而提前带好个毯子，肯定可以挨过去的。那里是几家免税店，不过价格并不实惠。挨着免税店有两家快餐店，速食药丸、味道剂等都有的卖，只可惜两家店都非24小时营业，因此，在深夜要是想吃点什么还是要回到那家咖啡馆里去点简餐。拐过快餐店便到了空间站的近地一端，可以看到地球，只是由于恰巧处在太平洋上空，又距离地球太近而丧失了任何美妙景色。观望窗旁边是一排钱币兑换处，都是私人经营，虽然窗口打着各色广告，看上去眼花缭乱，但实际上每一家的每一种货币汇率都是完全一致的，所以根本不必焦虑于选择，并且更应该注意的是，无论是哪一家，其汇率都非常不合算，如果不是急需用现金，到当地再去兑换才是最好的选择。

靠近地球的这一端，都是商家所占，而空间站的另一头则属于传送门公司。

我们这一行人，风风火火赶到这里，自然对什么咖啡馆、快餐店没有兴趣。免税店又不便宜，火星币也早已换好。因此，我便毫不犹豫地带领大家进门右转，头也不回地朝远地方向——旅客服务中心走去。我对这半边的地形同样了如指掌，简直如同已经来过多次一般，很轻松地带着大家找到了行李托运处。排队，办理大件行李托运。所谓托运，是将不能随身携带的所有行李都在指定的柜台，由服务人员为其打上"去往××"的电子烙印，由分检器逐一运送到货物专用传送门处，等待该批传送门开启，并一同传送。

行李的托运手续办好之后，我们几个也都显得轻松许多。由于是用一转眼就能抵达目的地的传送门，因此这也是我随身携带行李最少的一次。什么电子阅读器了颈部助立器了眼罩了，甚至于水瓶也懒得带了。各个都是一身轻松如卸重负，近地一边的咖啡馆、免税店反倒一下子变得吸引人起来。距离我们的传送门开启的时间还有很久，就连开始换传送门通行牌的时间都没有到。我当机立断带着大家去逛店了。

他们一头扎进免税店里东挑西选，有的问着价格，有的寻着一直想要的东西，我老婆则在仔细咨询如何办理购买寄存手续，也就是现在先交一份订金，等我们回来以后把钱补齐把货拿走。她喜欢就让她买吧，碎嘴子似的说这里贵不要买，只会招得她厌烦，还不如让她痛痛快快想怎样就怎样来得高兴。

只是，走进免税店，货架上每一件商品，甚至价格我都一清二楚，就连拐角处还隐藏着什么猫腻，我也都可以说是了如指掌。不用说，站在就如自家客厅里一般的商店里，我毫无任何想看上一眼的意愿。也就是对任何事物全都失去了好奇心。怎么可能有什么好奇心呢？这样想来，每次出门旅行都如现在，从未有过任何一点新奇感。为什么？因为我早已事无巨细地研究过所有攻略，任何一处景观，我都是早已看过不下五六张不同角度的照片后才制订到自己的计划之中去的，虽然这样可以保证旅行途中万无一失，可是这样的旅行想来是不是也有其可悲之处了呢？任何惊喜都不可能出现在我的旅行之中，这样是不是已经就丧失掉了旅行其本身应该拥有的魅力了呢？

这样说来……忽然想到那传送门，我还从未真实地见识过，出门旅行这么多回，这可是头一次从准备到落实直到步入现场都从未见到也从未查清庐山真面目。到底是什么样子呢？看来因为在穿过传送门之前行李就已经通通被托运，所以根本没有人能有机会给它拍照了。呵，这么一来，反倒给我带来了不小的神秘感。

空间站里的广播终于叫到了我们的号，我忽然感到了一股久违的甚至都有些陌生的兴奋了。

六

门就是这个样子了？

我手里拿着一张在这个时代几乎已经被淘汰了的类似于旧时酒店房卡一样的卡片，站在了应该是属于我的这扇传送门前。我又检查了一次卡片上的号码，和门上的号码确是一致。

这就是那个可以将人一下子送往6000万公里以外的火星上的传送门了？毫无任何可言之处的就像个再普通不过的电梯门一样的门。老婆就在我旁边的门前，我偷眼看了看她，她似乎也站在门前有些迟疑。再看看其他人，同行的那对儿并不在这层，不知道情况如何，而就说身边的陌生人吧，都同样面带疑惑，似乎没有谁能一下便将眼前的电梯门和闻名已久的传送门联系在一起。

不过再看上去不像又能怎样？特别是老婆就在身边，我更不敢表现出什么心虚、怀疑、不知所措来。因此，即使是有所迟疑，我也要迅速掩盖住，不得外泄。而后，看看面前这扇门，想祈祷一下什么，却又想不好内容，干脆什么也不去想，只是按照刚才领卡时工作人员交代的方法，将卡片在右手齐腰高位置的传感器前由上而下晃了一下。门就像旧式电梯驶来后一样打开了。里面果真是一条走廊，笔直又毫无装饰。走廊的彼端，远远地看到了另一扇与这边几乎相同款式的门。

门那边……就是火星了？

我不敢再迟疑什么，微微皱了一下眉头，抬起右脚便一步迈进门去。就在我进来的一瞬，感觉老婆也随后刷卡开门，进了去。我再猛地扭头想看上一眼，身边已经是门内走廊的墙壁了。

怎么这一墙之隔忽然有种要生离死别的悲壮之情了呢？哪至于！随后，当我正式走进门内，门自动地"刺"的一声关上了。我不由自主地回头看了一眼，门紧紧地闭上，刚才的一片嘈杂也一同被彻底关到外面。这条走廊里，唯有我只身一人了。

转过身来，狭长的走廊在面前延伸。不到100米？看起来连50米都根本到不了。这样的走廊，比想象的还要简易、朴素。果真是毫无装饰。

我试探着向前走了一小步，脚步声在走廊中回旋。哈，这样一来我的脚步声已经先于我跑到火星边缘好几次了？那我现在呢？虽然才只是向前走了一小步，但从比例上来说，多少我也应该一步迈出了月球的轨道了吧。这样想来，虽然身边还是走廊的光秃秃的墙壁，却仍旧感觉到自己一下子处在了暗黑的太空之中，孤独无助只有一个遥不可及的目的地在远方却看也看不到它无依无靠了。

不对，这里应该不是我只身一人，周围、上下，通通都是被传往火星的人们，这其中还有我的老婆，就在我的身边。真不知道从外面看，这么多人神速地被传送到火星会是一个什么样的光景。没准就像是每年夏夜都能观看到的狮子座流星雨一样壮观，每个人都是一道飞速流逝的光斑。不，人们走进这个通道以后就应该不再是人了，至少相对于外界的宏观世界来说。对呀，直到自己已经处身于此，才第一次思考传送门到底是什么原理。两种吧，一个呢，是利用重力场将空间扭曲，就像将一张纸两头对折到一起一样，不过，这个想想都知道要耗费极大的能量，现在地球的能源怎么可能支撑得了，而且还用到了几乎如此普遍的商业用途上。那么应该就是另外一种方法了吧，即：将宏观事物微观量子化并以光速发射到目的地的量子接收站，而后信息重组，将量子化的事物重新宏观化。也就是说，虽然称此为传送门，但不过是光速传递而非无限的空间瞬时穿梭。相对于光速来说，地球和火星之间的距离的确可以忽略成几分钟的时间了，这个时间，恰巧正是我从这个门走到那个门的时间吧。

不过量子化这个概念一旦在自己的脑中被确定，顿时就又有了几分打心眼里冒出来的恐慌了。这岂不是和电影里的情节一样了？也就是说，现在的我已然不是真正的我了，而周围这些呢？什么光秃秃墙面的走廊，什么两扇看起来只是电梯门样子的门，甚至我自己的这具形骸，其实这些通通只是为了不让游客感到惊慌的假象，幻象，对吧？怪不得在这里面根本听不到任何声音，也根本没有想象中的机械轰鸣声。哪里还有可能有声音呢？自己已经是一串量子态的微粒在宇宙中徘徊了。

好可怕！我伸手摸了摸走廊的墙壁，触感如此真实。啊！或许我不应该随意乱动东西，虽然安全手册上并没有提及可不可以触碰墙壁，可是……我忽然用同样的心情担心起老婆来了，她也应该是认真听了安全须知的吧？我拼命回想，可是总觉得她好像是那么心不在焉，似乎还在回想着之前在免税店购买的商品是不是划算。她该不会……不可能的，既然现在传送门旅行已经这么普及，安全保障什么的必然不可能那么脆弱，就算是一个对于任何技术都一无所知的人，也应该可以平平安安顺顺利利地通过传送门的，就像任何人都可以安全地乘坐飞船到空间站一样。不要胡思乱想，通过这里，走出去，就能再见到老婆了。

我打消了心中所有念头，三步并作两步越走越快地往走廊另一端的门走去。

到了门的跟前，站定，深呼一口气。根本没有感觉到任何攻略里所说的疲惫和不适，看来那些只是个例，只是因为对于某一些人有反应而令其记忆深刻，所以才会出现在攻略里。像我这样没有不适反应的人来说，自然不会注意到通过走廊时还有什么特殊的感觉了。

看来我的身体还算好的呢。

我伸手去刷卡。就像进入这里一样，门"刺"的一声打开了。

七

门打开了……

呃……

就如炎炎夏日走过商场门口，自动门忽然打开，商场内部的冷气扑面而来一样，外面的嘈杂声汹涌地扑到我的脸上。是个大厅，人山人海。这就到了？按理说应该是的……

可是……我住脚在门前，东张西望一番，总觉得什么地方有些不大对劲。什么地方呢？想起老婆，立刻往旁边看，老婆也站在那里，似乎有些不知所措一般地迷茫。

而从整个大厅的气氛上来看，所有人的内心肯定都或多或少地在出这个门的时候画上了一个问号。到底是什么地方不对劲了？真的是什么地方不太对劲。可是又说不出来。

不管这些，我先将安全从传送门中出来的老婆牵到身边，挽上她的手以免在人群中走散。

或许是所有人都已经出来了？大厅里忽然响起了广播。我紧紧地握住了老婆的手。

让……让过去排队？去哪里排队？什么情况？我和老婆只好随着人流一步一步向外移动，蒙头蒙脑地弄不清情况。

排队，围栏，曲回围栏，所有人都站到了这样一条百转千回的队伍之中，前面有几百人，后面看来还有几百人。

是排队安检准备出站吗？怎么只有一个口似的。进来的时候，安检口至少有五十个,那样的情况,我们还是排了一会儿队才终于进来。可是现在……啊!该不会是传送中途出现了什么问题,其实我们根本没有到达火星,而是在什么中途站吧。刚才一直是在走廊里,到底外面什么情况,传送到了什么地方都根本不得而知了。这样想,自己出来还能见到大家还能见到老婆岂不该庆幸一番?

也似乎不是这样的……看看环境,怎么都不像是发生了什么紧急事故,广播不紧不慢,整个气氛也似乎再正常不过,除了所有游客都感到有些迷茫。

队伍动了起来。什么地方开始让游客们一个一个通过了,而且开口应该不算少。看来这样一来,队伍不会排太长时间了。我牵着老婆一步一步慢慢地向队伍所抵达的最前端移动,或许回去以后,老婆会骂我,会痛斥我没有选择好公司,选了家要拥挤排队才能出去的公司,但那都是以后的事了。第一,我们都没有因为传送中量子态紊乱什么的变成奇怪的样子;第二,现在只要不走散就好了。从那个口出去就知道怎么回事了,我想。

排着队,一步一步向前挪动,终于到了我以为是安检口的出口处,还是看不出什么端倪,似乎不是要出去,而是要进什么东西的内舱。到底什么情况……

然后……我和老婆如同其他所有人一样地听从几个穿着制服的工作人员的指挥钻进了一艘庞大的飞船里面。

噢,原来火星这边的传送门终点也同样是在空间站上而非火星的星球陆地上。可是,这样也不至于让所有人来坐统一的飞船呀,在地球那边,大家不都是自己乘坐各种交通工具前来的吗?看来真是地域差异影响管理模式了。

终于走进飞船,飞船里面已经坐得满满当当,想想刚才排在我们前面的那些游客都已经陆陆续续进了这艘飞船,飞船还真是够大的呀。

工作人员在进门时说到位置号就是传送门的门号,对号入座。我们在人群里摸索着找到应该属于我们的位置,看了看左右都是陌生人,便也坐了下来,用同样疑惑的眼神开始四处观察。却也看不出个所以然。

要是知道到了火星还要坐飞船才能登陆,我就把颈部固定器带着了。微微叹了口气,却并不敢被老婆发现。

再等了大约1个小时的时间，看情况所有的游客都已经进入到这艘巨大的飞船里了。又过了大约20分钟，终于听到了关舱门的声音。算来包括在外面排队的时间已经在这里耗了有2个小时了吧。此时，却仍旧没有要起飞的意思，还要等多久呢？看起来周围的人也都有些毛躁不安起来。

又估计等了有10分钟？飞船内的广播终于响起，让我们系好安全带，飞船即将起飞。

做好充分的心理准备通过了传送门，都没有觉得疲惫的我，在此时却有些熬不住了。叹息，出来旅行，完全丧失掉了自主权，真是活受罪了呀。不过，终于算是等到了些曙光，该熬到头了。

一阵隆隆巨响，这是飞船的反应堆开始工作的声音。

反应堆的声音？嗯？

声音越来越大，突然整个飞船都剧烈颤抖起来。

这是……起飞了！

可是！不对呀！这……我差点尖叫起来，这加速度太大了呀！不对！如果是在火星附近，根本不需要这么大的加速度。我的脖子！啊！

在脖子剧痛难忍的时候，我依旧感到老婆的手也条件反射一般地捏在了我的手腕上。所有人都应该突然感到惊慌了吧。但是，由于这个超大的加速度，竟封住了所有人的口。

啊！

我的心脏都快跳出去了！头痛欲裂地抵抗着所有力量对我的冲击。

啊！

……

……

……

这是过了多久？加速度终于渐渐退去。所有人似乎都算是从中解脱出来，而后一片骚动，想必所有人也都意识到自己现在所坐的飞船绝非普通的飞船了。

这样的加速度，还持续了这么长的时间，从未经历过，但凭推断也知道现在的飞船……绝对……绝对是艘超高速飞船！也就是说……

有乘客此时通过电脑的实时观测功能看到了飞船外面的景象，他举起电脑，让能看到屏幕的乘客们来看。屏幕上显现出来的是……地球此时才刚刚迅速地离我们远去。

什么情况？！

船舱里已经彻底躁动起来。然而根本没有工作人员出来解释。老婆握在我的手腕上的手已然从紧张转为了气愤。而此时，我却只是在想另外一件事，如果我们不得不这样乘坐这艘飞船飞往火星，那么需要的时间应该是……必须要24个小时以后才能抵达！我……没戴颈部固定器呀！这下我完蛋了……

"还不如一上来就麻醉他们呢，还省得咱们伺候他们这一路。"

"人麻醉时间太长很危险！还不赶紧做记忆清除处理，这么多人呢，飞船都快着陆了，回头到地方还没做完的话又要挨骂了。"

"噢……"

"对了！别忘了调表，每个人的所有计时设备都要调！上次就有遗漏，差点露馅了。露馅了整个行业协会都会要了你的命。"

"噢……"

"噢什么噢！秒针的速度调成0.7秒走一格，记没记住！赶紧的吧！"

"麻烦死了，一会儿还得把他们都单独地一个一个地弄到假装的走廊里去。麻烦死了呀。"

"不想干你就滚呀！公司会把你清理掉的。"

"……"

"关于传送门：

打开这边的门走进去，看到的只是一条走廊，走廊走到头，则是另一道门，打开那道门，人就已经站到了远在将近 6000 万公里以外的火星上了。太神奇太不可思议却又太便利太伟大了。

不过……好像总觉得有什么地方感觉不大对劲。可能是我自己的问题，当我进入传送门内的走廊并回头看到门自动关上，转过身来面朝走廊时，突然颈部一阵剧痛，痛到我立刻感到大脑供血不足一般地眩晕。就像……就像这么一转身我便经历了……以这种疼痛度来计算……经历了大约 24 个小时在没有任何保护之下僵直地一动不动地保持坐着的姿势而受到的折磨。回来的时候，同样遇到了相同的事，痛苦万分，只是这件事我可不敢告诉老婆，她要知道了一定会骂我没用废物的。也或许真的是我自己身体太差的原因吧。"

或许真的是了，我想了想，害怕如此真实记录自己身体感受的攻略会被老婆看到，从而只好将第二段，那些质疑姑且删掉了。

坐在沙发上，往电脑里敲着字，脖子仍旧疼痛得让我感到天旋地转。

梁清散：幻想小说作者、科幻文学研究者，多篇作品入选多部科幻精选集。晚清科幻研究论文及中国近代科幻小说书目于《科幻文学论纲》（吴岩 著）中出版。曾获得全球华语科幻星云奖金奖。已出版长篇小说《新新日报馆：机械崛起》《文学少女侦探》。

邮　　差

（科幻星云网首发）

他给自己起了一个名字叫鲸。它的宇航船也一样。

说实话，他并不明白这个字的含义，他只知道那是远古海洋中一种骨骼巨大的怪兽。他的生活太枯燥，起个与众不同的名字能冲淡反复交错的日子的沉闷感——大概。

鲸是一个邮差，星际邮差。

无线电信号能穿越没有空气的空间，光信号能穿越遥远得仿佛无法计算的距离，但它们只能传递冷冰冰的信息——物品、温度和气味，这些东西对人类来说更为重要。如果无法传递，那实在是太让人遗憾的一件事。

于是鲸这样的星际邮差应运而生。

在其他人看来，这项工作实在是非常轻松。如果你愿意，你可以一直待在冷藏室里，和那些邮件一起，一觉睡到终点。你也可以一封一封地用透视器阅读那些邮件解闷——虽然这样是否侵犯隐私权的问题在星际法庭上讨论了许多年，但最终还是获得了许可——毕竟不是每个邮差都喜欢睡觉。反正终点站里总备有洗去记忆的药丸，邮差们当着收件人的面吞下去，就和什么事情也没发生过一样，皆大欢喜。

——以上两种消磨时间的方法，鲸都不喜欢。

他在每次航行中会做的，是在茫茫宇宙中收集信息。

鲸的宇航船上装有额外的天线和信号接收器，它们敏感得很，哪怕那个讯息只是一艘擦肩而过的旅行船发来的短小广告，也不会被他错过。

因此，鲸的航行记录仪里总装着比别人更多的东西。虽然大多数讯息是不知从何处传来、号称要售卖星球的奇怪代码，或是杂乱无章的雪花纹，甚至是有如恐怖片般被拉高的尖叫，但鲸还是喜欢着它们。他把这些散落的信号看作孤独游弋在宇宙中的生物，看似他在寻找它们，其实它们也在寻找着他。

因为有了这个意外的爱好，鲸的工作充满了乐趣。他凭着想象在飞船外壁画上了他认为的鲸的样子，那只大怪兽带着慵懒而满足的表情，正大口吞噬一道黄色的闪电。

这种快乐也显露在操作上，在其他邮差还在懒洋洋地拖延着不想起飞时，鲸早已展开滑翔翼，从港口飞快地冲向宇宙。黑暗的虚空中，满满地响着他有点走调的欢乐之歌。

毫无疑问，鲸是那个时代，最快乐的一位星际邮差。

如果不是后来发生那件事的话——

那个改变他一生的讯号出现在一个下午，那时鲸忙于整理他的收藏，整个人疲倦不堪。

他伸了个懒腰，揉揉酸涩的眼睛，准备关闭接收器去休息。

突然，一个信号突兀地闯了进来！

带着红色的警示色和呜呜的警报声，像是逼问一般，接收器上跳出一行字——

"确定接收？ Yes or No？"

显然，这是蓄意发出的信号，甚至可能是求救信息。

鲸不敢怠慢，赶紧打起精神，点击了接收。

暗红色的画面抖动了一下，接着出现了一幅他不太熟悉的景象——在一座"房子"（而不是他熟悉的"太阳能居所"）之前，一个扎着羊角辫，带着可爱笑容的蓝裙子女孩站在那里，满脸笑容地对他挥手，她大声喊道——

"嗨，亲爱的邮差先生，有没有一封给我的信？"

她念出一连串地址："我们住在玫瑰星城475号901房，我叫蓝鲸。"

看着她，鲸的不熟悉完全变成了惊讶。

他当邮差的时间不短了，还从未遇过，有人直接发送讯息给邮差。

这让他感到一种从未有过的开心，茫茫宇宙之中，终于有人看见了他的存在。

接下来他冲进后船舱，把所有的邮件封面看了一遍，又用透视器将所有的邮件内容检索了一遍，最后还细细地看了一遍，可不要说什么玫瑰星城了，就连信号发出地的信件都没有。

他满脸沮丧地坐到了接收器前，思虑许久，他拧开摄像头。

拍拍脸，他努力挤出一个微笑。

"亲爱的姑娘，下一次，一定会有你的信。"

"以及，谢谢你给我发邮件。"

那小女孩的笑脸太过于美妙，让鲸久久不能忘怀，以至于他到了终点的时候甚至拒绝了吃遗忘药丸，他的客户勉强同意了，但他看起来似乎不太高兴。

说实话，如果仅有这一次，只能说是宇宙中难得又愉快的邂逅。

之后的鲸持续着自己的信使生活，只是又经过那片空域之时，他再次接到了信号。

那小姑娘稍微长大了一些，发型服饰没变，但有点脱去孩童的样子了。唯一没有改变的是她的笑容和期待："嗨，亲爱的邮差先生，有没有一封给我的信？"

她的地址依旧没变："我们住在玫瑰星城 475 号 901 房，我叫蓝鲸。"

鲸明白了，那个信号不是偶然为之，那个女孩是很认真、很认真地在等一封寄给她的信。

和上次一样，鲸匆忙跑进后舱，可一番搜索后，依旧一无所获。

同样和上次一样，他录了一段录像作为回复。这一回他想到了，女孩或许会失望的。

他难得地情绪低落起来，还没到终点站，就四处打听起玫瑰星城来。

所有人都表示自己似乎有听过，但没有一个人有确切答案。有人说那是个机器控制的城市，人们可以完全不用工作，也有人说那里是个绿色环保组织所在的城市，上面还过着男耕女织的田园牧歌生活，甚至还有人说，那里好像是个空城，只有一个女孩生活在上面——

这最后不确切的结论让鲸心里一抖，那么她会多么的孤独！

"你该吃药丸了，鲸。"

背后响起嘈杂的声音，是他数量繁多的收件人们。

"我们理解那个女孩对你很重要，可你是星际邮差，你要为看过我们邮件负责。"

"麻烦等一下，就一下。"鲸对他们说，"我想最后弄清楚一件事。"

他坐下来，他仿佛这时才明白，虽然自己努力做着收藏，努力表现得独自旅行也很快乐，实际上自己对星际邮差的孤独依旧有着刻骨的体会。那个女孩的出现，撕裂了他长久以来的伪装，他的思念，他的牵挂，他的逃避，一切无所遁形。

要是不忘记，以后怎么继续做邮差，怎么生存呢？

这感觉实在太可怕，鲸咽了口唾沫，他咕噜一声，仰脖吞下了忘却药丸。

再之后的日子鲸依旧过着跟过去一样的生活，他欢快地改变自己宇航船的外观，传说中的鲸被他想出了一种又一种的新造型，他依旧早早地展开滑翔翼，每一次起飞都唱着歌，歌声依旧那么欢快，但熟悉他的人总觉得其中好像少了一些什么或是多了一些什么。

可那到底是什么呢？没有人能说得清。

时光在飞逝，转眼间，信使鲸退休了，它的航船也是。

他本不想将它交接出去的，但他老了，已经没有力气为他的伙伴再争辩什么，他甚至连改变它装饰的力气都没有了。他只能眼睁睁地看着它外表上他一次又一次画的怪兽被一层层抹去，专门安装的天线和接收器被拆下来，它在一点一点地变成毫无个性的普通宇航船。

他转身离去。负责维修的工人叫住他，告诉他接收器的内存里装了很多东西，问他还要不要。他衰老和吞食了太多失忆药丸的脑子当然不记得那存的是什么，他决定看一看。

鲸跟信使站的人们借了一台播放器，颤抖着手把接收器插了上去。

263

红色警告式的画面一闪而过。接下来，那个扎着马尾辫的女童跳了出来。

她站在房子前，愉快地挥舞着双手——

"嗨，亲爱的邮差先生，有没有一封给我的信？"

"我们住在玫瑰星城475号901房，我叫蓝鲸！"

"您好，亲爱的邮差先生，有没有一封给我的信？"

"我们住在玫瑰星城475号901房，收件人是蓝鲸。"

"您好，亲爱的邮差先生，长途旅行辛苦了，如果有我的信，请给我。"

"我住在玫瑰星城475号901房，我是蓝鲸，现在是这家的女主人了。"

两句内容相同的话以不同的形式重复着，而且越来越客气，越来越有礼貌，而那个扎马尾辫的女童渐渐变成了穿着运动服的少女，带着学士帽的大学生，到穿着白裙的新娘，一直到成为少妇，隐隐变成了一个孩子的母亲……

鲸已经眼花耳聋，他不得不放到最大声，这吸引了很多人来观看。

修理工、新的年轻信使，还有鲸曾经的同事纷纷走来，边看边议论。

"那么多年，她还是没有收到信吗？"

"看样子她不是想收到随便一封信吧，而是特定一个人的信？不过也难说……"

"她求得那么虔诚，鲸每次就吃了药丸把她忘了，啧啧，真是无情。"

一时人声嘈杂，说什么的都有。

在一片声音的旋涡之中，鲸却是安静的。

他注视着自己早已遗忘却又刻意留下的画面，一言不发。

然后他突然跳起来，用衰老的腿奔跑起来。

"鲸！你要做什么？"

刚才的修理工发出一声惨叫，跟着追了出去。

"你已经退休了，不能驾驶你的鲸飞船。再说了，私自使用飞船不做送信的事情，是会被送上星际法庭的！"

"我知道，我知道，但是我有办法的！"

鲸的假牙因为激动被刺激得不稳，发出了漏风的嘶嘶声，他冲进了站长的办公室。

　　修理工卡着喉咙里的半句话坐立不安，他刚才还想提醒鲸，他已经太老了，就算现在找星际旅行公司进行星际旅行到女孩身边，怕也是不能通过的。

　　后来发生的事情让所有人都吓了一跳。

　　鲸没有挑战星际宇航公司的年龄限制，也没有冒着犯法的危险去重新驾驶鲸飞船。他郑重把自己作为一件"邮件"，交付给公司，让信使把他送到那个信号发来的小行星之上。

　　这样的确规避了所有可能的拖延和危险，但是——

　　航行的结果并没有出人意料。

　　鲸到达了那颗小行星，却承受不了宇宙航行的种种重负，在茫茫的宇宙中离去了。

　　至于那个女孩有没有收到这封珍贵的"邮件"，她到底是在等待什么，这件事唯一的目击证人，负责把鲸送过去的那个年轻信使却语焉不详。

　　更多的时候，他对这件事选择了沉默。

　　在又过了很久，很久之后，年轻的邮差才在一次酒后，把故事的结局说了出来。

　　他始终放心不下，最终还是陪着鲸到了那个小行星上。

　　在那里等待他们的，不是古朴的房子，也不是微笑的女孩，而是——

　　一整片的寂静空旷。

　　行星之上，是一个毫无生命迹象存在的世界。

　　鲸拉着他拼命地寻找，寻找，才终于找到——

　　陷在厚厚星尘之中，一个小小的影像记录仪和信号发射器。

　　象征它还在启动的红色指示灯，亮度已经非常微弱了，时隐，时现。

　　看到这个，鲸放声大笑，笑，笑，然后再也没有起来。

　　玫瑰星城，这个地方存在于三百年前的一颗行星之上。

　　这颗行星有绵延千年的文明，最终却非常老土地毁于一颗巨大陨石的撞击。

那时的宇宙通信还没有那么发达，玫瑰星城的人们只能录下自己的影像和求救信号，分散发射到各个小行星上，期待机缘巧合，有人来拯救他们——

不过现在邮差们可以知道，他们这种方法最终还是失败了。

"时间太久，那个东西已经磨损了。"

"求救信号只能发出一半，只有那个女孩的大半生，没有后面的求救。"

年轻的邮差喝下一口酒，无奈至极地摇了摇头。

"换句话说，鲸纠结牵挂一生的东西，充其量只是一个漂流瓶——"

"而且还是三百年前的人写下的，几乎成为古董的漂流瓶。"

所有的人沉默了，不知是为女孩，还是为鲸，或是为星球的毁灭，或是为——孤独。邮差们永远无法逃避，每时每刻弥漫无处不在的孤独。

然后年轻人开始频频举杯，仿佛刻意要逃开些什么。

当年的修理工也老了，他站起来退出宴会，慢慢地踱出船舱，曾经被命名为鲸的飞船停在那里，虽然看不出过去曾经被画过各种怪兽的痕迹，但它依旧安静地停在那里，仿佛只要一个声音响起，就会展开滑翔翼又一次起飞。

修理工想起来了，在鲸决定作为邮件的那一晚，他看着激动过后靠在鲸飞船上死命咳嗽的他，无奈地摇了摇头："值得吗？"

鲸只是微微一笑，在他递过来的"死亡免责合同书"上，潇洒地签下了自己的名字。

他又想起那天夜里，当那个年轻邮差的飞船起航之时，所有人又一次听到了鲸的歌声，那种欢乐的、响彻宇宙的声音，虽然有点漏风，但它听起来依旧如此动听。

那里面有些东西回来了，不多也不少。

修理工觉得，那一刻，鲸一定是个不再害怕任何东西的星际邮差。

那些东西里，包括真相，包括孤独，包括死亡。

也包括，爱。

廖舒波：曾用笔名立习习、李茜茜、翊，2011年以《您好，异星人陪聊》获银河奖，悬疑小说《说谎的孩子》入选《2012年中国悬疑小说精选》，目前在各类杂志刊登作品四十余万字，正在为某国产网络游戏创作官网小说。

后 记

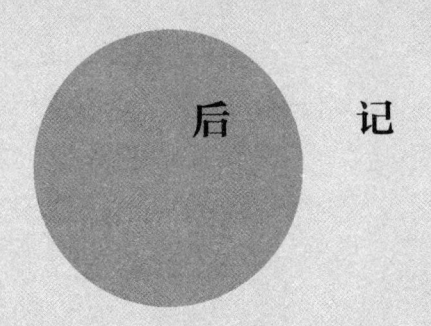

变革之后，我们做什么

如同其他行业一样，每隔几年，总会有人说，这是中国科幻非常重要的一年，标志有时是这一年出版了很多科幻书，有时是中国科幻设立或获得了某个奖。在某一年的科幻年选序言中，我自己也曾断言那一年是中国科幻的革命之年。直到这两年，真正的变革到来时，以上的一切都不重要了。

变革已至：我们卖掉的是什么？

两三年里，我们目睹中国科幻拿了两座雨果奖，数个科幻产业相关的文化公司创建，各种资本介入，中国本土科幻作者们纷纷公布各种作品版权签约、出售计划……中国科幻是见过世面的，在一百多年的中国科幻史上，比现在热闹的场面也有过几次，然而，无论是晚清时期随西学引入和新世界的打开，在科学与神怪之间，前现代与现代间游移的科学小说浪潮，还是20世纪80年代初，科幻随着新时期复苏，"科学的春天"和大批欧美译介小说推动下昙花一现的繁荣和争议，都无法给今天中国科幻的局势太多直接的参考。中国科幻的历史被社会变革的力场切割成了几个不同时期的平行世界，今天我们所接触到的绝大多数可商业化的科幻资源，都是20世纪90年代以来这二三十年间积累下来的。

而现在我们正在做的，是把这二三十年间所积累的精华在两三年的时间里卖掉。

当然，"卖"是一个复杂的词，它背后有开发、合作、价值实现等很多概念，中国科幻在这个过程中获得了大量的资本和发展机会，但不可否认，同化石燃料一样，它们不可能在短时间内得到补充，这是一个不可循环、不可逆转的单向过程。《三体》所表现出的，是中国科幻通过二三十年间的经营、翻译、创作、积累、交流所积蓄热情的一次总爆发，我们不可能奢望这种爆发可以无限期地延续。

中国科幻已经如同刘慈欣笔下那艘飞向遥远群星的飞船一样，不再考虑返航，无数身处这个领域的人，命运已经改变。当很多年后，学者们书写这一时期的中国科幻史时，会如何评价我们今天的选择呢？身处这一变革中的我们，在卖掉了这二三十年的积淀后，该去做些什么呢？中国科幻今天的热潮，会是昙花一现吗？若是如此，下一次的繁荣我们又要积累多久，再积累30年吗？

历史与现状：科学话语与大众文化形式造就的外部环境

要回答这些问题，我们首先回顾一下，这二三十年的积累是如何实现的，最近两三年中的变革又为何发生。

这一轮的科幻IP热潮，不是简单被一两个雨果奖、一两本《三体》催生出来的，而是从20世纪90年代开始，中国科幻商业化埋下的一条暗线发展到今天的必然结果。

自20世纪80年代中期，中国科幻消沉后，随着90年代环境的变化，在商业化大潮中，《科幻世界》杂志社和一批"新生代"科幻作家浮出水面，将科幻逐渐由计划经济体制下的"文化事业"向市场经济体制下的"文化产业"迁移。不满足于仅仅做一本杂志，而是仿效半个世纪前黄金时代的美国科幻一样，做周边，做互动，办征文，组织各种科幻活动和奖项，培养和维护科幻社群。一方面，面对文化教育部门和新闻媒体，大力宣传科幻开阔视野，激发想象力的作用，将其组织进"科教兴国"的宏大叙事中。将实践中已和科幻分离的"科普"继续作为一种修辞，用以连接科幻和官方话语，并将现阶段国家科技水平欠发达的状态，与科幻的不受重视联系起来，呼吁社会各界为了国家民族的腾飞，去支持科幻事业。另一方面，接受其被视为青少年文学的定位，通过其与科学的关系，将其定义为一种比其他种类通俗文学更加严肃和有价值的文学类型，占领大众文学产业下的青少年亚文化市场，积极培育一个叫作"科幻迷"的文化共同体，这一群体随着1999年高考作文事件、互联网论坛的兴起和高校科幻社团的兴盛不断发展壮大。当这一文化共同体随着时间的推移，逐渐走出校园，拥有越来越强的消费能力和社会影响力时，科幻也逐渐由青少年亚文化走向了主流大众文化的一部分，并沿用与科学相关的官方话语，去争取更广泛的影响。此时的中国科幻，只需要一个合适的尖端作品作为导火索，比如《三体》，就可以迅速引起注意，并点燃之前所有积累的文化资源的商品化进程。

  以上并非变革发生的唯一原因，这里没有谈作为变革主体的中国科幻作家作品本身，而只是谈了作为变革发生的外部环境的两个因素：作为意识形态的科学话语的运用，和由特定的文化共同体成长起来的新的大众文化形式。

  在这种外部环境中，以《三体》为旗帜，中国科幻一方面被强调其促进科技创新，促进想象力和创造力的能力；另一方面，不断增强它在大众文化形式中的商品属性，去扩大科幻文化共同体的人群范围，获取更多的商业资本。新建立的科幻文化公司，不少都是由曾经的科幻文化共同体内部成员运作，这是二十多年来中国科幻产业商业化的延续，是一个阶段的终点，也是一个新阶段的起点。虽然科幻作家们擅于想象未来，但对于这个新阶段，我们依然所知甚少，不巧的是，这是一个最需要采取行动和规划未来的时刻，如果我们眼中只有IP交易，也许会失去未来。

科幻创作的内部生态：破坏与变化的可能

当中国科幻二十多年来的积淀终于被分割完毕，会发生什么？资本会对自己分割到的部分进行充分的筛选和开发，向着影视、动漫、游戏、教育、娱乐设施等多个方向尝试，但这一切终有尽头，毕竟中国科幻保持长期写作的作家一共只有二三十人，供给远远不足于未来预期的需求，更加长远的方向只能是对新科幻作者的培养开发。

过去的经验中，新的优秀作者的出现，往往是通过在科幻杂志等平台上发表优秀作品，被读者所注意，逐渐显现。最近几年中，科幻产业的需求显然已经没有了这种耐心，数个科幻征文比赛正在进行，设置有不菲的奖金，以及相应的版权要求，资本干预直接进入科幻产品生产的过程中，后果如何还很难预料，因为大量新的写作者也正在从不同领域被吸引到科幻中来。旧有的培养机制已被打断，新的培养机制还未成熟。

二十多年来，对科幻作者的培养，一直是科幻共同体文化的一部分，从《科幻世界》杂志组织的征稿、培训和写作栏目，到各大科幻网络论坛的线上互动、调侃和创作，到线下高校科幻协会和民间科幻爱好者组织自发地创办刊物、创作交流。科幻作者们的动机很少是直接为经济或名誉，而更多的是为自身爱好和意愿表达，这是他们生活的一部分，中国最优秀的一批科幻作家也大多出身其间，人们至今记得那些早已消失的科幻网站论坛：清韵、龙空、西祠、大江东去……以及当时讨论的怪异而趣味的主题。

但这种生态已被打破，一方面是科幻发表平台的减少，网络论坛时代的式微，另一方面，由于《三体》带动的科幻热潮，大量不同背景新的写作者涌入，他们对于科幻传统的掌握远不如旧有的科幻迷群体，对科幻类型内部所具有的多元性、边缘性、小众性也缺少足够的认识，这一点在今年雨果奖结果公布后的议论中表露无遗。但他们也带来了许多新的东西，例如他们中有许多影视、游戏、编剧方面的高手，他们的生活圈子与旧有科幻迷很不同，因此创作内容差异也很大——这种陌生领域的差异很有可能是科幻新的惊奇感的来源。

这让人想起世纪之交时，中国科幻所发生的变化：由于一批90年代出现的新生代科幻作家退出，网络时代到来的影响，多元文化类型尤其是奇幻文学的冲击，以及本身成长环境不同带来的理念差异，一群今天被称为"更新代"的年轻科幻作家涌现，他们新的风格饱受争议，但最终通过了时间的考验，成了今天中国科幻的中坚力量。

今天中国科幻外部形势的变化，会对其内部形态产生怎样的影响呢？很有趣，中国科幻每一次巨变，都发生在中国社会历史的一处断裂带上，断裂中又有着延续。清末民初的西学冲击给中国带来了科学小说，新中国社会主义理想的宣扬带来了昂扬的苏式未来乌托邦，90年代初的社会巨变和市场化带来了《科幻世界》杂志和新生代科幻。然而今天的中国科幻迎来了一次例外：科幻的环境遭遇了二三十年来最大的一次变革，但中国的社会历史环境并未发生显著断裂。那么，文学形态的变化会在科幻内部催生吗？

变革后的未来：一些行动建议

变化取决于人的行动，所以，在卖掉了中国科幻二三十年的积淀后，手中有了一些资本后，我们可以考虑做一些事，恢复并在新环境下优化中国科幻昔日优秀的传统，并去完成一些我们曾经想做但没有能力实现的计划，去主动促进变化的发生。

比如，建立新的科幻社交平台。

纸媒科幻刊物平台在减少，科幻网络论坛也已式微，但新的媒介也在兴起，比如今天的智能手机，VR、AR技术，以及更多存在于未来或是科幻小说中的可能性。在新的平台上，我们需要恢复和发展科幻文化共同体的社群，以活跃的思维令科幻真正成为一种生活方式。然而，变革也带来了新的困难，当科幻作者们被分割为归属不同的商业公司，当更多不同背景的参与者怀着新的目的，比如追求经济利益来到科幻的领域，生动而有效的交流是否能够恢复甚至超越过去的繁荣？

比如，用更加科学（或者更有想象力的形容词）的方式去建立一套科幻作者的培养方法。

用重金设立一个科幻征文比赛，请几位资深人士担当评委，然后守株待兔地等待优秀科幻作者找上门来，这种方式实在是……很不科幻。在中国科幻文化共同体培养自己作者的二十多年时间里，最不缺少的是创意，最缺少的是资金。那个时候，不要说请作家参观火箭发射或者射电望远镜，就连创办自己的刊物、租借场地举办科幻活动都常常捉襟见肘。今天，我们也许有条件让作者们去接受更为专业的写作、编剧和艺术设计的训练，去见证科研领域最前线的震撼人心的思想和发现，去体验中国社会各个阶层不为人知的领域里那些我们未曾想象过的生活。去接触更多的人，更多优秀丰富的思想和人生，更加有效率地交换脑洞和创意。

中国的专职科幻作家很少，除了创作收入微薄以外，专职创作的身份认同也是一个重要原因。作为一个知识性很强的领域，许多科幻作家都是其所在行业的资深人士，他们对自身领域的独特认识是科幻带给我们惊奇感的源泉之一。我们应当为有志于成为专职作家的作者们提供符合今天市场价值的足量报酬，也应当尊重和支持那些继续坚守的作家们的事业。

比如，将科幻的视角延伸到更远的领域。

很小的时候，我就听说过那个 NASA 请科幻作家们去为航天出主意的神话，但直到现在，绝大多数投入科幻的资本仍然只停留于出版、影视、游戏等几个很小的文化领域。科幻在今天取得的地位，很大程度上取决于一百多年来中国人对于"科学"这个概念的纠结，科幻曾因它兴盛，也曾因它险些覆亡。近二三十年来，科幻因它与"科教兴国"的宏大叙事的绑定，以及衍生出的关于促进想象力、创造力的承诺受益匪浅。兑换这些承诺，对中国科幻产业来说不仅只是一项义务，也是机遇，科幻可以借助它目前获得的影响力，与一切拥有未来眼光的行业合作，也许有一天，我们身边的汽车或飞行器都能成为变形金刚，也许有一天，我们会生活在弗诺·文奇在《彩虹尽头》中描述的网络虚拟影像与现实全面叠加的 AR 世界，而不仅仅是抓几只小精灵，也许有一天，我们会在有生之年见证太空电梯或航天技术的民用时代，亲身步入太空。未来的事情，谁说得准呢？

比如，去扩大科幻自身的影响力，去改变所有人对这个世界，对未来的认识。

这个夏天，各行各业关于"折叠"的讨论，让很多人明白了什么是乌托邦与反乌托邦，去更加深刻地了解了一座城市，更早一些时候，整个中国 IT 业都在讨论黑暗森林和维度打击。科幻文学是个复杂的混合体，既融合了当代知识分子关于宇宙、社会和生活的思考，又以大众文化的商品模式进行输出。当二十多年前，我们将科幻定位为比其他通俗文学类型更"严肃"的文学开始向青少年输送时，这固然是一种商业策略，但背后也有相应的文化自信。二十多年后，当全社会的窗口向科幻打开时，我们能否少一点急功近利，将更有营养性的、更有思想价值的产品推送给大众？这是一个很急迫的问题，它至少涉及资本几乎以打包的方式买下某作家或某奖项的全部作品时，以什么样的标准去筛选和开发。

以上所有的建议，其投资都很难在短时间内获得商业上的回报，巨大的成本也并非一两家科幻文化公司能够独立承担，它需要外部政策上的支持，更需要中国科幻文化共同体内部力量的团结凝聚——这种力量曾在过去的一个多世纪里支撑着中国科幻艰难地度过了数个乱纪元，但面对今天商业上的分割和竞争，正在遭遇挑战。无论如何，还请记住何夕《伤心者》中的那个比喻，辨认清楚什么是好看的花和叶，什么是根。

这一周，各种科幻奖项和大会在北京进行，无数与科幻相关的、不同领域的人们汇聚在这里。记得社会学家默顿研究科学史时，在其著作中得出结论，认为 17 世纪近代科学在英格兰的迅速兴起，是因为物质利益将更多优秀的人从其他领域吸引到了科学上来，例如牛顿的老师。这意味着，如果你能以利益将足够多的人吸引到你认为神圣或有趣的领域，这个领域往往会发生连科幻中都想象不到的巨大变化。今天的中国科幻正处在这样一个时期，许多人的目光正聚集在这里，如果我们只是考虑该如何向他们卖掉几个 IP，会不会有点太浪费了？

（本文部分观点受夏笳对 20 世纪 90 年代后中国科幻的研究成果启发，在此致谢）
首发于未来事务管理局《不存在日报》2016 年 9 月 8 日刊

宇镭：本名郭凯，科幻译者、评论者和研究者，本套丛书主编，北京师范大学科幻文学方向硕士，上海交通大学科学技术史专业博士学位候选人，2007—2012 年四川人民出版社年度《中国最佳科幻小说集》副主编，两次获得华语科幻星云奖最佳评论奖银奖，曾参与北京和上海"42 工作组""科幻苹果核"等多个科幻组织的创建和运营，目前为中国科幻文化品牌"未来事务管理局"进行科幻新作者的选拔和培育。

出品　地球旅馆

全国总经销　捧读文化　触及身心的阅读

出品人	张进步　程碧
文字编辑	孟令堃
文稿统筹	孟令堃
封面设计	lemon
版式设计	八月松子
运　营	肖遥　谭婧
法律顾问	天津益清（北京）律师事务所　王彦玲

新浪微博　　微信公众号

出版投稿、合作交流，请发邮件至：innearth@foxmail.com
了解新书、图书邮购、团购、采购等，请联系发行电话：010-65772362